「——見ろ、ヴィス」

　脇に挟んだ髪の後ろから切れ味のよい剣を入れる。ノーラヒルデは勢いよく懐剣を髪に当て、思い切り引いた。

蒼《そう》銀《ぎん》の黒《こく》竜《りゅう》妃《ひ》

朝霞《あさか》月子《つきこ》

ILLUSTRATION：ひたき

蒼銀の黒竜妃

LYNX ROMANCE

CONTENTS

蒼銀の黒竜妃

夜風が入って来る気配に、ノーラヒルデはそっと肩に掛けた布団を引き上げた。いや、引き上げようと腕を上げかけたところで緩く下ろす。ポスンという軽い音が柔らかな布団の上で鳴り、ついでに軽い苦笑がその美貌に浮かんだ。

「いつまで経《た》っても癖は抜けないな」

仰向《あおむ》けに寝たまま視線だけを落とす先は右腕。だが、それは肘より上の部分——二の腕の中ほどまでしかなく、袖の長い寝衣の先が厚みを持つことはない。

魔獣の命と引き換えにした右腕の喪失にはもう慣れたと思っていたが、ふとした時に出る仕草や動きは、逆にもう戻らない腕の存在を意識させる。

静かな部屋にノーラヒルデの独り言が思ったよりも響いたからか、クゥという小さな鳴き声が足元から聞こえた。広い寝台の足側、掛け布団の上に丸くなる黒竜が首を傾《かし》げてノーラヒルデを見つめている。黒曜石と同じ澄んだ黒い瞳は、

「どうしたのか？」

と問い掛けているようだ。もしくは、夢見が悪かったと思ったか。

「いや、心配ない。少し肌寒くなって目が覚めただけだ」

のそのそと布団の上を歩いて来た黒竜は、横になるノーラヒルデの右側の胸の横に丸くなり首元に自分の顔を埋《うず》めた。定位置は足元だが、時折甘えたようにこうして側《そば》に寄ることもある。出会った時からずっと一緒に眠りについているために、今さらノーラヒルデが気にすることも邪魔に思うこともない。

擦り寄せる鼻先の湿った感じと首筋に吹き掛かる鼻息が少し擽《くすぐ》ったくはあるが、深い眠りについてしまえば、これも気にすることはない。むしろ失った

右腕の代わりにそこに黒竜がいることで、安心感を覚えるようになったのはいつからか。

（いや、これもきっと最初からだな）

一人と一匹が出会った時から、変わらずノーラヒルデの側にいる。それが自分の役目だと黒竜は言う。側にいたいからいるのだと、自由に空を飛べる翼を持つ竜はそう言ってノーラヒルデの側を決して離れることはない。

騎士団に所属している以上、任務で側を離れることもここ数年は増えたが、それでも最短の日数で戻って来るのを己に課しているようなところがある。シルヴェストロ国王ジュレッドに言わせれば、

「早くて確実安心、最高の遣いだな」

ということらしい。軍事大国という性質を持つシルヴェストロ国では、内政だけでなく外政にも気を配らなければならない。小さな諍《いさか》いが大きな戦に発展することも多く、当事者になることもあれば請われて騎士団を派遣することもある。そういう危急《ききゅう》の場合には、翼が物をいう。鳥や獣を使った伝令は主要都市ならどこでも用意されているが、「確実安心」を求めるなら黒竜以上の適任者はいないだろうというのが、国王の言い分だ。襲われる心配もなく、意思の疎通も出来る。

「渋る相手から返事をもぎ取ることも、脅すことも出来るのは、うちの黒竜だけだからな。ジュレッドが重宝するのもわかる」

シルヴェストロ国騎士団長フェイツランドも、黒竜の使い方については適材適所だと言っている。他に使いどころがないわけではないのだが、戦場に出すには黒竜の力は強大すぎるため、現状では持て余しているというのもあった。

一番大きな理由がノーラヒルデの側を離れたがらないという実に自己本位な考えから、騎士団内にいることが多いのには、誰もが苦笑するしかないのだ

が。

　夜風を冷たく感じるのは冬が近くなって来たせいだろう。窓が開いているのは自由に黒竜が出入りするためだが、そろそろきちんと閉めるよう言い聞かせなければならない。

　小さな寝息が隣から聞こえる。

「おやすみ、ヴィス」

　横を向き、声を掛けてノーラヒルデは瞼《まぶた》を閉じた。

　明け方、布団の中に潜《もぐ》り込み、自分を抱き締める腕と寄り添う肌の温《ぬく》もりを感じたが、それもすぐに微睡《まどろみ》の中に埋もれ消えていった。


「ノーラヒルデさん、仰《おっしゃ》っていた書類を持って来ました」

　昼を少し過ぎた頃、執務室に顔を出したのは色の薄い金髪と空色の瞳を持つ少年だった。

「君が持って来たのか、エイプリル」

　持っていた筆記具を置いて顔を上げると、胸のところで紙の束を抱えた騎士——エイプリルはすまなそうに眉を下げた。

「すみません、僕の力が及ばず団長に逃げられてしまいました……」

「あの馬鹿《ばか》は……。いや、君が謝る必要はない。フエイが本気で出し抜こうと思えば騎士団の精鋭が揃《そろ》っていても勝率が半々だからな」

　はぁと溜息《ためいき》をつき、エイプリルに書類を机まで持って来るよう促す。慌てて駆け寄って来たエイプリルは心底すまなそうに項垂《うなだ》れている。

「団長にはしっかりと言い聞かせていたし、昨日も寝る前まで仕事して貰《もら》って、今朝も見張ってはいたんですけど、今日は城下で腕自慢大会みたいなのが開催されるからそちらに顔を出すって」

「ああ、商店が主催のやつだな。あの大会で優秀な成績を残した者の中から騎士団への入団を希望するのが出てくるんだ。自分の目で確かめに行ったんだろう」

「そんなのがあるんですか？」

「稀《まれ》にな。貴族以外で平民が騎士になるには、何らかで名を上げるか、入団試験を受けて合格する必要がある。腕自慢大会に国や騎士団は関与していないが、それなりに近隣から腕に覚えのある者が集まって来る。荒くれ者も中にはいるからな、騎士団からも一部隊を追加して巡回に当たらせているぞ」

朝礼で話したはずだと暗に匂わせたところ、少年は肩を落とした。

「……団長の世話で遅くなって聞いていませんでした」

「エイプリル。そういう時はフェイのことは放っておきなさい。君が余計な気苦労を背負う必要はない。頑張《がんば》るのは結構。だが、フェイがそれを楽しんでいないとも限らないだろう？」

「団長ならあり得ますね……」

「その通りだ。もしもそのことで文句を言われたら、私がしっかりと仕置き……対処するから安心して自分のことを最優先にしなさい」

自分では出来るだけ優しく微笑《ほほえ》み掛けたのだが、少年はやや引き攣《つ》った笑みを浮かべていた。フェイツランドへの報復をどうしようかという意識の方が、少年に対する気遣いよりも勝っていたためかと思われる。

（最近は大人しかったと思っていたが、陽気にでも釣られたか）

いや、逆に大人しくしていた反動が腕自慢大会の話を聞きつけて出てしまったとみるべきだろう。

「有能な奴《やつ》なんだが、取り扱いがな」

よくわかりますとエイプリルは力いっぱい頷《うなず》いた。

思い返すまでもなく、団長のフェイツランドを筆頭に、騎士たちは曲者揃《くせものぞろ》いだ。本来ならそんな曲者たちをまとめて締め上げるのが団長の務めなのだろうが、シルヴェストロ騎士団で彼らを制御し、手綱を引き締める役目を担っているのは第二副長のノーラヒルデなのだ。

第二副長というところが重要だ。リトーという名の第一副長もいるのだが、彼は国内外を飛び回っていて、本部にいることの方が少ない。それだけ重要な案件を任せているのもあるのだが、仮にノーラヒルデが第一副長だったとしても役割分担は変わらなかっただろうと言うのは、騎士たちの総意でもある。騎士団の良心であり、抑えの要《かなめ》としてのノーラヒルデの存在は相当大きい。

「毎日毎日同じこと言いたくないんですけどね。ちっとも言うこと聞いてくれない」

書類の仕分けの手伝いを申し出てくれたエイプリルの厚意に素直に甘えることにしたノーラヒルデは、空いている机の上に積み上げられている図面の整理を頼んだ。

「あいつに言うことを聞かせようと思ったら、何かで釣るしかないな。得物か、珍しい武具か――」

戦と言いかけて、その不謹慎さにノーラヒルデは口を閉じた。シルヴェストロ国自体は平穏無事でいても、周辺諸国までが同じとは限らない。国境に接する幾つかの国との諍いは定期的に勃発する上、他国からの応援要請が来れば騎士団を派遣することもある。

黄金竜の旗を掲げるシルヴェストロ騎士団は無双と呼ばれるほど強いが、だからと言って被害が皆無というわけではない。死者が出ずとも負傷者は出る。装備の破損もあれば、消耗品の大量消費もある。無論、よほどシルヴェストロ国に関わりのない限りただ働きはしないので、それなりに謝礼は貰っているもののそれでよしとすべきものでもない。

肉体的な疲弊もあるが、何より騎士団がシルヴェストロ国外に出た時に肝心の王都シベリウスが落とされるようなことがあってはならないのだ。

ノーラヒルデ自身も作戦を立て、補給や部隊の編制に頭を悩ませながら、王都の守備まで考えなくてはいけなくなり、多忙どころの話ではなくなる。前線に出ている方がましだと思ったことは数知れない。

(結局、何事もないのが一番ということだな)

騎士団長が街中をふらついていても、騎士たちが巡回中に子供たちと遊んでいても、戦になるよりはよほどいい。

(だからと言って、為《な》すべきことを後回しにしたり、積み上げたままにしておくのは論外だがな)

不幸なことに、早急に片付けなければいけない案件というものが手元にないのが、フェイツランドの怠け心に火をつけている格好だ。騎士団長の印は必要でも、決裁はノーラヒルデと事務職との話し合いだけで事足りる。

「エイプリル、そこの書面を……」

指示を出しかけた時、開いていた窓から強い風が吹き込み、別の机の上に広げられたままだった図面が数枚舞い上がって床に落ちる。

「あ、僕が拾います」

椅子に座っているノーラヒルデよりも立っている自分の方が動きやすいからと、少年は身軽に床に身を屈《かが》め、一枚二枚と図面を拾い上げていった。

「助かる。ついでに窓を半分閉めて貰えるとありがたい」

軽く図面をまとめて机上に置いたエイプリルは、外開きの窓の一枚だけを閉じた。

「わかりました。少しずつ寒くなって風も冷たくなって来ましたね」

「そうだな。昼間はそうでもないが、朝晩はそれなりに冷える。体調には気を付けるようにするんだぞ」

「はい。温かいシチューをたくさん食べて体力つけますね」

　笑顔のエイプリルと一緒にノーラヒルデも笑う。相変わらずのエイプリルの食に対する好奇心と、それを心待ちにする様子は、王子らしくなく、だがそこが素直な彼らしいと思う。

「そういえば、今日はクラヴィスさんはいないんですね」

「城まで遣いにやったが、そのうち戻って来ると思うぞ。昼時を狙《ねら》って行ったから、もしかするとしばらく戻らないかもしれないが」

「お城でご飯を食べさせて貰ってるんですか？」

「どうも陛下に餌付けされてしまったらしい」

　美味《うま》い飯という名の賄賂を渡して、見張り役の役人に囲まれての堅苦しい食事を何とか緩和しようという国王ジュレッドの涙ぐましい努力と泣き落としに黒竜が絆《ほだ》された形だが、

（城の食事が楽しみなのは間違いないな）

　竜と言えば肉食だと思う人がほとんどだと考えられるが、実際には雑食でなんでも食べる。ノーラヒルデの手元にいる黒竜だけが特別なのか、それとも同じ竜でも種族によって異なるかは尋ねたことがないため不明だが、少なくともクラヴィスがなんでも口にするのは確かだ。

「クラヴィスさん、甘いお菓子も大好きですもんね」

「人の暮らしの中でしか食べられないものは率先して味見をして回ってるところはあるな。プリシラは雑食ではないのだろう？」

　エイプリルが飼っている額に一つ角《つの》を持つコノレプス——通称眠り兎《うさぎ》の名を出すと、途端にエイプリルはにっこりと笑顔になった。

「はい。いつもは種と草ですね。騎士団の庭の端っこの方にある草なんかも食べてますよ。あと、灌木《かんぼく》

の低いところにある葉っぱとか。硬いのは嫌いで、柔らかくて小さいのが好きみたいです」

「菓子は？」

エイプリルはふるふると首を横に振った。

「残念ながら食べません。前に団長が食べていた丸っこい豆のようなおつまみには興味あったみたいですけど、匂いを嗅《か》いだだけで、すぐにぷいって横を向いて……」

そこで思い出したようにエイプリルは小さく吹き出した。

「その時に一緒にいたのはマリスヴォスさんで、獣が見向きもしない食べ物を食べる団長はさすが野獣だねって」

「それはまた何というか……的確な表現だな」

「僕もそう思いました」

「マリスヴォスは無事だったのか？」

「はい。プリシラを抱えて盾にして隠れていました。さすがに団長も可愛《かわい》がってるプリシラの前で怖い顔も出来ないみたいで悔しそうでした」

「なるほど。フェイの弱みはプリシラとエイプリルということか。まああいつは昔から小さくて可愛いものは好きだったからな」

「僕、最初はそれあんまり信じていませんでした。でも皆さんが言うように、本当に小さいものが好きなんですね。この間、二つ隣の村に出かけた時、生まれたばかりの子犬がいた農家があって、団長はしばらくそこから動かなかったんです。もう顔がだらしなくなってました」

「顔が怖いわけではないが、フェイはあの迫力だろう？　子供には怯《おび》えられることの方が多いせいで、動物を構いたがるらしい」

王になるために生まれて来たと言っても過言ではない覇気を持つフェイツランドに、生来から備わっている気を抑えろと言ってもなかなかに難しい。その意味で考えれば、人間以上に本能に忠実な動物がフェイツランドを怖がって逃げ出さないのは不思議だが、害意がないというのも同時に察知しているのだとすれば頷ける話ではある。

「でも団長がクラヴィスさんを構って遊んでいるところって見たことがないんですよ」

「大きさがフェイの範囲から外れているからじゃないか？　小さいとは言っても犬よりは大きいからな」

「そうでしょうか。クラヴィスさんよりも少し大きい仔馬は可愛がってるのに。鱗《うろこ》かな。鱗が痛くて抱き着《つ》きたくないのかな」

「……ヴィスに抱き着くフェイの姿はあまり想像したいものではないな」

脳裡《のうり》にふと浮かんだ一匹と一人が戯れる構図を想像し、首を振る。並んで立っている姿は「黄金竜」と黒竜の対ということで絵にはなるが、じゃれ合っている姿がとても凶悪に見えるのは気のせいだろうか。

「あの二人の場合、遊んでいるというよりも、取っ組み合いの喧嘩《けんか》をしているようにしか見えないと思うぞ」

同じことをエイプリルも想像していたのか、眉を下げて残念そうな顔になる。

「格闘しているようにしか見えないですね……」

ノーラヒルデは慰めるように手を伸ばし、エイプリルの柔らかな金髪をくしゃりと撫《な》でた。

「仲が悪いわけではないからそれでよしとすればいい」

「そう思います。仲は……いいんですよね？」

「親密とまではいかないが、うまく付き合っていると思うが。何か疑問に思うことでもあったのか？」

「いえそういうわけじゃないんですけど、ほらクラヴィスさんは言葉が喋《しゃべ》れないでしょう？　それなのに口喧嘩したり揶揄《からか》い合ったりしているように見えることがあって。団長もよく話し掛けてて、それにクラヴィスさんが普通に対応しているのを見ると……。虐《いじ》めているわけじゃないとは思いたいんですけどね」

ノーラヒルデは琥珀《こはく》色の瞳をはっと見開いた。

「虐める……？　フェイがヴィスを？」

その発想はまるでなかったノーラヒルデにとって、エイプリルの発言はまさに新鮮だった。国王や騎士たちから喧嘩仲間だの、似た者同士だの言われているフェイツランドとクラヴィスだが、力で黒竜が上回りこそすれ、フェイツランドの側に軍配が上がる見方が出来ようとは考えもしなかったのだ。

(だが、言われてみればそうかもしれないな)

体躯《たいく》のよい武人のフェイツランドと小さな黒竜なら、圧倒的にフェイツランドの方に分があると思う者が大半だろう。竜と言えば巨大な生き物、それがこの世界に住む人々の認識である以上、小さな竜は子供、下手をすれば赤ん坊だと思われていれば、群れから離れて独りぼっちの竜は、庇護《ひご》すべきものとして目に映っているのかもしれない。事情を知らない者たちには。国王の遣いで親書や機密文書を運ぶという重要任務を担っているのを知っている騎士たちの大多数ですら、成体だとは思っていないのではないかと最近になってノーラヒルデも思うようになって来た。

「いくらフェイが怖いもの知らずでも、竜に手を出すほど考えなしとは思いたくないが、ヴィスには言っておこう。もしもフェイに何か悪さをされたら遠慮なく噛《か》みつけと」

さすがに本気で噛めばいくらフェイツランドが頑丈でも無事な保証はないので、適度に手加減することだけは念を押しておいた方がいい。

「お願いします。団長に何かされてクラヴィスさんがどこかに行ってしまうんじゃないかって、時々冷や冷やします。陛下やノーラヒルデさんが大事にしているクラヴィスさんがどこかに行ってしまう原因を作るのが団長なのは、僕としても断固阻止したいです」

エイプリルは張り切るが、あの黒竜がシルヴェストロ国を離れるとは思えないノーラヒルデである。大幅に譲って、怒りたくなるような何かをフェイツランドからされたとしても、ノーラヒルデがいる限り出て行くことはないだろう。

その時、窓がカタリと音を立てた。

「お帰り」

半開きでは体が窓に詰まって入れない黒竜が前脚と首を使って上手に入って来る。翼が邪魔になるのは仕方がなく、ガラスにぶつけて割らないようにそろそろと動くのが滑稽でもあり、微笑ましくもある。

無事に室内に入ることが出来た黒竜はストンと床に降り立ち、ノーラヒルデの横で胸を張った。よく見れば、首には大きめの袋が括《くく》りつけられている。

「貰ったのか？」

そうだと頷く黒竜の首から取り上げて中を確認すると、

「——菓子か」

「お菓子!?」

思わず声を上げたエイプリルが恥ずかしそうに俯《うつむ》くが、まさかお遣いに出て菓子を貰って帰って来るとは思わなかったのだから、それも仕方があるまい。

中に入っていたのは茶色い球形の大きな揚げパンだった。大人の掌《てのひら》ほどの大きさのそれを見たノーラヒルデの眉が寄る。

「城でこんなものを出すのか？」

飾り気もなく、庶民が食べそうなパンだと首を傾げたノーラヒルデは、「ああ」と頷いた。

「なるほど。城を抜け出した陛下の土産か」

おそらくそれで間違いない。さすが親子というべきか、血筋の為せる技か、国王ジュレッドも政務が煮詰まった時に突発的に行方《ゆくえ》を眩《くら》ませることがある。大抵は騎士団に来ているが、それ以外だと城下に出ていることもある。さすがに変装はしているが、前国王時代から庶民は王族のお忍び行動には慣れており、そっと見て見ぬふりをするのが常だ。

ノーラヒルデの右側の袖をくいと黒竜が引っ張った。催促しているのである。

「お前、さっきまでジルと食事をしていたのだろう？　まだ食べるのか？」

呆《あき》れて見つめるも、つぶらな——と言えなくもない黒い瞳で見つめられれば、駄目とは言えないのはノーラヒルデ自身も自覚している。

「わかった。だが一個だけだぞ」

指を一本立てて示すと、黒竜は首を傾げてからエイプリルとノーラヒルデの顔、それから揚げパンを交互に見やった。

「なんて言っているんでしょうか？」

「自分だけが食べていいのかと気にしているんだ。書類を扱っているから私は食べないが、エイプリル、君は遠慮なく食べなさい」

「いいんですか？　僕もお手伝いでここにいるから手は汚れない方がいいと思うんですけど」

「勿論、手には気を付けて貰う。それに作業しながら食べる必要はないんだぞ。椅子に座ってヴィスと一緒に食べればいい」

その通りだと黒竜は尾を振ってパタパタと床の上で打ち鳴らした。さっさと椅子の前まで行った黒竜は、テーブルの前に座ってエイプリルが来るのを待っている。

「ほら、これを」

揚げパンの入った袋をそのままエイプリルに渡し、黒竜用の手ぬぐいを預ける。外から戻って来る黒竜の手足を拭くために本部に常備しているのだ。

「わかりました。そうしたらお言葉に甘えていただきます。クラヴィスさん、ちょっとだけ待ってくださいね」

とりあえず図面と書類がまた風で飛ばないよう重石を机上に乗せたエイプリルがテーブルの前で黒竜の手足を拭くのを、ノーラヒルデは楽しく眺めていた。

（確かにこうやって世話を焼かれている光景だけを見れば、赤ん坊と言われてもあながち間違いではないな）

親が子の世話をするように竜の世話をすると、人は言う。だが、これが黒竜の視点になると、違った見え方になるから不思議だ。

手足を綺麗《きれい》に拭《ぬぐ》って貰った黒竜は、さっそくエイプリルが出した大きな揚げパンにかぶりついた。それを見ていたエイプリルが感心した声を上げる。

「上手に食べるものなんですね」

「ん？　食べているところを見たことがないのか？」

「いえ、あるにはあるんですけど、なんていうのか一口で口の中に入るものばかりだったから。新鮮です」

なるほどとノーラヒルデも頷く。意外と器用な前脚は、爪で引き裂いたり摑《つか》んだりする以外に「持つ」ということも出来るのだ。クラヴィスが騎士団本部に居ついてしばらくの頃は、転がった筆記具を口で咥《くわ》えるのではなく上手に手で摑んでノーラヒルデに渡したのを見た職員たちが、かなり驚いたものである。

普段から接していれば当たり前のことでも、偶《たま》に見ればそういう感想を抱くのはもっともだと言える。

両手で持って齧《かじ》る姿は確かに可愛いのかもしれないが、

（これで元魔王だと言っても、エイプリルは信じないだろうな）

一角兎のプリシラのような柔毛も、愛《め》でたくなる容姿も持ってはいないが、動作だけを見ればそこらにいる動物と何ら変わりなく見える。

「美味《うま》かったか？」

一個を食べきって満足そうに目を細めている黒竜に問いかけると、尾がパタパタと機嫌よく床を鳴らした。それから、テーブルの上に乗せていた袋を引っ張りながら、ノーラヒルデの方を見る。

自分も気に入った揚げパンをノーラヒルデにも食べさせたいらしい。

「私のことは気にするな。ジルがお前に渡したものだ。お前が全部食べていいんだぞ？」

だが黒竜はふるふると首を振り、さかんにノーラヒルデに勧める。最初に袋の中を覗いた時、パンは五つ入っていた。そのうちの二個をエイプリルと黒竜が食べたので、残りは三個ある。それをノーラヒルデに全部やろうとしているのを見たエイプリルが、柔らかく微笑んだ。

「クラヴィスさんは本当にノーラヒルデさんのことが大好きなんですね」

黒竜は同意するようにパタパタと尾と翼を揺らす。

ノーラヒルデは苦笑するしかない。長い付き合いで黒竜が自分に寄せる好意には気が付いている。いや、最初の出会いの時から知っている。そうでなければそもそも集団生活を好まない竜種の個体が、人の多い場所で暮らす気になるわけがない。

甘えるように、それからノーラヒルデの方はどう思っているのかと催促するように、側まで歩いて来た黒竜が首を擦り寄せる。

「――私も同じだ」

囁《ささや》かれた声は大きくはなく、言葉も省略したものだったが、黒竜はそれでいいというように小さく鳴いた。

「そういや最近、ヴィスの姿を見かけねぇな」

額に浮かんだ汗を拭い、フェイツランドが思い出したように言った。

団長副長の決裁が必要な書類の処理が午前中に終わり、急ぎの案件がないのを確認したノーラヒルデは久しぶりに騎士たちの鍛錬の場に姿を見せていた。それも実際に鞭《むち》を持っての稽古《けいこ》をつけるとあって、戦々恐々としながら順番を待つ騎士、頰《ほお》を紅潮させて憧《あこが》れの副長からの指南を待つ若い騎士、出来れば逃げたいのがありありとしている古参の騎士と様々な感情が入り乱れている中、当のノーラヒルデ本人は涼しい顔で多くの騎士たちを鞭の餌食にしていった。

「ヴィスか？」

「ああ。用がない時にはお前にべったりだろ？」

「言うほど一緒にはいないぞ。ジルのところにいたり、最近ではプリシラと一緒に寝ていることもあるらしい」

兎と竜という組み合わせは食われるものと食うものの関係にしか見えず、最初の頃はハラハラしながら見守る者も多かったが、最近では慣れたのか通りすがりに見かけても、微笑ましいものを見る目で受け入れられている。黒竜はともかく、プリシラにとってはよい迷惑とも言える。

「それは俺も知ってるんだがよ」

フェイツランドは頭をガシガシと掻《か》いた。銅色の髪と黄金の瞳はシルヴェストロ国王族の徴《しるし》を端的に表す。それは現国王ジュレッドもしっかりと受け継いでいて、他国であれば身分の差を体現しているようなものなのだが、実力がすべてのシルヴェストロ国においては、騎士たちの憧れにはなっても近寄り難さにはならない。フェイツランド自身の鷹揚《おうよう》な態度と気さくな性格は、確かに国王として椅子に座っているよりも、こうして騎士たちと共に汗を流すことを好む。

逆に、演習や大規模な軍事訓練以外にはあまり参加しない第二副長が稽古場に現れると、それだけで騎士たちの間には緊張が走る。

「だって副長だもん。団長は見慣れているけど、副長はあんまり本部から出て来ないから、みんなもちょっとだけ遠巻きにするんだよ」

とは第二師団長マリスヴォスの言葉である。これに対してノーラヒルデの言い分は、

「誰のせいで私が本部に詰めていると思っているのか、その耳に一日中聞かせてやろうか？　それとも直接体に聞かせてやった方がいいか？」

というもので、準備運動代わりに先鋒《せんぽう》を申し付け、鞭で翻弄したのはつい先ほどのことだ。そのマリスヴォスは現在、隅の方でエイプリルを相手に盾を使って稽古をつけている。エイプリルがいれば無体《むたい》なことはされないと、堤防代わりにしているのは明らかだ。

「外で何かキナ臭い動きでもあるのかと思ってな。ジルの遣いであちこち飛び回っているんじゃねぇかと」

ノーラヒルデは考えるように視線を宙に向けた。

「――いや、今のところ特に目立った動きをしている国はない。冬に向かうのを考えれば、外に戦を仕掛けて自国の蓄えをわざわざ減らすような真似《まね》をする馬鹿な国はないだろう」

作戦の都合上、冬に戦を仕掛けることがないわけではないが、どちらかというと奇策に類するその方法を取る国はほとんどない。兵も国も疲弊する無理な進軍は勝敗に関わらず、どちらにも打撃を与えるものでしかないからだ。

「だよな。リトーからも連絡は入ってないんだろ

う？」

　第一副長のリトーは首都シベリウスにいるよりも国内の辺境地域を回っていることが多い。その彼からの定期連絡でも不穏を匂わせるものは見かけていない。

「ジルの命令じゃねえってことか」

「ヴィスのことか？」

「ああ」

「どうだろうな。あれも一応は魔獣の部類だ。何も仕事がなければ羽を伸ばしても不思議はないと思うぞ」

「お前がそう思うならいいんだけどな。と、もう少し体を動かしてくるか」

　剣を担いで騎士たちの中に入って行くフェイツランドの背中を見送って、ノーラヒルデは今の会話を思い苦い表情を浮かべた。

「……さすがフェイツランド、目敏《めざと》いな」

　フェイツランドの指摘は言うまでもなくノーラヒルデ自身も感じていたことだ。ほんの数日前までは普通に甘え、手ずから餌《えさ》を食べていた黒竜が最近それをしなくなった。餌自体も城で国王から貰っていることが多く、宿舎に戻って来るのは深夜になってから。寝入っていても気配には敏感なノーラヒルデが気づいていないとは黒竜も思ってはいないはずだが、その行動を改める気配はない。

（昨日の晩で四日か）

　四日連続遅い帰宅と起床が続いている。おそらくノーラヒルデが出勤してから起き出すのだろうが、結局のところ、起きている黒竜を見る時間は一日のうちほとんどない状態だ。

　国王の遣いで遠出をする以外では初めてのことである。

（避けているのか？　私を）

　しかし、本気で避けるつもりならそもそも宿舎に

帰っては来ないだろう。寝る場所は定位置の足元で、布団の中に潜り込んで来るのも気づいている。ただ、

（竜のままだな。人の姿になることがなくなった）

これまでは人型になってノーラヒルデを抱き締めていたが、それをしなくなった。かといって、甘えたくないわけではないようで、匂いを嗅いだり、鼻先を近づけて首や顔を舐《な》めているのも知っている。

執務室にふらりと入って来ては擦り寄って、また出て行くという妙な行動。心当たりもなく、ノーラヒルデも悩んではいるのだ。

（病気ならもっとぐったりとしているはずだが、それもない）

外を飛び回っている姿は執務室の窓から何度も見ている。

「一度、ジルに尋ねてみるか」

騎士団副長の自分に伏せられた任務を抱えているのであればそれでよし。そうと決まればとノーラヒルデは、フェイツランドに声を掛けた。

「フェイ、城に行ってくる」

「ジルによろしくな」

片手を挙げたフェイツランドに、くれぐれもさぼるなとだけ念を押して、ノーラヒルデは国王ジュレッドのいる城へと足早に向かった。

書類に埋もれているとばかり思っていた国王は、珍しくも苦い顔で地図を睨《にら》みつけていたが、ノーラヒルデの入室を見ると破顔した。

「ちょうどよかった。今、親父《おやじ》とお前を呼びにやろうと思っていたところだった」

「フェイもか？　フェイなら今なら稽古場にいるぞ。もしも呼び出すつもりなら早めに人をやった方がいい」

自分がいなくなった後まで真面目に稽古に立ち会

っているかどうかは非常に不安である。

「ああ、親父だからな。別にお前だけでもいいんだが……いや、やっぱり親父がいた方がいいな」

国王はすぐ、近くにいた護衛に騎士団長を連れて来いと命じた。

「逃げる素振りを見せたら捕縛で構わん。何人かで連れ立って行けよ。緊急事態だと伝えて、それでも逃げるならベゼラと言えばいい」

椅子に座りかけたノーラヒルデの動きがそこで止まる。

「ベゼラだと……？」

眉を上げたノーラヒルデに国王は首肯した。

「ああ。ベゼラ国の宰相補佐としてつけていた監視役がマルタとの国境近くで瀕死《ひんし》状態で発見された。ついさっき届いたばかりの報告だ」

国王から受け取った書面には今話を聞いたのと同じ文面がそのまま綴《つづ》られていた。発見したのはシルヴェストロ国の者ではなく、ベゼラと国境を接するマルタという小国の警備隊だった。発見した時にはあと少しで命が終わるところで、所持品からシルヴェストロ国の者だと判明して鳥を飛ばしたらしい。しかも、ただ殺されそうになっただけではなかった。

「……獣に襲われた？」

国境警備はどこの国でも当たり前に行われているが、マルタ国とベゼラ国の間では頻繁に獣の姿が目撃されるようになり、警戒を強めていたところらしい。

「マルタに入る前にやられたか、単に襲われただけなのかはこの文面からは判断出来ない。マルタに人をやって調べさせようと思っていたところだ」

「それで騎士団か」

「ああ。何かあってからじゃ遅いからな。ただの獣ならいいが……」

話す国王の視線が見る先はノーラヒルデの右腕だ。

その視線に気づいてはいるが、ノーラヒルデは報告書の内容から読み取れるものが他にないかとそちらに集中した。だが、急いで書かれたその内容からは、書かれていること以上の事実は読み取れない。単純に考えれば、役人が一人負傷した——現時点では不明だが獣に襲われたというものでしかない。だが、それがシルヴェストロ国の役人であったこと、発見された場所がマルタ国側の国境を越えてすぐの場所だったことから、マルタ国側が疑念を抱き、シルヴェストロ国へ知らせたのだろう。

「発見されたのはマルタ。実際に襲われたのは」

「ベゼラだろうな。マルタ側に逃げ込めば何とかなると考えたか——」

「最悪死体になっても証拠として残る方を選んだとみるのが正しいだろうな」

「親父」

「フェイ」

　堂々とした歩みで室内に入って来たフェイツランドは、応接用の椅子に座るノーラヒルデの隣にどっかりと腰を下ろした。

「よく逃げずに稽古場にいたな」

「そろそろ出ようかと思ってたんだがな、坊主が他の連中に捕まっちまってそのまま居残ってたんだ」

「エイプリルには今度何か買ってやらなくてはいけないな」

　行動をある程度制御する重石になる少年がいなければ、今頃フェイツランドはマリスヴォスたちと城下にでも抜け出していただろう。

「それならジャガイモを買ってやってくれ」

「ジャガイモ？　イモでいいのか？」

「薄く切って揚げ物にするんだと。塩をふったり、溶かしたチーズを付けて食うのが美味いと言っていた」

　相変わらず庶民的な食べ物が好きな王子である。

「で、ベゼラが関わっていると聞いたが確かなのか？」

　国王は肩を竦《すく》めた。

「確証はない」

「だが限りなく疑わしいとお前は考えているんだな」

「そりゃそうだろう。本来ならベゼラ城にいるはずの宰相補佐が一人で国境まで来てるんだぞ？　こっちには出国や帰国の連絡は一切入っていなかった」

「自分の足で国境まで来たのか、それとも連れて来られたかだな。どちらにしろ、足取りと行動を追う必要がある」

「だから親父……騎士団長と副長を呼び出したんだ。現場と状況の確認と事実関係を知るために城から検視官と役人を派遣する。その護衛に騎士団からも同行を頼みたい」

「ノーラヒルデ、どうだ？」

「問題ない。今ならどの師団も動かせる。機動力を考えれば第二師団が無難だな」

　ノーラヒルデは頭の中の地図に現在配置している騎士団の駐留部隊を描きながら、別任務についている隊を派遣するよりも、直々に王都から出す方がよいと結論づけた。師団長のマリスヴォスは日頃はふざけていることが多いが、迅速な行動は彼の率いる部隊の最も得意とするところであり、仮にマルタとベゼラの間で戦いが生じても負けないための戦をすることが出来るという強みもある。戦を前提にして、且つベゼラ国が敵になると既に頭の中で描いている自分に気づき、ノーラヒルデは少しだけ唇を歪《ゆが》めた。

（根っからの騎士……武人だな、私も）

　事故や物盗《ものと》りの可能性を除外して、すぐに陰謀に結びつける。

（あまりよくはないとわかってはいるのだが……）

　ベゼラ国が絡めば、どうしても疑ってしまう。それはノーラヒルデだけでなく、フェイツランドもまた同様だった。

「ベゼラか……。統治の方は問題なかったんだろう？」

「ああ。定期的な報告は受けているが、目立った不審な点はない。国王と国民の間にも関係を悪化させるような事案はなかった。ふた月……だったか、それくらい前に読んだ国王からの親書と宰相補佐からの書簡にも異なった点はなかった」

国王は椅子に背を預け、眉を寄せて天井を見上げた。

「親父から引き継いだ後もベゼラへの監視は続けていて、問題は特になかった」

「だろうな。軌道に乗ったのを確認してお前に譲ったんだからな」

三人の脳裡を七年前のベゼラ国の侵攻が過《よぎ》った。

その当時はまだフェイツランドが騎士団長と国王を兼任しており、ジュレッドはその下で補佐をしていたが、現場に赴いたフェイツランドの代わりに首都で指揮を執《と》るという役目を担い、現場の情報は逐一届けられていた。

「……ガラハの身柄は？」

フェイツランドと国王の眉が上がり、ノーラヒルデを見つめる。

「脱獄したということはないか？」

「厳重な警備の下、塔に幽閉されている男が出られると思うか？」

「だな。当時を知る者にとってガラハの名は禁忌だ。血迷ったガラハのために多くの民が死んだのを忘れたということはないんじゃないか？」

「だが当時もガラハに従った兵や貴族は多かった。生き残りが盟主に祭り上げないとは限らないだろう？」

二人の顔を見つめて言った後、ノーラヒルデはふっと笑みを浮かべた。

「やはりあの時に仕留めておくべきだったな」

ガラハ元ベゼラ国王。魔に魅入られ、魔獣の誘惑に乗ってそれを国内に引き入れ、多くの民の血を流させた。それればかりか魔獣の群れを率いて侵攻し、近隣の国々にまでその害を齎《もたら》した。

要請を受けてシルヴェストロ国騎士団が派遣され、ノーラヒルデの右腕と引き換えに魔獣の王を倒し、群れを薙《な》ぎ払った。

その時に、ノーラヒルデの剣はガラハの目を裂いているのだ。瀕死の状態でガラハは捕縛され、ベゼラ国の法に則《のっと》り幽閉の刑を受けている。残りの一生を塔の中で過ごすのが、ガラハに与えられた罰。

その決定をノーラヒルデが知ったのは、シルヴェストロ国に帰還後のことで、その時に思ったのも、

「戦場で仕留めておけばよかった」

という物騒だが前線に立ち命を懸けて戦う騎士としては当然抱く思いだった。


ベゼラ国王ガラハの幽閉という処置に関して周辺国から苦情が出なかったわけではない。むしろ引き渡せという声の方が大きかった。当然、ベゼラ国民の大多数も処刑を望んだ。

「本当にあの時の自分を殴り飛ばしたいくらいだ」

「おいおい」

心底残念なのが言葉にも表情にも出ていたらしく、おどけたようにフェイツランドが苦笑する。

「お前の気持ちはわかるし、俺がその場にいてもそう思うだろうがよ、過去には戻れねぇんだから諦めろ。魔獣の王を倒しただけで満足しろ」

「だが、あと一振り出来ていれば……」

右腕を犠牲にして魔獣の王を倒したが、失血によりガラハの首を撥《は》ね飛ばすことが出来ず、負けを悟ったガラハがベゼラ軍に降伏した結果、戦場で裁く機会を失ってしまったのだ。ノーラヒルデがそれを知ったのは、傷がある程度癒《い》えてシルヴェストロ国

へ帰還してからのことで、幽閉を聞いた瞬間に浮かべた冷たい表情は周りにいた騎士や医師たちを精神的に氷漬けにしたという逸話が残っているくらいだ。

どうどうと、まるで興奮した馬を宥《なだ》めるように頭を撫でるフェイツランドは気に食わないが、確かにやり直すことは出来ない。

「で、マリスヴォスと一隊を派遣するとして、いつ出立する？」

「明日でいいなら明日で。城の方は準備も何もいらないからな。騎士団の方が時間が掛かる……わけでもないか」

行軍に必要な資材や武具、食糧などの手配を考えて翌日の出立でも厳しいと言いかけた国王は、にやにやしている義父に気づき、余計な心配だったと訂正した。滅多《めった》に出撃しないお飾り的な騎士団とは違い、名実共に戦場で働くシルヴェストロ騎士団は即時開戦でも対応出来るだけの備えを常に心がけている。補給品も携帯用の食料も、荷馬車に積み込めばすぐに出せるよう常日頃から確保しているのだ。

「マルタの国王には俺から親書を書いて送っておく」

シルヴェストロ国から見て北西に位置するマルタ国に着くまでに、普通に行けば十日近く掛かるが、行軍に慣れた騎士の一部を先行させればさらに日数は削《けず》れる。それに役人と医者を同行させれば、より早くに結果が出るだろう。

「北の国は邪魔はしねぇだろうな。うちの旗を掲げた騎士団が通るのを邪魔するようなら今度こそ灰にしてやるが」

「それは大丈夫だろ。東方諸国との調印の席であれだけ念を押したんだ。誰が破壊王に逆らおうなんて思うかよ」

「逆らったら逆らったでいいけどな。通り道に塞《ふさ》がれば蹴散《けち》らすまでだ」

少し前にいざこざのあった北の国のうち一国を縦

断する街道がマルタへと続いている。エイプリルの祖国ルインとは反対側の北方面へと進む形になるのだ。

「では、私はマリスヴォスを呼んで部隊の編成の打ち合わせをする。フェイ、お前はどうする？」

「俺はここでもう少しジルと内容を詰めていく。万一、七年前の再現にでもなれば手は早めに打っておいた方がいいからな。ノーラヒルデ、辺境警備に回す予定の部隊は本部に留め置いておけ」

「了解した」

頭の中でこれからすることの算段をつけながらノーラヒルデが退出しようとした時、

「あ、ノーラヒルデ」

国王が思い出したように声を上げた。

「ヴィスを貸してくれ。いざと言う時の連絡役にはあいつの翼が必要だ」

ノーラヒルデは逡巡《しゅんじゅん》後、頷いた。

「わかった。後でお前のところに行くように伝えておく。私が見つけるより先にヴィスに会ったら直接話をしてくれていい」

そうすると頷いた国王の代わりに、フェイツランドが首を傾げる。

「そういや、今日はまだ一度もヴィスの姿を見てねぇな。てっきりこっちにいると思ってたんだが」

「俺も今日は見てないぞ。最近は昼時になったら飯食いに来るから、もうそろそろ来るとは思うけどよ」

金色の二対の瞳がノーラヒルデを見つめた。

「喧嘩でもしてるのか？」

「反抗期か？」

二人の発言をノーラヒルデはフンと鼻で躱《かわ》して背を向けた。

「――ヴィスに聞け」

投げ遣りな一言で済ませさっさと部屋を出たノーラヒルデは、義理の親子の呆気《あっけ》に取られた顔を見ることはなかった。

騎士団へ戻りながらノーラヒルデは、城での会話を反芻《はんすう》していた。自然に眉が寄っている美貌はどこか凄《すご》みがあり、騎士団副長の姿を見ることが出来ると喜んでいた一部の者たちを硬直させた。真っすぐに本部へ歩く足取りは確かだが、一人思考の中に沈んでいるノーラヒルデが気づくことはない。視線を集めるのはいつものことで、いちいち取り合う必要はないからだ。たまに声を掛ける無謀な者もいるが、大抵はその人物の周囲にいる者たちが引き離すのが常である。

「ベゼラか……。まさか今さら何かをするとは思えないんだが」

本部に入る前にマリスヴォスを呼びに行かせたノーラヒルデは、執務室の隣にある会議室の広いテーブルの上に地図を広げ、ベゼラという国に思いを馳《は》せていた。

決してよい思い出のある国ではないが、野放しにしておくことも出来ず、マルタ国などの隣接する国の後援という形でシルヴェストロ国も復興を見守っていた。復興と言っても国土的な損失はベゼラ国自体にはさほどなく、人的な損失をいかに取り戻すかが最重要課題だったのだ。だからこそそのシルヴェストロ国からの役人派遣であり、二度と同じ過ちを齎すことがないよう、複数国が監視しつつ見守っていた。

「それがここに来て破られたということか」

腐ってもシルヴェストロ国出身の役人だ。瀕死の重傷でありながら命を長らえたのは幸いだった。意識を取り戻せば詳細を知ることも出来るだろう。

「本来なら私が直接出向いて確認したいところだが、簡単に行かせてはくれないだろうな」

副長が出向くほどのことではないと事態を軽視しているのではない。シルヴェストロ国騎士団第二副長ノーラヒルデ――第一師団長の名はベゼラ国近隣では有名すぎるのだ。

これで平凡そのものの容姿であれば、ひっそりと行動を起こすことも出来るのだろうが、あいにく隠密行動には向かない容姿と性格のため、動けばそれだけ大事《おおごと》になるとわかっている。

不動王の異名を持つフェイツランドが陣頭に立って指揮をするだけで、その戦の重要度がわかると言われているように、ノーラヒルデの出陣も同じ意味を持つ。まだ事態の詳細を把握出来ておらず、他国との連携を取る前に動いてしまえば、逆に刺激を与えてしまいかねない。

「副長？　お呼びと聞いて参上しましたー」

コンコンと軽く扉を叩《たた》く音がして、顔を上げるとマリスヴォスが会議室に足を踏み入れたところだった。稽古場にいた時と服装が変わっているのは、真面目に体を動かして出た汗を流しでもしたのだろう。よく見るまでもなく、乾いていない赤毛の先からは滴《しずく》が落ちて来そうで、ノーラヒルデは近くの椅子の背に掛けてあった布を放り投げた。

「その髪をまずどうにかしろ」

少し手前に落ちかけたそれを軽く一歩踏み出して受け取ったマリスヴォスは、にこやかに礼を述べた。

「ありがとう副長」

言いながら毛先を布で包みパンパンと叩いて水気を取る。華やかな容貌に似合う煌びやかな服や飾りを纏《まと》っていることが多いマリスヴォスには、身繕いは大した手間でもないのだろう。第二師団長という実力に見合った役職を持つマリスヴォスには、他の師団長たちと同じように従卒がつけられているのだが、もっぱら自分で手入れをしているらしい。騎士団一の色事師との別名を持つマリスヴォスの毒牙に掛からぬよう、退団した老齢の男をつけているのも要因の一つだとは思うが。

「乾いたらこっちに来い」

「了解です」

自分の指で毛先を摘《つま》み、もう水気がほとんどないのを確認したマリスヴォスは、長布を肩に掛けたままテーブルの横にやって来た。少し前屈みになって覗《のぞ》き込み、「ん?」と首を傾げる。

「北西群図? ……何かあったんですか、また」

また、という言葉にノーラヒルデの口元に微笑が浮かぶ。

北方の国々は様々な問題を起こし、その都度シルヴェストロ国が調停に入ることも多いが、実際にシルヴェストロ国そのものに戦いを仕掛けてくる国はほぼない。そして、二度の侵攻はないのが普通だ。破壊王フェイツランドが直々に城に乗り込んで、二つ名の通りに壊滅的な打撃を与えられて尚《なお》、再び挑もうという気力を維持出来る方が稀だからだ。

「あったというより、何かが起こっている様子がある」

国王から聞いた話をノーラヒルデはそのままマリスヴォスに語った。第二師団の一部を率いて遠征して貰うのだ。現在知り得ている正確な情報は伝えておかなくてはならない。それにより、首都を出てからの道中での第二師団の動きもまた臨機応変に変わって来るのだ。単なるお遣いではなく、目と耳と直感まで含めたすべての感覚で、ベゼラ国で何が起こっているのかを確認する必要がある。

「――ベゼラですかあ。あそこの上の方の連中、それこそ壊滅的にやられちゃったでしょう?」

副長にという台詞《せりふ》に含まれない声音を聞き取り、頷く。

非凡な才能の片鱗《へんりん》は見せていたが、当時はまだ十代だったマリスヴォスは当然師団長ではなかった。

後続の部隊と共に処理部隊としてベゼラに赴いたマリスヴォスは、その場でノーラヒルデの活躍を見てはいないが、第一師団としてノーラヒルデに同行していた騎士たちから何度も聞かされた話でそれを把握していた。

魔獣との死闘である。戦いの最中《さなか》、右腕を犠牲にして魔獣の王を倒した武勇伝は、騎士を目指す者たちに憧れを抱かせるに十分であり、畏怖の念を広めるのにも役立った。

不思議なことに――というわけではないのだが、戦いを引き起こしたベゼラ国という名はそれほどまでに有名ではない。実際に主な戦場だったのがベゼラ以外だったのもあるが、人と魔獣が他の国に向けて牙を剝《む》いたという事実そのものを広げたくないという政治的な力が働いたのが大きい。

当時シルヴェストロ国王だったフェイツランドは最後までそれに反対していたが、結局はベゼラからの被害を受けた当事国の意見を尊重した形となる。

ノーラヒルデの剣から逃れ、身柄の安全を求めたガラハ元国王が処刑されず、塔に終身幽閉されていること自体、ほとんど知られていない。

「また魔獣を連れて悪さするってこと？」

「そうかもしれないし、そうではないかもしれない。それを確かめるためにお前に部隊を率いてマルタに行って貰いたい」

「それは構わないんだけど」

そこでマリスヴォスは邪気のない笑みを浮かべた。

「もしも現地で何かあったら暴れちゃっていいのかな？」

「お前は……」

ノーラヒルデは呆れてマリスヴォスの顔を見つめた。

「目的はあくまでも偵察であり、周辺の哨戒《しょうかい》と調査なのを忘れるな」

「でも、オレたちが黙っていても向こうから仕掛けて来るかもしれないんでしょう？　そのお役人様がもしも誰かに襲われたんなら、あり得なくもなくない？」

「その時は反撃自由だ。黙ってやられる義理はあるまい？」

ヒューと軽い口笛がマリスヴォスから零《こぼ》れた。

「さっすが副長」

「当たり前だ。相手がその気なのにこちらが相手をしない道理はない。むしろ歓待してさしあげろ」

「やったね！」

マリスヴォスが腰の辺りで小さく拳を握って上げる。その孔雀《くじゃく》色の瞳はキラキラと輝いていた。しかし、釘《くぎ》を刺すのも忘れない。

「小競り合い程度で済めばいいが、もしも拡大しそうな時にはすぐに連絡を入れるのを忘れるな」

「了解です。ねえ副長」

「なんだ？」

「あのさ、ちょこっと聞いたんだけど」

マリスヴォスはこそこそとノーラヒルデの真横に立ち、耳に口を寄せた。

「ヴィスと喧嘩してるって本当？」

「……」

思わず至近距離から見返した孔雀色の瞳は好奇心に満ち溢《あふ》れていた。

「ねえねえ、副長にべったりのあのヴィスが側にいないのは喧嘩したからだってみんな言うんだけど、どうなの？　本当なの？」

「あまり耳元で喚《わめ》くな。大体、お前の言うみんなとはどれくらいなんだ？」

「ええと、オレが知ってるのは十二人くらいかな」

誰某《だれそれ》でしょ、と指折り数えるマリスヴォスを見ながら、はぁと溜息をつく。

「マリスヴォス、それはみんなとは言わないぞ。お前の周辺にいる連中だけだ」

「えー？　でも団長も怪しんでたよ？」

「フェイツランドの戯言《ざれごと》をそのまま信じるほどお前の頭は軽いのか？」

ノーラヒルデは少し距離を取ってコツンと額を叩いた。痛くしたつもりはないのに、

「副長にぶたれた……」

そう言って額に手を当てて泣き真似をする相手に付き合っていられるかと、ノーラヒルデは地図の一点を指さした。

ベゼラとマルタの国境は森林に覆われ、そこを通る街道が公路となる。シルヴェストロ国から派遣していた宰相補佐が発見されたのは、その街道からやや西寄りに外れた場所だった。故意に外れたのか、それともそこまで連れ去られたせいなのかは、これからの聞き取りで判明するだろう。

「城から医者も同行する。マルタの医者が信じられないというわけではないが、念は入れておきたい」

「それならオレは医者と一緒に先行すればいいの？　先に行かせるんでしょう？」

日頃の行動は感心出来るものではないが、先を読んでの発言はさすが師団長として重用されるだけのことはあると、口元だけで笑む。

「先に行っては貰うが、同行する必要はない」

じっとノーラヒルデの顔を見つめたマリスヴォスは、ややあって破顔した。

「そっか。俺は町の見物をしながら……っ！　今度は本気で痛かった！」

ノーラヒルデの左拳はマリスヴォスの頭上にあった。

「ひどいっ副長！　観察しながら行くんだよね!?　町の中に変化がないか、怪しい人物が動いていないかを確かめるんだよね？」

「内容は合っている。だが言い方が悪い」

「同じならいいじゃない……」

「お前が言うと調査よりも本当に観光目的にしか聞こえないんだ」

　ぶすっと口を尖《とが》らせたマリスヴォスだが、それ以上反論すると再び拳が飛んでくるのが目に見えて明らかなので、黙ったままだ。避けようと思えば避けられる体術を持っているのに避けないのは、避けた後の報復の方が怖いと経験上よく知っているからだ。当然ノーラヒルデもそれがわかっていての行動である。

「……横暴」

「今度はその口を塞ごうか？」

　にやりと冷笑を浮かべて上げたノーラヒルデの腕をマリスヴォスの手ががっちりと摑んで自分の方へと引き寄せる。ノーラヒルデも背は低い方ではないが、マリスヴォスは長身だ。つい抱き寄せられる形になったまま、至近距離で若者の華やかな笑顔を見つめる。

「どうせ塞ぐならこっちの方がいいなあと思うのですが、いかがでしょうか副長殿」

　こっちと言いながら、マリスヴォスの指が触れたのはノーラヒルデの唇だった。

　それに笑ってノーラヒルデが答えるのは、

「命が惜しくないようだな。舌を嚙み切られていいなら構わないぞ？」

「究極の選択だね。でもオレは」

　笑うマリスヴォスは顔を寄せ――そして急に仰《の》け反《ぞ》った。

「痛いッ！　痛いって！　髪を引っ張るのは誰⁉」

　背後から何者かに髪を引っ張られた結果、マリスヴォスの頭は真後ろに仰け反り、必然的にノーラヒルデとの距離が出来てしまう。

「ヴィスか」

　マリスヴォスの頭上を飛び越えてノーラヒルデの

腕の中に飛び込んで来たのは黒竜だった。どうもマリスヴォスの髪を咥えて引っ張ったのはこの竜だったらしい。

　ノーラヒルデの腕の中に飛び込んだクラヴィスは、甘えるように首に鼻を擦り寄せた後、首が痛いと言ってテーブルに片手をつき、もう片方の手で首の後ろを押さえているマリスヴォスに向けて小さく吼《ほ》えた。

「ええーっ、犯人はヴィスだったの？　酷《ひど》くない？　手加減一切しなかったよね!?」

「酷くはないと思うぞ」

「ジャンニまで、酷い……」

　苦笑を浮かべて室内に入って来たジャンニは、軽くマリスヴォスの脇腹を突いた。

「俺はとうとうお前が血迷って副長に手を出したのかと本気で心配した」

「オレはいつでも本気……あ、嘘《うそ》です。だから牙を剝かないで！」

　腕の中から身を乗り出してガウッと大きく口を開けた黒竜から慌てて距離を取ったマリスヴォスは、ジャンニの背に隠れた。背丈が違うので隠れたことにはならないのだが、黒竜が瞳をしっかりと見据え、不埒《ふらち》な行動は許さないと態度で示しているために盾となる人物が必要なのだろう。

「お前が悪い」

　振り返ったジャンニはぐいとマリスヴォスの頰を引っ張った。

「ジャンニまでオレを虐めるんだ……」

「そんな捨てられたような目をしても駄目だ。後ろから見たら、どうしたってお前が副長によからぬことをしているようにしか見えなかったぞ」

「よからぬことって？」

「それは……」

　言いかけて、マリスヴォスの瞳が笑っていることに気づいたジャンニが後ろ足で軽く若者を蹴飛ばした。

　ノーラヒルデの腕の中の黒竜が「ざまあみろ」とでもいうように、翼を震わせ自分を支えるノーラヒルデの腕をパシパシと叩く。

　それだけで彼らがどんな想像をしたのかがわかってしまい、ノーラヒルデは軽く溜息を落とした。マリスヴォスとノーラヒルデが性的な接触——接吻《せっぷん》でもしていたと勘違いしたのだろう。確かに舌を噛み切られる覚悟があるならとは言ったものの、ノーラヒルデの唇は安くはない。直前で股間でも蹴り上げるつもりだったのに比べれば、まだ黒竜に髪を引っ張られた方がましだったはずだ。

　それよりも、だ。急ぎの用がある時に話が雑談に向かってしまうのはよろしくない。

「マリスヴォスもジャンニも、それからヴィスも。先に話を進めてもいいか？」

「はい副長。すみません」

「ごめんなさい。ヴィスも副長も……でも惜しかった」

　小さく「イタッ」と声がしたのは、ジャンニに足でも踏まれたからだろう。

　普段より小さく鶏ほどの大きさになってはいても片腕で支えるのには重い黒竜は、テーブルの上に置いた。地図の重石にはちょうどいいだろう。

　マリスヴォスも同じくテーブルの側に立ったが、位置取りが黒竜から最も離れた場所だったのにはジャンニと二人顔を見合わせ、小さく笑った。

「話が途中になったが、マリスヴォスには偵察を頼む」

「マルタのお城には寄らなくていいの？」

「医者には役人が同行している。そちらが陛下の親書を持って行くから問題はない」

「偵察するのはお役人様が発見された場所辺りか

な？」

「そうだ。そしてこの辺一帯を探って欲しい」

ノーラヒルデの指はマルタとベゼラ国の国境を西に辿《たど》った箇所で円を描くように動いた。

北西部から大陸中央に向かう途中には広範囲で森林が広がっている。その森は、大陸中央に位置する大国クレアドール国と隣接する大森林地帯、通称「魔の森域」にまで続き、木々が年間通して鬱蒼《うっそう》と繁る森林は、国境の境を曖昧にするほど深く入り込んでいた。

それだけなら森林資源が豊富というだけで済むのだが、魔獣が棲息《せいそく》することでも有名なため、地元の民も入り込むことはなく、開墾《かいこん》すら行われずに放置されている地帯でもある。

「――魔獣が絡んでいると副長は考えているんですか？」

ジャンニの眉が寄せられた。魔獣という言葉を聞いた黒竜がピクリと動き、さっとノーラヒルデの顔を見上げた後、すぐに示す場所を食い入るように見つめている。

「それはわからない。ただ前科があるから念は入れておいた方がいい。マリスヴォス、連れて行くのは少数精鋭でいい。ただ奥深くにまで入り込む必要はない。浅いところに魔獣の気配がないか、痕跡が残っていないかを確認してくれ」

魔獣と一口に言っても性質は様々だ。例えば、エイプリルが飼っている眠り兎と呼ばれるコノレプスも魔獣だが、性質は温和で人に危害を加えることはなく、普通の兎のように捕食される側の生き物だ。農耕で利用する大型の鎧《よろい》獣もシルヴェストロ国では欠かせない益獣である。ただし、どんな魔獣が棲息しているかすべてを知っている者は人の中にはいない。魔獣の王もすべてを網羅しているとは限らないだろう。

「どんな獣が出て来るかわからない。準備は怠るな」

「わかりました。オレも命は惜しいですからね。あ、それでジャンニが呼ばれたんだね」

おお！　と両の手をポンと叩いたマリスヴォスに、補給部とは別に武器庫の管理を任されているジャンニは肩を竦めた。

「魔獣相手を想定するなら、通常の武具じゃ役に立たないことの方が多いからな。多少荷は嵩張《かさば》るが、それなりの性能を持つものを持って行った方がいい」

「そのための精鋭だな。己の力を過信せず、武器の性能に頼ることなく戦うことが出来る。連れて行く部下はお前が選べ、マリスヴォス」

「それは責任重大だねえ」

と言いながら、既にマリスヴォスの中では連れて行く騎士の顔ぶれは決まっているのだろう。隠密行動も出来、血気に逸《はや》らず冷静な判断を下せる実力と実績のある騎士。普通の偵察なら経験を積ませるために率先して新人を連れて行くところだが、今回は不慣れさが出れば命取りになる可能性がある。そういう危険は出来るだけ排除したいところだ。

「お前の報告によって後続を送る。場合によってはシベリウスの防衛に数隊だけ残して全軍を出撃させる用意もしておくつもりだ」

マリスヴォスもジャンニも目を見開いた。

「そこまで大規模になりますか……」

「副長、やる気に溢れてるね」

「だからこそだ、マリスヴォス。迅速で正確な情報、それを入手するのがお前の任務だ。出来るな？」

確認ではなく、命令の言葉をマリスヴォスは胸に手を当て敬礼の姿勢で受け取った。

「お任せください、副長。マリスヴォス＝エシルシア第二師団長、必ずその役を果たしてみせます」

「ただ無茶はするなよ。多少の無理はいいが、無茶は駄目だ。お前の場合、その線引きが緩いから特に気を付けるようにしろ」

「確かに」

うんうんと頷くジャンニの姿にマリスヴォスは憤慨したように食って掛かった。

「ジャンニ酷い！　オレはいつだって真面目ですっ。真面目に戦ってます」

「それはわかってる。だけどお前と一緒にいたら安心もする代わりに冷や冷やすることも一度や二度や十度はあったしなあ」

「……そんなに？」

「だから俺と組まされることが多いんだって、お前気づいてないだろ？」

「えっ!?　そうなの、副長」

真面目なジャンニは武術的な腕前だけでなく、物事を冷静に見る目を持っているのと、マリスヴォスに遠慮なく対処出来るという点で、城下での戦いや屋内戦などでは確かによく組ませている。大規模な集団戦闘時には、さすがに実力差があるために同行はさせられないが、お目付け役としては最適だ。フェイツランドにはエイプリルやシャノセン、マリスヴォスにはジャンニというのは、自分が同行しない時には決めているノーラヒルデである。

「今回はジャンニは一緒じゃないからな。自重しろよ」

「副長、マリスヴォスの頭の中に自重という言葉は存在しませんよ」

「ひどいッ！　さっきから副長もジャンニもひどいっ！」

二人は腕組みして赤毛の若者を睥睨《へいげい》しつつ、口を揃えて言った。

「日頃の行いのせいだ。諦めろ」

と。

テーブルに手をついて泣き崩れる真似をしたマリスヴォスは、黒竜の尾に叩かれるという追い打ちま

で受けてしまい、

「副長のばかぁ、ジャンニのいじわるー、ヴィスのまぬけー」

と、叫びながら執務室を出て行ったが、すべき話はしたのでノーラヒルデに問題はない。何か聞きたいことでもあれば、またけろりとした顔で戻って来るだろう。この辺も付き合いの長さがあるからこそわかることだ。

残されたノーラヒルデとジャンニは肩を竦め、また何事もなかったかのように地図を見下ろした。

「魔獣対策なら重鎧や盾、槍《やり》の数を揃えていた方がよさそうですね」

「揃えられるか？」

武器防具の在庫は余裕を持って抱えている武力国家シルヴェストロだが、対魔獣用となると全員分を揃えるのにギリギリというところだ。魔の森域に接しているクレアドール国のように、常に魔獣との戦いを強いられる国であれば、逆に対人用の武具の方が少ないくらいだが、あいにくシルヴェストロ国騎士団が想定しているのはほぼ人相手の戦いだ。

それでも多くの武器防具を所有しているのは、以前ベゼラ国と魔獣の群れを相手に死闘を繰り広げた経験による。傭兵《ようへい》国家とも呼ばれるシルヴェストロの騎士団に隙があってはならないと、国王と騎士団長が結託した結果である。もっとも、集めた対魔獣用武器にその後あまり出番はなく、今回の持ち出しが初めての大規模戦闘になる。

「盾は重さのあるものの方がいい。頑丈さでいけば、モスクラブの甲羅は軽さが売りの反面、打撃用には向いていない。重量級の魔獣がいた場合、防御にも攻撃にも使えるものがいい」

「となるとやはり金属製の装蹄《そうてい》を持つものの方がいいでしょうね。甲殻系の盾の中から見繕います。裏に手斧《おの》や暗器を付けられる物で頑丈なものがあったと記憶していますので」

「そこは任せる。明日の朝までに行けそうか？」

「ええ。人手は山ほどあるので」

　持ち出す武器をジャンニと補給担当の職員で決めてしまえば、後は騎士たちを使って運び出せばいい。

日頃から書類仕事や雑務に追われ、人手が喉から手が出るほど欲しいノーラヒルデには羨《うらや》ましい限りである。騎士の中には事務作業も円滑にこなせる人材もいるのだが、彼らは言うなれば騎士の中の良心というべき良識ある者たちなので、他の騎士を見張っておいて貰うために、本部の仕事を手伝わせられないという相反する面を持つ。

　団長のフェイツランドの代わりに簡単な手伝いをするエイプリルや、時々シャノセンが来ることがある程度だ。

「……副長、そんな目で見ても駄目ですよ。俺は武器庫の管理で手いっぱいです」

　その割に奥の部屋で書物を読んでいることが多いのを知っているノーラヒルデだが、稀少《きしょう》な武器の知識を持つジャンニをそこから離せば、彼を頼りにしている武器庫担当に泣きつかれるのがわかるだけに諦めなければと首を振る。

「フェイが真面目に毎日仕事をすれば私の負担も減るものを……」

　今は城からの書類があまりない分まだましだが、決算期には寝る暇もないほどだ。

「団長はまあ、ああいう人ですから」

　ジャンニの苦笑がすべてだった。

「とりあえず俺は今から倉庫を確認して武器を用意しておきます」

「頼んだ。荷馬車の手配は済んでいるから、用意出来次第武器庫に回すように言えばいい」

「わかりました」

　それからと、ノーラヒルデはジャンニに耳打ちした。黒竜がちらりと見るが、先ほどのマリスヴォスの時のように威嚇《いかく》したり襲い掛かったりすることはない。ジャンニという青年の性格とノーラヒルデとの関係をよく理解しているからだ。

ノーラヒルデの話を聞いたジャンニは目を見開いた後で眉を寄せた。

「……それが必要にならないのが一番いいんですけどね」

「私もそう思う」

だが戦とはよい方の予想と期待は外れ、悪い方に向かうのが常と決まっている。

ノーラヒルデやフェイツランド、国王が感じた懸念が現実になるのであれば、用意周到、過剰戦力であるくらいでいい。

マルタ国での聞き取りを経て本隊を派遣することになる。それも遠い先の話ではなさそうだと、薄青く高い空を見上げ、ノーラヒルデは端麗な顔を憂いで染めた。

ジャンニが去った後もノーラヒルデはじっと地図を見つめた。

「ヴィス、お前と会ったのはここだったな」

指さしたのはマリスヴォスに調査を頼んだ森のマルタ国側にせり出している箇所。そこでノーラヒルデ率いるシルヴェストロ国騎士団と、ガラハ国王と手を結んだ魔獣の群れが激突した。森林の多くが破壊され、王を名乗る魔獣がノーラヒルデに倒されて勝敗が決するまでに魔獣の死骸が山となった。騎士団の人的被害も決して皆無ではない。

それくらい激しい戦いだったのだ。

「あれから七年。お前はずっと私の側にいてくれた。感謝している」

こちらへと手を伸ばせば、渋るような仕草を見せ、それにノーラヒルデは淡く笑んだ。それでも手招きをすると、ペタペタと歩いて側に来る。腕の中にすっぽり入る大きさになった黒竜を抱いたまま、ノーラヒルデはそう独りごちた。

実際には聞き手として黒竜がいるのだが、竜体の時には人語を話さないクラヴィスはただ聞いているだけだ。ただ、その存在と沈黙は、何度もノーラヒルデを苦悩から救ってくれた。

それから労《いたわ》りと温もりも。

右腕の代償には十分すぎる存在だった。

「お前は……」

今の暮らしに満足しているか？　自由に空を飛び回ることの出来る以前を恋しく思うことはないのかと問いかけて、意味のない質問だと口を閉ざした。

そんなノーラヒルデの心情に気づいたわけではないのだろうが、はっきりと物を言うノーラヒルデにしては珍しく歯切れの悪い態度を不審に思ったのか、振り返って頬を舐める。微妙に唇の端を掠《かす》めているこの行為は、黒竜がたまにするものの、唇を直接舐めたことはない。他意はないと思うが、あえて尋ねる意味も見出せず、そのままにしている。

犬猫などの愛玩《あいがん》動物は飼い主の目鼻口と言わず顔中を舐めるというのが定説で、馬でさえ時々それをするのに、遠慮を見せる黒竜は黒竜なりに考えているのだろう。

あの眠り兎のプリシラでさえエイプリルの口を舐め、フェイツランドが地団太踏んで悔しがっている。ノーラヒルデの飼い竜と認識されているクラヴィスが顔を舐めたくらいでは誰も何も思わないはずだ。それに日頃から事あるごとに甘えている黒竜なのだ。問題にも、話題にすらならないと思うのだが。

ノーラヒルデは黒竜の喉を指で撫でながら、瀕死の重傷を負った宰相補佐が収容されている国境側の砦《とりで》を指さした。

「ジルがお前を連絡役に使いたいと言っている。マリスヴォスに同行せず、ジルが作成した親書を持ってマルタ国王に会い、それからマリスヴォスたちが聞き出した詳細をまた届けるという仕事だ」

その気になれば一つの国を一日も掛からずに飛び越えることが出来る竜ならではの使い方だ。

ノーラヒルデは抱いていた黒竜を目の前に座らせると、その真っ黒な黒曜石のような瞳を真っすぐに見つめた。

「――お前にしか任せられない役目だ。ベゼラ国にというよりも、あの地によい思いはないだろうが、行くことを承知してくれるか？」

赤にも金にも見える焔《ほのお》の瞳孔が真っすぐノーラヒルデを見返し、頷いた。

「感謝する」

頭を撫でると、いつもそうしていたように掌に擦り寄せてくる。目を細めて気持ちよさそうに身を委ねている姿からは、ここ最近の距離感は感じられない。そのことに心の奥底でほっとする。共にいた月日は確実にノーラヒルデの中に黒竜の居場所を作り出していた。

「私はここでお前の帰りを待つ。その結果によっては、再びあそこへ行くことになるだろう。マリスヴォスに調査は頼んだが、魔獣の動向までは無理だと思う。だからこれは私からの依頼だ。今回の件に関して、魔獣が関わっているかどうかを確認してくれ。関わっているとすれば、どんな関わり方なのか、どれくらいの魔獣が手を貸しているのか……」

そこでノーラヒルデは手を止めた。黒竜が小さな前脚をポンとノーラヒルデの胸に置いたからだ。大丈夫かというように問う瞳に、小さく頷く。

「腕を失ったことを後悔はしていない。あの時はあれが最善で、あれしか方法がなかった」

後からなら幾らでも他の方法を考えられるかもし

れないが、あの時は単身で乗り込んだのだ。元より、相手を倒すことだけを目的にしていて、それは十分に達せられた。魔獣に関しては、だから後悔はない。あるのは人、ベゼラ国元国王ガラハを仕留め損ねたことだけだ。

　過酷な戦闘を経験した後で退団する騎士は毎年何人もいる。最近では、ルイン国と北方三国の間で行われた戦いがあるが、破壊王フェイツランド、隻腕《せきわん》の魔王ノーラヒルデをはじめ、騎士の中の騎士たちが参戦して勝利が約束されたような戦であっても、初陣後に騎士団を辞めるという申し出は幾つもあった。断りを入れるのはいい方で、騎士団本部に帰還せずそのまま親兄弟のいる領地に戻った騎士もいた。それでよくも平民出身の騎士を馬鹿に出来たものだと思う。

　力こそがすべて。そしてその力は正しく行使されなければならない。

「もしもベゼラ国で再び同じことが繰り返されようとしているのなら」

　その時は再びねじ伏せるだけだ。今度こそ、完膚なきまでに。

「お前の目、それから言葉は誰よりも信頼出来る。お前がいてくれて本当によかったと思っているよ」

　パタパタと羽が揺れる。本人が照れを隠したいと思っても、尾や羽は勝手に動いてしまうのだ。獣はとても正直だと思う。

　大きすぎる力を持つ黒竜は格下の魔獣の挑発に乗ることも、功を逸ることもなく、公正だ。妨害があってもそれに対抗する力を持っている。そして黒竜クラヴィスが従うのはノーラヒルデの言葉のみ。シルヴェストロ国王でさえ黒竜に「願う」ことはあっても命じることは出来ない。

「報告は急ぎはしないが、出来るだけ早く戻って来い」

そして、常には言わない台詞をつい付け足してしまったのは、ここ数日の黒竜の様子に少なからずノーラヒルデが不安を覚えていた裏返しだ。

ずっと側にいたのにいなくなるのではという不安。何を考えているのかわからなくなることへの不安。自分らしくないとは思うも、自然に浮かび上がるそれらを否定するほどノーラヒルデは愚かではない。予想とは違う。勘の方が近いかもしれない。

避けられていたと思ったのに、先ほどのマリスヴォスへの攻撃的な態度は独占欲だ。嫉妬《しっと》ともいう。過剰に甘えるのは、黒竜自身も自覚しているからではないだろうかと、ノーラヒルデは考える。ただ、先ほどからの態度で、ノーラヒルデに対して負の感情を抱いているのではないことは理解出来たように思う。

黒竜がノーラヒルデに甘え、触れる時は、すぐにほろほろと崩れる砂糖菓子を扱う時のように優しく繊細だ。時にそれをもどかしく思うこともあるが、伝えたことはない。人型でいる時にあまり触れて来ることのないクラヴィスだから、竜体の時には好きなようにさせたいと思うのだ。

ノーラヒルデはテーブルの上に広げられたままの地図を見下ろした。これから数日後には、この図面の上に多くの印がつけられ、走り書きが何枚も貼り付けられるだろう。書卓に腰を落ち着けての書類仕事で前倒しに出来るものは、早めに手をつけておいた方がよさそうだ。

廊下から複数の足音がして、黒竜が入り口に向かって顔を上げた。

「来たか」

何を競っているのか、背後に役人たちを引き連れて室内に入って来た二人の王族。片方は親書を書き上げた国王ジュレッドで、もう一人は本来ならば執務室の主《あるじ》であるはずの団長フェイツランドだ。

「静かに歩け。その辺の書類や本の山を崩せば、強制的にこの部屋で仕事を手伝わせるからな」

まずは釘を刺したノーラヒルデは、すっと国王の前に掌を出した。

「親書を」

シルヴェストロ国騎士団とノーラヒルデと黒竜の、ベゼラ国との第二戦は、こうして開始された。


「最近髪を下ろしたままの時が多いですね」

執務室で仕事をしていると、連れ立って入って来た三人のうちシャノセンが穏やかな笑みを浮かべながら言った。

「これか？　面倒でそのまま放置しているだけだ」

「面倒って……。ノーラヒルデさんの口からそんな言葉が出ることに僕は驚きました」

大きな花束を腕いっぱいに抱えたエイプリルが目を大きくする。

「そうか？」

「はい。団長ならわかりますけど、ノーラヒルデさんはいつもきっちりしている印象が強いから」

「それは言えますね。副長と言えば規律と思っている騎士も多いですし。副長が敷地内を歩いているだけで、背筋が伸びている騎士もよく見かけます」

「手抜きとは無縁の人ですよね、シャノセン王子」

「そうだね」

国は違うが二人の王子はどちらも穏やかな気性で仲がよい。にこにこと顔を見合わせている二人を見ていると、力が抜けてしまうことも多い。気が抜けるのではなく、肩から余分な力が落ちて、張っていたものがなくなるのだ。頻繁に共にいることはない二人だが、見かけた者たちの間から「癒《いや》し」という言葉が零れるのも納得だ。

「副長がもしもお嫌でなければ、サルタメルヤに結わせましょうか？」

常にシャノセンに付き従うサルタメルヤがすっとノーラヒルデに頭を下げる。

「髪か……」

さてどうするべきか。

普段は多少激しく動いても邪魔にならないよう頭の両側で編んだり、三つ編みにして後ろで一括りにしているが、シャノセンに指摘されたように最近は下ろしっぱなしの方が多い。書類仕事をしている時には煩《わずら》わしいと思っていたところだ。

机上にはまだたくさんの書類が積まれている。事務方の職員が出入りするたびに持ち出されたり持ち込まれたりで、あまり減った印象がない。戦に出るのを前提にした前倒し処理なので、急ぎというほどではないのだが、ノーラヒルデの性分では、出来ることを後回しにする方が気持ちが落ち着かない。

それに後回ししたからと言って、その時に暇だとは言い切れない。これが終われば自由になれる――そんな期待を抱き夢見て仕事をしていた時分は、もう過去のことだ。

ノーラヒルデは横から前に流れて来た栗《くり》色の髪を摘み、シャノセンへ頷いた。

「頼む。道具が入り用なら魔術師団長の部屋に行けばあるはずだ」

「それには及びませんよ。ね、サルタメルヤ」

「はい。持ち歩いているものを使わせていただけるのでしたら、そちらを。もし普段のものの方がよろしければ取りに参ります」

「だがシャノセンのために用意しているものだろう？」

今更付き人が身嗜《みだしな》みを整える品を所持していることくらいでは驚かないノーラヒルデと対照的に、抱

えて来た花を花瓶に移していたエイプリルは、

「世話役はそこまで隙がないものなんですね」

と感心しながら、同じ世話役としてフェイツランドのために何を携帯していればいいのかを考えているようだ。同じ王族でも何から何まで世話役がしていたシャノセンと、小国で自分のことは自分でするのが当たり前だったエイプリルでは、同じ王子でも持っている感覚はかなりのずれがあるようだ。

そのエイプリルは壁際の棚に花瓶を置いた後、不思議そうに首を傾げている。

「あの、副長に質問があります」

「なんだ？」

「さっきサルタメルヤさんに魔術師団長の部屋って言いましたけど、僕は一度もお会いしたことがないんです。隣の部屋なら、一度くらいは見かけたり、顔を合わせていたりしてもおかしくはないと思うんですけど」

僕の間が悪いだけでしょうか？　と言うエイプリルの様子を見て、ノーラヒルデは、

「は？」

と琥珀《こはく》色の目を瞠《みは》り、シャノセンは、

「あ、そう言えば」

と思い出すように視線を宙に向ける。

そんな二人の様子にエイプリルは頷いた。

「いらっしゃるんですよね？　本当に」

「ああ。いるぞ。エイプリルが直接顔を合わせたことがないのは、向こうが出払っていることが多いせいだろうな」

「そうですよね。魔術師団長とリトー第一副長は目撃すれば幸運が訪れると噂されるくらい、本部で見ることはない方ですし」

シャノセンはにこりと笑みを浮かべ、エイプリルの肩に手を乗せた。

「だからエイプリル王子が会ったことがないという

のは、別に特別なことではないんだよ。私がリトー副長に会ったのは確か入団して半年以上過ぎてからだった。そうだよね、サルタメルヤ」

「その通りでございます。シャノセン様が署名を忘れた書類をわざわざ持って来てくださったのが最初でした」

「こらこらサルタメルヤ。そこまで暴露しなくていいからね」

　ノーラヒルデの髪を梳《くしけず》るサルタメルヤをちょっと睨む真似をしたシャノセンである。サルタメルヤの手際はさすがによかった。滑らかに櫛《くし》を通した後は、指先を器用に動かして細かな編み目を作っている。強く引きすぎると頭皮に痛みが走り、緩すぎるとすぐに解《ほぐ》れてしまうが、そのあたりの駆け引きも心得ているようで、ノーラヒルデはただ黙って座っているだけでよかった。

　さすがに書きものの手を休めなくてはならなかったが、ちょうどいい休憩にはなったようだ。先ほどエイプリルが抱えて来たのは、薄い紫色と白と紅色が順番に色を変える大きな花弁をつけた花で、砂糖漬けの柑橘《かんきつ》類のような甘さを漂わせている。決して強い匂いではなく、仄《ほの》かに香る程度なのは好ましい。

　編み目を完成させたサルタメルヤはそれで終わりにするのではなく、細い紐《ひも》を使って頭の後ろで何かをしている。シャノセン王子の従者で良識のある人物なので好きにさせているが、どうなっているのか気になりながら、ノーラヒルデは花瓶を指さした。

「その花はどうした？　買って来たのか？」

「買ったと言えばいいんでしょうか……」

　少年はどこか考えるように首を左右に傾げた。

「お城の前にある広場で商売していた花売りの人から買ったんです。本当は無料でいいって言われたんですけど、これからシベリウスを離れてもっと暖かいところに帰るからって」

「売れ残りだったのか？」

「売れ残りとは違うようですよ」

城下の見回りから帰るところで居合わせたシャノセンが補足する。

「先日まで腕自慢大会が行われていて、城下が賑《にぎ》わっていましたよね」

「ああ。結局騎士団に入れそうな腕前の者はいなかったらしく、フェイが残念そうにしていたな」

ノーラヒルデにとっては、大会そのものよりも首都に集まった腕自慢の猛者たちが飲んで騒いで起こした騒動の後始末に追われて忙しかったことの方が記憶に強い。

「その前後に多くの露店が出ていまして、花屋もそこに出すつもりでやって来たらしいのです」

ところが荷馬車の車軸が折れてしまい修繕に日数が掛かって、到着したのが二日前。長持ちする花を持って来てはいるが、売り切るつもりだったので残っても困る。

「それで配っていたんです。でも、稼げないのもお気の毒で、修繕代や余計な宿泊費も掛かってるでしょう？　それでつい少し出しますよって言ったんです、僕」

貧しいルイン国から出稼ぎに来ていると公言しているエイプリルは、毎月の給金の多くを故郷へ送っている。その慎《つつ》ましやかな所持金を割《さ》いて買うというのは、少年らしいと言える。

「他にも鉢物やいろいろな種類の花がありましたよ。エイプリル王子以外にも小銭を払って買う町民も多かったです。城の下働きや騎士団の宿舎の管理人も買っていましたね」

「そんなにたくさんあったのか？」

「はい。荷車いっぱいに。とても綺麗でした」

エイプリルたちが買った結果、荷車に積んでいた花は売り切れた。荷馬車で運んで来た分は昨日までに売れていたから、本当にこれが最後だったらしく、エイプリルたちに感謝して帰って行ったという。

「お城の中も本部や宿舎の中も、しばらくは花で溢れているかもしれませんね。鉢植えも格安で売っていたので、そちらも購入して運び込んでいましたよ」

大勢の使用人たちがぞろぞろと花束や大きな鉢植えを抱えて行列を作る様は、しばらく話題になりそうだという。

「たまにはいいだろう。見た目も重要な城はともかく、騎士団の建物内は実用性重視で殺風景だからな」

「どうせならもう少し明るい色目だったらよかったですね」

花瓶の花には紅色も含まれてはいるが、どちらかというと薄い紫の方が主張が激しいため、室内が明るくなるということはない。これも仕方がない。春や夏ならまだしも、これから冬に向かおうとしている時なのだ。シルヴェストロ国は暖かい方だが鮮やかな花が咲く時期は過ぎている。

「お水を替えさえすれば五日近くは大丈夫らしいです。鉢植えだともう少し保《も》つとか」

思っていた以上に日持ちすることに驚くが、逆に世話する手間が掛からないことを考えれば、そういう鑑賞目的の植物が屋内にあってもいいのかもしれない。

「それなら短いその間を楽しませて貰うとしよう」

話に区切りがついたのを見計らって、サルタメルヤが手鏡をノーラヒルデに渡した。こんなものまで持っていたのかと驚くも、従者だからと自分を納得させる。本当によく出来た侍従である。

長い髪は横の方で捻《ひね》りながら編み上げられ、後ろで一つに括られた後、さらに捻って項《うなじ》のすぐ上で丸められていた。長い髪なのでそれなりに重さがあるのを捻って絡ませることで解け難くし、細い幅の紐で結んで留めている状態だ。

「首元がさっぱりした」

「お似合いですよ、副長」

「なんだかいつもと雰囲気違いますけど、素敵《すてき》です、ノーラヒルデさん」

首に掛かっていた髪がないだけで、若干軽さを感じる。マリスヴォスのように頭頂部で一つに結び上げることもあるが、基本は一本に編んで背中に垂らしているだけなので、珍しいと言えば珍しい髪型だ。

「サルタメルヤの腕がいいからだな。ありがとう」

「いいえ。私の方こそ副長の髪を結わせていただけて光栄です」

「そこまで言うほどのことか？」

首を傾げたノーラヒルデにシャノセンが理由を教えてくれた。

「魔術師団長と従卒の二人共がいない時にしか出来ないことですからね。特に魔術師団長がいる時には絶対に触れませんから」

はい、と手が上がり、エイプリルが再び質問する。

「魔術師団長とノーラヒルデさんの髪とどんな関係があるんですか？」

「それはねエイプリル王子、何を隠そう毎朝副長の髪を結っているのが魔術師団長に他ならないからだよ」

「ええっ!?　それは本当なんですか？」

エイプリルの目が驚きに丸くなる。

「事実だ。あれで意外と手先が器用で、自分がすると言い張るのでさせている」

従卒がするのは室内の片付けや掃除などの雑務のみで、魔術師団長がいない時に限り、ノーラヒルデの支度を手伝うことを許可されている。その従卒は家族が怪我《けが》を負い里帰り中で、そのために昨日今日はノーラヒルデが自分で適当に括っただけにしていたのだ。

一つに結ぶだけなら左腕だけでも十分に可能で、

見苦しくない程度に整えられていればいいと思っているノーラヒルデは、代理の従卒に頼む必要性を感じなかった。ただ、こうしてサルタメルヤに整えて貰った後では、いかに自分が気にしなさすぎたのかがわかるというものだ。

「魔術師団長が戻られるまで、サルタメルヤに結わせますか？　まだしばらくは戻らないのでしょう？」

「どうだろうな。そろそろ一度戻って来る頃だとは思うが……。厚意はありがたい。邪魔になりそうな時には頼むことにしよう」

ノーラヒルデの頭の中にはクラヴィスのこのひと月の予定が入っていて、その中に首都を離れた任務につく予定はない。

「いっそ切ってしまえば楽だとは何度も思うんだが……」

「切らない理由でも？」

ノーラヒルデは一人の男の姿を思い苦笑を浮かべた。ノーラヒルデ自身は短くてもいいのだが、それを許さない男がいるのだ。ノーラヒルデの手を煩わせることはしないから、長いままでいてくれと。栗色の長い髪を気に入っている男は、だから率先して世話を焼く。失った右腕の代わりだと本人は言っているが、もしも両腕が揃っていても、今と同じような世話の焼き方をしただろうと予想するのは簡単だ。それくらい、魔術師団長クラヴィスはノーラヒルデを大事にしていた。

「何にせよ、助かった。ありがとう、サルタメルヤ、シャノセン」

書類仕事をして忙しい時に、手元の視界に髪が映るだけでも鬱陶《うっとう》しくなることがあるので、これくらいまとめて貰っていればまず安心だ。

シャノセンとサルタメルヤは、花束を抱えたエイプリルの手伝いをするためだけに花瓶を運んで本部に来たようで、三人はそれからすぐに退室した。魔術師団長について知りたそうな素振りを見せていたエイプリルに説明し損ねたことに後になって気づいたが、いずれ目撃することもあるだろうと思考の外に追いやった。幹部や一部騎士たちの間では暗黙の了解事項なので、エイプリル自身が口を開いて尋ねない限り知る機会はないかもしれないが、知った時の驚いた顔を見るのもまた楽しみではあった。

（だからフェイツランドも話していないのだろう）

　エイプリルは魔術師団長に会ったことはないと思っているが、決してそんなことはない。ただ、それをそうだと認識していないだけの話だ。

「さて」

　ようやく己に課した今日の夕方までの決裁が済んだノーラヒルデは立ち上がり、ぐんと伸びをした。少しの休憩と食事を挟んで、また夜まで書類と睨めっこだ。その前にフェイツランドが来ればもう少し早く終わらせることが出来るのだがと、あまり期待出来ないことも思う。

　少し冷たい風が入り込み、半分だけ開いていた窓をさらに少し閉める。全部きっちりと閉めてしまえば寒さを感じることもないとわかっているが、

「癖というよりも習慣になってしまっている」

　それがわかっていて開けたままにしているのは、執務室の中に籠ることが多い自分が外界に接していることを忘れないためだ。外から聞こえる声や音や匂いは、気晴らしにはなるのだ。

「それに空が見える」

空――。

　真っすぐに自分に向かって飛んで来る愛《いと》しい竜の姿を早く見ることが出来る。

　黒竜が知っているかどうかはわからない。

　待っているのだと知れば喜ぶだろうとは思うが、あえて口にしないでもいいと思っている。

　ノーラヒルデは窓の桟《さん》に手を置き、遠くを見つめ

た。

早く帰って来るとよいなと思いながら。

甘い香りがノーラヒルデの体を包み込むように漂った。


マリスヴォスたちが出立して十日ほどして、ようやく第一弾の報告がシルヴェストロ国へ届けられた。

「ヴィスが戻って来たって？」

知らせを聞いて城に駆けつけたノーラヒルデは、国王とフェイツランドの前に座って果物を齧っている黒竜の姿を確認すると、小さく息をついた。

他国との往復や長期出張は多いが、今回は場所が場所だけに普段よりも心配度が高かった分、無事に戻って来た事実は何よりもノーラヒルデを安心させたのだ。

そして普段はあまり見られないノーラヒルデの姿に、国王とフェイツランドが意味深に笑みを交わし合っているが、それについての報復は後回しだ。

「お帰りヴィス」

頭を撫でると目を細めて擦り寄せて来るのはいつものクラヴィスである。魔獣とも問題が発生しなかったようで安心した。黒竜が勝つのはわかり切っているが、ベゼラ国近辺で魔獣同士の戦いがあれば嫌でも目につく。ひいては過去の戦が思い起こされ、周辺で混乱が生じる可能性は十分にあるのだ。

賢い黒竜のことだから、移動は最高速度で行ったのだろう。地上にいる魔獣が黒竜を見かけても、手を出すことは出来ず、翼を持つ魔獣たちもついていける飛行速度ではない。

遠からず、魔獣も含めた戦が開始されるだろうが、その前に小さな火種を作っておきたくなかったのだ。黒竜はよくても、第二師団を派遣している。余波でそのまま戦端が開かれては、軍勢が整っていないこちら側に不利だからだ。最終的に勝つにしても、被害は少ない方がいい。「勝つ戦は速やかに徹底的に」がシルヴェストロ国騎士団の方針だ。

「マリスヴォスからの報告も一緒だ。ざっと目を通したが、なかなか」

ニヤリとした笑みを見れば、どういう状況なのかはノーラヒルデにもすぐにわかった。つまりは予想通りの展開が、あちらで待っていたということだ。

「やはりベゼラが始めたのか」

「そうらしい。あ、ガラハ元国王は半年前に塔の中で病死したと判明している」

ノーラヒルデの眉が上がる。無念を滲《にじ》ませたつもりはなかったが、自分の手で止《とど》めを刺すことが出来なくなったのは、非常に残念でそれが顔に出ていたに違いない。黒竜が前脚でペタペタとノーラヒルデの腕を叩いて慰める。

敵が死んで喜ぶのではなく、悔しいと思ってしまうのは、もはや武人としての性《さが》で仕方がないにしても、意気込んでいただけに空回りしてしまい、空虚さだけが残される。だからこそ思うのは、

「やはり中途半端はいけないな。最期までしっかりと見届けなくては」

「おいノーラヒルデ。気持ちが声に出てしまってるぞ。まあわからんでもないが、別の機会で我慢しておけ」

「別の機会……？　ああ、ガラハはいないが、後ろから糸を引いている奴がいるということか」

「そういうこった」

マリスヴォスからの伝書では、ベゼラ国の宰相補佐はマルタ国にあるシルヴェストロ国公邸へ向かう途中で魔獣に襲われたということだ。

「秘密裏に数名ずつベゼラ城を抜け出し、国境を目指したらしい」

「数名ずつということは、残りは……」

ゆるりとフェイツランドの首が横に振られる。

「そうか」

「宰相補佐が生き延びたのは、元が軍人上がりの文官だったからだ。やり過ごすことは出来たらしいが、木の上で隠れているところを魔獣に引《ひ》き摺《ず》り出されたそうだ」

逃げ出す時に文官の服の下に鎧を着ていたことで、最悪の状態になることは逃れられたが、話が出来るようになるまで回復するにはマリスヴォスが到着して二日は必要だった。

「ベゼラの首都は？」

「陥落はしていないが、森から魔獣の群れが向かっている。籠城して援軍が来るのを待つつもりだったらしい」

宰相補佐はそのために首都を出たのだが、振り切ることが出来ず、無念の負傷となってしまった。この場合、城の中に籠っていれば無事だったというのは結果論に過ぎない。援軍が来なければ、早い段階で城は落ちてしまうかもしれず、結局は悲惨な立て籠り戦を展開することになる。

「前とは違うな。以前は外へと向かっていったが、今回は真っ先にベゼラ国を落とすつもりでいるのか？」

「そこなんだよなあ。なあ、親父」

国王は肩を竦めてフェイツランドを見遣《みや》った。

「一番単純なのは復讐だろうな。この場合、塔の中で獄死したガラハの仇討《あだう》ちの可能性が最も高い。そしてそれ以外に、この時期に城を攻める理由がない」

「ガラハの獄死の情報は国民全体に知らされてはいないのだろう？」

幽閉されていること自体を知らない国民も多い。脅威の元がいなくなったことは歓迎でも、負の感情を思い起こさせたくないのであれば、大々的に知らせないのは有りだった。

「元々、処刑したことにしての幽閉だからな。公には出来ないだろう」

この件に関して、当時調停役を務めたフェイツランドは処断を迫ったのだが、それまでは非常に安定した治世を行っていただけに、ベゼラ国内でガラハ元国王を擁護する声も少なからずあったため、幽閉に留まった。

「魔獣に操られていたとも、魔獣に傾倒しすぎたせいだとも言われていたな。一度だけ面会した時に、本人は領土を広げたくてしたことだと己のやったことは認めていたから、意識がどうこうされていたことはない」

「マリスヴォスの調べでは、塔の巡回をする兵士は固定ではなく定期的に替えていたそうだ。勤務する時間帯も直前に指示していたらしい。ま、これは特定の誰かと連絡を取り合わない方法としては普通にあることで、特別なわけじゃあない」


「ではガラハは絡んでいないと見るべきなのか？それはそれで釈然としないものがあるが」

「いや、無関係ってわけじゃあねぇだろ。何より、真っ先に城に向かってるところを見ると、恨みの線が強い」

「恨みなら一番に疑うべきは子供だが、ガラハの息子だった王子たちは三人とも戦死していたはずだ」

長男と三男は父親が国境を越えようとするのを止めるため、率先して立ち向かい、そして魔獣の牙に裂かれて死んだ。二番目の王子はシルヴェストロ騎士団が参戦するまで生き残ってはいたが、ノーラヒルデたち第一師団が到着する直前に、同じように魔獣に包囲されて戦死した。

他国へ嫁いだ王女たちは、未だに肩身を狭くして暮らしているらしい。世間体もあって離縁されたという話は聞かないが、他の妃《きさき》たちに比べ、かなり低い待遇を甘んじて受けるしかないようだ。これはばかりは、長い時が必要だろう。ただ、その場合でも王女たちが今の身分をふいにしてまで、祖国で何かをしようとするとは考えられない。

「身内ではない？」

「というわけでもなさそうだ」

言いながらフェイツランドが机の上に広げたのは一枚の紙だった。

「身辺調査だ。マリスヴォスが調べた」

たった一枚しかない調査報告書という現実に、ノーラヒルデは小さく歎息したが、蔑《ないがし》ろにしているわけではない。たった一枚、たった数行であっても、重要な情報には変わりない。つらつらと長文を書くよりも、

「こっちでこれだけ調べたから、後は団長と副長と王様よろしく」

という、こちらを信頼しての丸投げともいう。

「帰って来たらもう少し書類仕事を増やすべきだな」


ここにいないマリスヴォスの次の勤務内容を頭の中に描きながらノーラヒルデは紙に目を通し、その一番上の行に息を呑《の》んだ。

「ガラハ元国王、生存の可能性高し」

「……これは事実か？」

「マリスヴォスはそう思ったようだな」

ノーラヒルデは紙面に目を落としたまま、ぎゅっと眉を寄せた。失われた右腕の付け根が疼《うず》く。あの時に感じた熱さ――痛みよりも熱さの方が強かった――が、再び押し寄せて来たような感覚に支配される。

「そうか……生きていたのか」

声に笑いが含まれてはいないだろうか。

嬉《うれ》しいと思ってしまう自分がいないだろうか。

「獄死は誤魔化《ごまか》しか？」

「そのあたりはまだわかっていない。別の遺体を用意して誤魔化したか、何か報酬を約束したかだとは

思う」

「だが、なぜ今なんだ？　七年も大人しく幽閉されていたのに」

「それなんだが……」

　国王は肘をついて組んだ手の上に顎を乗せ、苦い表情で告げた。

「これは憶測に過ぎないがガラハの姉が縊死《いし》しているのが理由だと思われる」

「姉がいたのか？」

「いた。ガラハ王は姉を溺愛《できあい》していた。身分を剝奪され、市井に放り出すわけにもいかず静養のため辺境にいたらしいが、その姉が死んだのが原因だとマリスヴォスは見ている」

「身内だからか？」

「身内ではあるが、身内以上だな。ガラハは王妃や妾妃を何人も娶《めと》っていたが、その実一番肉体関係を結んでいたのは、その姉だと言われている。そして二人の間には子があったと。ガラハ国王の第一子は正真正銘その子……もういい年をしたおっさんだが、それに間違いない」

「ガラハ城では公然の秘密だったらしい。生まれてすぐに他国に里子に出されたが、今はベゼラ国に戻って来ている。母親の訃報を知ったからだろう」

　思ってもみなかった濃い内容に、さすがにノーラヒルデも啞然《あぜん》とする。内容もだが、ベゼラ国でもひた隠しにして来た極秘事項をいとも簡単に引っ張り出したマリスヴォスの手腕にもである。

「よく調べられたな、そんなことまで」

　調べろとは言ったが、ここまで深く入り込めるとは思っていなかった。必要なのは、ベゼラ城を攻めるために進軍している魔獣の群れと、指揮者がどこにいるかということだ。

「城を攻める指示を出しているのは息子の方だろう。ガラハは塔を破壊しない限り出ることは出来ないが、何らかの形で連絡を取り合っていた。だがそれよりも重要なのは魔獣との仲介方法を教えたのではないかということだ」

「なるほど」

かつてガラハは魔獣の王を護衛獣として引き連れ、魔獣の群れを操っていた。その時の魔王――護衛獣はノーラヒルデが倒したが、新たな魔王と再び使役の契約を結んだとしても不思議はない。

「ただな」

と、フェイツランドが腕を組み、金色の瞳を鋭く光らせた。

「魔獣をどうやって従えているのか、ガラハがどうやって生き延びたのか、それはどうでもいい。ベゼラの城が攻められているなら、内乱と片付けられないこともない。俺たちの出番じゃない」

それはそうだ。ノーラヒルデの心情的には過去を完全に払拭するためにも、ガラハを倒したい。だが、要請もないまま出てしまっては、内政干渉に抵触し、今後のシルヴェストロ国の外交にまで支障をきたしてしまう。

絶大な力を持つが故に、使う場合には慎重にならざるを得ない。

「まずは第三、第五、第六師団を国境まで動かす」

騎士団長としてフェイツランドが決断を下す。

「大規模演習だな」

にやりと笑って国王がそれを諾とする。

「それからマルタ国まで移動だ」

事態に危機感を覚えたマルタ国には既に話を通している。シルヴェストロ国から派遣した役人がマルタとベゼラの国境で襲われたという事実は翻らない。既に第二師団を派遣してはいるが、マルタ国から対魔獣用の増援を頼むと言われれば、当然そこまで軍を動かす必要も出て来る。

ノーラヒルデの頭の中にそこまでの予定は既に組

まれており、そのつもりでマリスヴォスに指示を出し、ジャンニに武具の準備を依頼していた。

あとはどの時点でベゼラ国に踏み込むかだが……。

思案するノーラヒルデを見ながら、

「それでだな」

国王はヴィスが遣いをする時に背負っている袋の中から、折り畳まれて皺《しわ》になった紙を取り出した。ところどころ見える赤茶けた色は血か。

「襲われた宰相補佐が持っていたものだ」

開いて見た瞬間、ノーラヒルデは琥珀色の瞳を大きく瞠った。

「これは……」

あればいいと願っていたものがそこにあった。汚れてはいるが、間違いない。援軍を要請する現ベゼラ国からの依頼書だった。宰相補佐は現在のベゼラ国の事情を説明するために国境を越えようとしただけでなく、これを届ける役目を担っていたのである。


「よく奪われなかったな」

「運がよかったんだろう。靴の内側に折り畳んで入れていたのが功を奏した。もしも手に持っていればなくしてしまっただろうし、服に仕込んでいれば切り刻まれていたかもしれない」

切り刻まれていたという言葉に、重傷を負った宰相補佐がどのような目に遭わされたのか、推察するのは容易だった。木の上から引き摺り降ろされ、牙や爪で引き裂かれ――。

「……本当に無事でよかったな」

「この戦の一番の功労者は間違いなく、そいつに決まりだな」

宰相補佐に同行した他の者たちの生死は不明のままだが、救援要請が発動され、シルヴェストロ国王ジュレッドの元に届いたというのが重要なのだ。

「ということで、ノーラヒルデ。シルヴェストロ騎士団出動だ」

「ああ」

頷く声にも力が入る。

「相手が魔獣なら出し惜しみは要《い》らない。てことで、シベリウスの護《まも》りに第四師団だけ残して全団出すぞ」

「それが妥当だな」

団長と副長がさっさと決める前で、国王は渋面を作った。

「おい、俺の護りはそんなにおざなりでいいのかよ。普通は国王の護りのために騎士団長は残るもんじゃねェのか？」

「第四師団だけ残しゃあ十分だろ。守りの固さに掛けちゃ定評があるからな」

「安心しろ。ベゼラ国内ですべて終わらせる」

「いや、俺が心配しているのはこの隙に他の国がよからぬことをするんじゃないかってことなんだけどな」

国王の嘆きは、フェイツランドに笑い飛ばされた。

「どこの馬鹿がうちに喧嘩売るってんだよ。それこそ無謀だろうが。騎士団が一人もいねえならまだしも、一個師団がまるまる残ってんだぞ？」

「国境の駐留部隊はそのまま継続して残しておく。十分対処は可能だ」

居残りの連中は残念に思うかもしれないが、と付け加えるのも忘れない。シルヴェストロ国の騎士団は最強だ。一部隊でも他国の平均的な軍が相手なら、二個師団までは楽に勝てる。それこそシルヴェストロ騎士団全軍に匹敵する武力を投入しない限り、負けることはない。

「それにだ、ジュレッド。仮にお前が討たれたとして」

「不吉なこと言うなよっ」

「仮にだって言っただろうが。お前が討たれたとして、国外に出ているほとんどの騎士団が残ってんだぞ。俺と騎士団からの報復に遭うのがわかっていて、馬鹿な真似をする国はない」

「それこそ自国が壊滅するのを指を咥えて見ていることになるからな」

そうそうとフェイツランドが頷く。

「大体」

フェイツランドは手を伸ばし、国王の耳を思い切り引っ張った。

「痛ぇよ！」

「うるせえ。シルヴェストロ国の国王は誰よりも強いもんなんだよ。玉座は独りで守り通すくらいの心意気があってこその王冠だ。お前は俺が見込んで、きっちり鍛えたからな。むざむざ明け渡してみろ、待ってるのは俺からの仕置きだぞ」

「親父……」

国王は複雑な表情で、フェイツランドを見遣った。

「それは褒《ほ》められているのを喜んでいいのか？　それとも一人で戦えと言われて嘆けばいいのか？」

「喜ぶべきだな」

「喜びだろう」

「お前ら……」

再び即答されて、がっくりと項垂れた国王はいい玩具《おもちゃ》である。

「陛下で遊ぶのはそれくらいにして」

仕切り直しと今後の確認を込めて、ノーラヒルデは二人の顔を見回した。

「第四師団を除いて進軍開始。マルタの国境で第二師団と合流して北へ向かう軍勢を叩く。これでいいか？　ただ、城の方は間に合わない可能性がある。第二師団を先にやるには危険が多すぎる」

「第一師団だけで突っ込んでった男が言う台詞じゃあねえなあ」

フェイツランドはクスリと笑った。

「私と同じことをしろとマリスヴォスに求めるのは酷だろう。あいつも私と同じで双剣使いだ。両手に剣を持ってこその男だぞ」

だがこの意見にはフェイツランドも国王も懐疑的だ。

「俺から見ればマリスヴォスはまだまだだ。お前がいる高みにまで到達するにはまだあと数年は掛かるだろう。その間にお前はもっと上に行くだろうからな」

「ほう……」

思いもかけぬ己の評価に、琥珀色の瞳がすっと細められた。

「珍しいな、お前が私を褒めるのは」

「そうか？　俺はお前の腕をちゃんと認めてるぜ。俺とお前がいれば、騎士団どころかシルヴェストロ国は安泰だって思えるくらいにはな。片腕でも、十分背後を任せられる」

「ならばその期待に応える働きをしなくてはいけないな」

「そうとも、頑張ってくれ」

出陣は決まった。となれば結果はもう見えている。後はいかに効率よく、被害を最小限に留めて終戦にまで導くかだが、その後のことは国王や近隣国などの為政者が考えることで、発言力を高めるためにも戦果を残す必要はあった。

「問題は魔獣に関してだな」

「ジャンニに用意はさせているが不足しそうか？」

ヴィスを見れば、果実を食べ終わって部屋の中をあちこち歩き回っている。どこか首を傾げながら、機嫌が悪そうに見えるのは気のせいだろうか。つい先ほどまではご機嫌に見えたのだが。

「ヴィス？　どうした？」

声を掛けると振り向くが、その黒い瞳はノーラヒルデをじっと見つめた後、ぷいと横を向き、そのまま窓枠に飛び乗って飛び去ってしまった。

「なんだあれは？」

「まだご機嫌斜めなのか？　喧嘩継続中か？」

「喧嘩はしていない……はずだ」

むっと眉を寄せたノーラヒルデの姿を見て、二人が肩を竦める。

「ま、仕事はちゃんとして戻って来たんだ。疲れているのかもな」

「それに魔獣が絡んでいるからな。ノーラヒルデ」

「なんだ、フェイ」

「今夜、ヴィスに話を聞いておいてくれ。あいつの目から見てベゼラがどう見えたのか、詳細を聞きたい。本来ならこれから本腰入れて聞くつもりだったんだが……。あの調子じゃあ、今日はもうここには戻って来ねえだろ」

「わかった。ただ期待はするな。私もあんなヴィスを見るのは初めてだ」

「了解だ。じゃあジュレッド、そういうことで騎士団はすぐに出撃の準備に入る」

「頼んだ」

それじゃあとノーラヒルデとフェイツランドが立ち上がったところ、

「あ」

声を上げた国王に二人揃って振り返る。

「大事なことを伝えるのを忘れてた」

すまなそうに大きな体を縮ませ、どこか悪戯《いたずら》を告白する子供のように国王は二人に言った。

「魔獣相手だったんで、クレアドールにも応援要請したんだわ。快諾してくれた。クレアドールの勇者たちが参戦してくれる。勿論幻獣つきだ」

大陸一、いや世界一と呼ばれる武力大国クレアドール。シルヴェストロ国も強いが、それ以上の強さを誇る「農業大国」の参戦に、思わずフェイツランドとノーラヒルデは顔を見合わせるのだった。

軍の編成を終えたノーラヒルデが宿舎に戻って来たのは、夜も遅く、日付を越えてからだった。事前に想定して準備をしていたとはいえ、何万もの人間を動かすことになる。各師団長との打ち合わせ、部隊長たちへの指示の徹底。残す第四師団へは特に幾つもの指示書を与えておく必要があった。第一副長リトーが、ノーラヒルデが出ると同時に首都シベリウスに戻って来ることになっているが、自分の口で直接指示を与えることが出来るのなら、その方が確実だ。

合間には、エイプリルを連れて行くか行かないかでフェイツランドと少年の間で問答が起こったりもしたが、夜のうちに寝台の上で何らかの話し合いが行われ、結論は出ることだろう。同じ宿棟でなくて本当によかったと思う。

以前に譲渡した象牙《ぞうげ》の弓をうまく使いこなせるようになったエイプリルならば、近接戦に有効な護衛をつけておけば戦力にならないということはあるまい。

(弓はこの戦でも大事だからな)

かつての戦いの序盤、ノーラヒルデ自身も弓を使っていた。複数の弓を一度に放ち、それこそ雨のように降らせるだけで十分な牽制《けんせい》になる。届かない魔獣の急所にも、弓の名手ならば的確に矢を打ち込むことが出来るだろう。

鈍った獣など全身総武器に近いフェイツランドには足止めにすらならない。男が揮《ふる》う大剣や戦斧《せんぷ》は、今回はどれだけの命の火を吸い取るだろうか。

コトリと音を立て、帯を外し剣を机の上に寝かせる。

窓は少しだけ隙間が空いていて、まだ黒竜が戻って来た気配はない。

(今夜は……戻って来ないかもしれないな)

ふとそんなことを思ってしまった。

黒竜が伝令として北西に向かってから長い間、ずっと独り寝を繰り返して来た。足元の重みも、布団の上に出来ていたはずの窪《くぼ》みも、ないことに慣れてしまったのが少し寂しい。

短時間に集中して多くの作業をしたせいか、少し頭痛を感じて、寝台の縁に腰を掛けしばらくそうしていた。

「静かだな……」

お祭り好きの騎士たちの中には、出陣が決まって浮かれている者も多い。血気盛《さか》んというのか、早く戦場に出たくて仕方がないのだ。別に血を好み、狂乱を好んでいるわけではないのだが、強いものと戦いたいという本能は抑え難いのだろう。

その一方で緊張している者もいれば、粛々と準備をしている者もいる。大規模な出陣の前には三日の間に交代で休暇を取らせるのが暗黙の了解だ。居残る第四師団以外で酒場や娼館に繰り出すなど外に出て行った者たちも多いに違いない。出征を景気づけるための酒。

「暴れすぎていなければいいんだが……」

彼らに飲むなとは言えない。勝って帰って来てから飲んで騒げと言いたいのだが、全員を連れて帰って来れる保証は、どんな勝ち戦でもないのだ。

勝ちはする。魔獣相手に引けを取るつもりはないし、先陣に立って進むつもりだ。しかし、

「何人を連れ帰ることが出来ないだろうか……」

現実は等しく厳しい。誰がどうなるかなど、先のことは誰一人として知らないのだ。だからこそ戦う。少しでも早く勝利して、無駄に散る命がないように。

しばらくそうしていたノーラヒルデは気を取り直すべく、湯殿に向かうことにした。そして立ち上がろうとした時、カタと小さな音がする。

振り返れば、黒竜がそっと中に入って来るところ

だった。

　黒竜は、ノーラヒルデが起きていることに気づくと、それとわかるくらい狼狽《ろうばい》した。慌てて外に出ようと身を翻したのを逃さず、疾風のように尾を摑む。

　ギャンッとまるで犬のような声を上げた黒竜に悪いとは思ったが、ここで逃せば朝まで……いや次の夜中まで帰って来ないのは明らかだ。この態度を見れば、起きているノーラヒルデに会いたくないと告白しているようなものである。

「逃がさないぞ、ヴィス」

　尾を摑んだままノーラヒルデは寝台の上に膝を乗り上げ、鎧戸と窓を閉め、しっかりと鍵まで掛けた。尾を握られたままの黒竜が逃げようとじたばたと暴れているが、その竜をノーラヒルデは寝台の上に放り投げ、仰向けにして見下ろした。

「今まで黙っていたが、今日こそは白状して貰うぞ。なぜ私を避けた？」

　黒竜はぷいと横を向く。絶対に喋るものかというその態度が気に入らない。

「クラヴィス。私の方を向け。そして話せ」

　国王やフェイツランドからは魔獣に関する情報をと言われているが、それを聞くよりも先に腹を割って話す必要性を感じていた。先にぎくしゃくしたこの関係を片付けなければ、もやもやしたものが収まらない。仕事中は完全に自分を抑え込む自信はあるが、今この時は無理だった。ここでしか黒竜クラヴィスとは話すことが出来ない。

「ヴィス」

　少しきつく名を呼べば、暴れていた黒竜が少し大人しくなった。首を伸ばして自分を押さえる手を退《ど》けろというので、少しだけ身をずらして距離を置く。

　のろりと体を起こした黒竜は、小さな溜息をつくとすっと瞼を閉じた。

「――尾は摑むな」

そして今まで黒竜がいた場所に顕現したのは、黒い法衣に身を包む黒髪の美丈夫だ。

黒竜クラヴィスは困ったようにノーラヒルデを見つめた。その距離の取り方が、最近の黒竜と似ていて——実際に同じ個体なのだから当たり前なのだが、ノーラヒルデが怒気を強める。

「お前が逃げるからだ。逃げなければそんなことはしない。正直に言え。なぜ避けた」

問い詰めるも、先ほどと同じように横を向き、口を噤《つぐ》んだままのクラヴィスに痺《しび》れを切らしたノーラヒルデは、その頬を両手で挟んだ。

「私の目を見ろ。何か不満があるのなら言え」

「不満などあるわけがない」

「それならどうしてだ？　どうして私の側に居着こうとしない？　人の暮らしに飽きたのか？」

「そんなことはない。人は面白い生き物だ。見ているだけで新鮮な発見がある」

「では騎士団での扱いに不満でも？」

「不満はない。不満を言えるほど働いてもおらぬしな」

「国外に使い走りをさせられることは平気なのか？」

「自らの限界に挑戦するかのごとく空を駆けるのは楽しいぞ」

「……ヴィス」

クラヴィスの言葉に嘘は感じられない。嘘ならばこんなに真っすぐに見返しはしない。そのくせ、時時瞳が揺らぐのだ。真っ黒な瞳の中に浮かぶ獣の瞳孔が、赤に金に色を変え何かを訴えている。

「——手を離せ、ヒルダ」

「嫌だ」

睨み合う二人の間でしばし沈黙が落ちる。

「……どうしても理由を言えないのか？」

「……」

「今後もずっと距離を取り続けるのか？　私から離

れて、寝顔だけ見に来る生活を送るのか？　それとも、このままどこかに去って行くのか？　私を残して」

　ふっとクラヴィスの唇に笑みが浮かんだ。

「それも……いいかもしれないな」

「ヴィスッ！」

　言われた内容ではない。投げ遣りな、どうでもよさげなその言い方がノーラヒルデの逆鱗《げきりん》に触れた。

「お前は……」

「俺がいなくてもお前は十分強い。黄金竜もいる。ベゼラとの戦いでも引けを取ることはないだろう。クレアドールの国王も力を貸すと約束した。魔獣に対してはそれで十分だ」

「戦のことじゃない。戦など、これまでも自分たちの力で戦い、勝ち抜いて来た。魔獣にも負けるつもりはない」

「そうだな。お前はそうだ。毅然《きぜん》として、真っすぐに自分の進むべき道を歩く。強く、そして美しい。ノーラヒルデ、お前は俺の宝物だ。傷一つさえつけたくないほどに大切な宝物だ」

　頬に添えられていたノーラヒルデの手を引き離したクラヴィスは、逆にノーラヒルデの体を抱き寄せた。

　竜体でいる時はともかく、人型でいる時にここまでの接触をすることはほとんどない男の行動に、ノーラヒルデはハッとしたが身じろぎ一つせず、そのままの姿勢でいた。

（起きている時では初めて……いや久しぶりだな）

　寝ているノーラヒルデを背後から抱くことはあっても、意識が互いにはっきりしている時には絶対にそういうことはしない。それくらいいつでもしてくれて構わないのに、黒竜が自ら律しているようなところは前からあった。

　その枷《かせ》を自ら解いたというのだろうか。

「俺が一番恐れているものが何か知っているか？」

「長い時を生きる魔獣の王に怖いものがあるのか？」

「ある」

「孤独か？」

「それはどうでもいい。俺が一番怖いのはな、ヒルダ。お前を失うことだ」

クラヴィスの顎の下にちょうど当たるところでノーラヒルデは首を傾げた。

「私は死なないぞ。寿命以外でという話だが。どんな過酷な戦いも生き抜いてみせる」

小さく笑う声が頭の上で聞こえた。

「お前らしい。強く高潔で、まさに騎士の中の騎士。俺の……魔王の――に相応《ふさわ》しい」

最後の方の台詞は体を離されたことで聞こえなかったが、もしかするとあえて聞こえないよう、或《ある》いは聞き取れないよう獣の言葉で告げたのかもしれない。


少し離れた距離に寒さを感じる。

「難しいものだな」

「何がだ？」

「失いたくないのに離れられない。離れたくないのに、離れなければならない」

「……何を言っている？　やはり去ろうとしているのか？」

好きにしろ、といつものように突き放して言えばいいと頭の中で思っていても、言葉にしては駄目だというのもわかっている。

「ヴィス、獣のことは私にはわからない。だが、自分一人で勝手に結論を出すな。そもそも、なぜ避けなくてはいけない？」

その根本がノーラヒルデにはわからない。これまでうまくやって来た。甘えもするし、拗《す》ねた黒竜を慰めたこともある。だが、今は男が何を言いたいのかがわからない。

「ヒルダ、俺は魔獣だ。そして魔獣としての能力と性質を持っている。それは俺にとっての誇りであり、黒竜として生きて来たことを後悔したことはない。お前にも出会えたことだしな」

　伸ばされた手がノーラヒルデの頬に触れる寸前で握り込まれる。

「後悔はしていないのだろう？　それと私を避けることにどんな意味がある」

「ある。先も言ったようにお前は俺の宝玉だ。傷をつけてよいものではない。お前を傷つけるものからは俺の持てる力のすべてを使って守ろう。だが、今俺は疎ましく思っている」

「私を？」

「違う。守るべき相手を傷つける獣の本性が心の底から憎い」

「それはどういう……くっ」

　尋ねかけたノーラヒルデの言葉は、寝台に押し倒されたことによって途切れてしまった。

　先ほどまでとは逆に、クラヴィスが上からノーラヒルデを見下ろし、自嘲気味に笑う。

「お前に触れたくて仕方がない。お前の深いところに己を刻みつけたくて仕方がない」

　ぴたりと瞳を合わせたまま、クラヴィスはノーラヒルデが着ていた衣服を引き裂いた。ビリッという音が連続して生じ、静かな室内に反響する。

「ヴィスッ！」

　名を呼んで離せと命じるのに、クラヴィスは切なげに瞳を細めるだけで、ノーラヒルデの両腕を押さえるようにして圧《の》し掛かった。

　硬く熱いものが触れているのがわかる。

（これは……ヴィスの陰茎）

　カッと全身が紅潮したのは、鏡を見るまでもなくわかった。それだけ自分の体が熱くなっていたからだ。怒りなのか、それとも羞恥なのか、その境目は曖昧だ。

「ヴィス、お前は……」

「こういうことだ。俺はお前を抱きたい。始終抱いていたくて仕方がない。お前の側にいれば、襲わない自信はない」

「魔王なのに？」

「魔王だからとも言える。この衝動を抑え込むのは俺でも難しい。ましてや」

と、ノーラヒルデの耳元に低い声が囁かれる。

「心の底から欲している相手の体であればな」

息を呑んだノーラヒルデの顔を満足そうに眺めたクラヴィスの瞳にはもう情欲しかなかった。

「んっ……」

首筋を温かい舌が這《は》う。慣れない感覚に背筋がぞわりとするが、首を振って体を動かしたところで、男の体がノーラヒルデの上から退くことはなかった。

騎士として鍛えられたノーラヒルデではあるが、魔獣が本気の片鱗を少しでも見せればいとも簡単に拘束されてしまう。

「くっ……んんっ……」

的確に刺激を与えるというよりは、体中のすべてを舐め尽くす勢いでクラヴィスは舌を動かした。

「はぁっ」

ドクンと体が跳ねたのは、胸の先端を舌が掠ったからだ。ちらりとノーラヒルデを見上げたクラヴィスは、反応があったことで気をよくしたのか、さらに強く舐め上げた。肉厚の男の舌が嬲《なぶ》るように何度も、乳首を弾《はじ》きながら行き来する。

「甘い」

「甘い……なん、て」

乳が出るわけでもないのに、女でもないのに甘いわけがないと言いたいが、それよりも口を開けば別の声が出て来そうで、ノーラヒルデはクラヴィスの名を呼ぶ以外のことで絶対に口を開くものかと思った。

そんな強情な態度でもクラヴィスが気にした様子はない。舐めるだけでなく、歯を立てて齧られた時には、体に電流が走ったような衝撃を受け、全力で膝を蹴り上げた。

だが、やはり押さえ込まれた体勢では体を離させるまでの痛みを与えることは出来ず、軽く腹に当たった程度で終わってしまう。部分的に体表を鱗に変えてしまえば、容易《たやす》く防いでしまうのが人と竜の体を持つクラヴィスだ。

「ヒルダ……」

執拗《しつよう》に肌を舐められ、刺激を与えられれば、当然下半身は反応を示す。開けられたのは上半身だけで、ズボンは穿《は》いたままだが、緩く勃《た》ち上がった陰茎にはクラヴィスも当然気づいているはずだ。何度か互いの性器が布越しにぶつかり合い、固い分だけ互いを意識する結果、強度を増すという悪循環が繰り返されていた。

（悪循環……なのか？）

性的な刺激を与えられれば勃起《ぼっき》する。男としては自然なことだ。だが、これまで多くの男や女に言い寄られて来たノーラヒルデは、こういう形で触れ合ったことはなく、己の意志に反して勃ち上がるものに戸惑いを隠せない。

（違う？　意志に反していない……？）

これがクラヴィスでなければ？　その時も同じように反応を示しただろうか？

一心に肌を舐め、噛みつく男を見下ろしながら、まだノーラヒルデは冷静だ。快感に意識を持って行かれそうになりながら、まだ考える。

どうしてこうなったのだ、と。

どうして許しているのだ、と。

（ヴィス、お前は何のために私を抱こうとしている？）

理性を捨て、本能のままにノーラヒルデを抱こうとする割に、下半身には触れもしない。徐々に息が荒くなり、与えられる力も嚙みつく力も強くなってはいるが、そこから先へ進もうとしない。

即物的な本能に従うのであれば、愛撫《あいぶ》も前戯もなしに、いきなり貫かれてもおかしくはない。

「ヴィス……」

ノーラヒルデの声にびくりと体が動いた。

「クラヴィス、お前は何を思って俺を抱こうとしている？」

さすがに声にいつもの切れはなく、情交の色がある。自分の声だとは思えないそれを聞きながら、クラヴィスに尋ねた。

「お前は私に何をして欲しい……？」

目を上げたクラヴィスの瞳に冷静な色が戻るのを、この時ノーラヒルデはしっかりと確認した。

「ヒルダ、俺は……」

だが首を振って再び肩に歯を立てる。

「お前から甘い香りがする」

小声で呟《つぶや》かれた内容を尋ね返そうとしたノーラヒルデだが、

「ッ！」

それまで仰向けにされていた体が反転してうつ伏せになる。

「ヴィスッ」

背中を辿る舌先は腰にまで降りていく。脇腹に口づけられ、そのままきつく吸われた後、歯を立てられた。もしかすると牙だったのかもしれない。

「ヴィスッ！」

何をされても様子を見ようと思っていたが、顔が見えないのは嫌だった。

それで抗議しようと、体の向きを変えるため自然に動かした右腕が、クラヴィスの顔に当たった。

「――っ」

二の腕の途中からなくなった腕は、確かに当たっていた。

その腕を掴んだまま、クラヴィスはじっと見つめていた。獣の牙で食いちぎられたそこを見つめ、そしてノーラヒルデの見ている前で口づけた。

驚くノーラヒルデの前で、クラヴィスは微笑んだ。

その姿は瞬時に黒竜の姿に変わり、それから、

「ヴィス！」

鎧戸ごと窓に体当たりして壊し、夜の闇の中へと飛び去って行った。


荷を上げ下げする音や大声で指示を出し合う声が騎士団内のあちこちから聞こえる。ベゼラ国への支援という名の参戦が騎士団長フェイツランドの名で公示されて既に三日。

もう明日には先陣が出立し、次いで翌日には残りの全戦力が首都を後にする。

大掛かりな戦——それも魔獣を相手にするかもしれないとあって、気分が高揚の一途《いっと》を辿っているのは、さすが武術大国と呼ばれる国の騎士だけのことはある。逃亡したり、悲壮な顔をしている者はほぼいないのだ。緊張を顔に滲ませているのは、まだ戦に慣れていない新兵や、魔獣を見たことのない若い兵士ばかりだ。もっとも、新兵に限っては今回の戦には出ないという選択肢を残した。騎士人生の初めてが魔獣討伐というのは、さすがに厳しいとノーラヒルデ自身も感じていたからだ。残る騎士は手薄になる国境沿いに配備し、人員を入れ替えるよう手配済みである。

「実際には恐怖を感じている者もいるはずだが、さすがに表に出さないだけの分別は持っているようだな」

物資確認のため、エイプリルを供《とも》にして見回りをしながらノーラヒルデは言う。

「怖いと思う気持ちを抱くなとは言わない。こればかりは本能だから、制御しようとしても出来るものじゃない。大切なのは、その恐怖を自分の中でどう昇華するかだな」

この場合に限り、昇華を消化に言い換えても適切だろう。それから、傍らの少年の金髪を見下ろし微笑む。

「残ってもいいんだぞ？　戦を経験しているとは言え、まだ君は新兵の枠に入る。さすがにフェイツランドも同行を強制したりはしないだろう」

「……団長にも言われました。残るようにって。いつもと違って今回は魔獣が相手で、実際に戦場に立ってみないとどうなるかわからないから、残ってジュレッド殿下の護衛でもしていろって」

王子という身分だから残すという選択はシルヴェストロ騎士団にはない。強ければ連れて行く。弱ければ残す。その時々に合った力量を持つ騎士であれば、平民貴族王族など身分の別を問うことはない。同じ王子のシャノセンも今回の頭数に当然含まれている。

「それで、君はどうするんだ？」

答えがわかっていながらあえて問い掛けたのは、ノーラヒルデなりにエイプリルの覚悟と考えを知っておきたかったからだ。それによって、エイプリルをどこに配置するかも変わって来る。後衛か、前線か、遊撃か。補給部隊の護衛も必要だ。負けるつもりはない戦いだが、備えを疎《おろそ》かにするほど驕《おご》り高ぶってはいない。強い・負けない騎士団と呼ばれるのは、そういう意識も含めてのことである。

「僕は行きます。団長について行きます。僕だって騎士です。団長の背中を守ることくらいはさせて欲しいってお願いしました」

「そうか」

「僕は人を襲う魔獣と戦ったことはないから、その時になったらびっくりするかもしれないけど、その時には叩いてでも目を覚まさせてくださいってお願いしました」

「フェイの力で叩かれれば逆に吹き飛んで気絶しそうだな」

揶揄いを口に乗せれば、少年もそれを想像したのか少し身震いした。

「ほどほどにって言っておかなきゃ……」

「まあ、フェイの側にいれば安心だ。戦場で一番危険な男だが、最も安全な場所なのには違いない」

エイプリルがフェイツランドの背中を守ると決めているように、フェイツランドは背中にいるエイプリルを守るため、獅子奮迅《ししふんじん》の戦いぶりを発揮するだろう。実際、弓の名手でもあるエイプリルをシルヴェストロ国に残しておくのは、非常に勿体《もったい》ない話なのだ。

「君の腕がきっと戦場では役に立つ。矢の補給だけは忘れないようにな。矢筒には詰め込めるだけ詰め込んでいい」

「はい。あの」

「なんだ？」

「ノーラヒルデさんが前に魔獣と戦った時にも、弓は役に立ったんですか？」

エイプリルが口にした純粋な疑問に、ノーラヒルデは力強く頷いた。

「群れを相手にした時には弓が効率的に相手に損傷を与える。援護としても優秀なのは間違いない。実際に私も最初は弓で戦っていたからな」

まだ右腕があり、どんな敵でもその鋭い矢で射抜いた。最終的に矢も尽き、槍を揮い、最後は二本の剣を持って戦い、右腕と引き換えにガラハ王を護衛していた魔獣の王を倒した。今回は、事前に魔獣の参戦がわかっていることと、対魔獣用の武具も用意しているため、七年前よりは楽な戦いになるだろう。

「エイプリル、君が気を付けるのは接近戦にならないよう距離を確実に取ることだ。フェイの攻撃範囲は広いが、自分から守りを捨てる位置に入らないようによく動きを見ておいた方がいい」

「わかりました」

ただ、戦況は変わるものだ。有利に働くと予想はされていても、相手が生き物である以上変則的な動きまでは予測出来ない。戦に加わっている魔獣の性質も未知数なのだ。被害を受けることを覚悟で、様子を見るために攻撃を我が身に受ける方法も頭の中にある。その時にはノーラヒルデ自身が最前線で攻撃を受けるつもりだ。

というよりも、戦の終わりが見えるまで最前線から引くつもりはない。団長と副長、それに各師団長が最前線に出て戦うのがシルヴェストロ騎士団だ。指示は最後方から出すのではない。前線から出すものだ。

補給部の検分を終えた後は軍馬の調整確認をし、医療班と打ち合わせを終えたノーラヒルデとエイプリルは本部へ戻って来た。これからノーラヒルデは書類を確認し、フェイツランドに署名をさせるという仕事が残っている。

「ノーラヒルデさん、少しお休みになったらどうですか？　なんだかずっと動き回っているように見えます」

椅子に座って筆記具を手に取ったノーラヒルデは、そんな声を掛けられて小首を傾げた。

「そうか？　いつも通りだと思うが。——ああ、仕事量は増えてはいるが、そこまで忙しいというほどではないぞ？　さすがに今はフェイツランドも仕事をしているからな。あいつが怠けない分、普段よりも減っているくらいだ」

「団長って……」

　一瞬エイプリルは遠い目をした。日頃のフェイツランドを知っているだけに、ノーラヒルデの台詞には非常に説得力があるからだ。

「まあ、君が気にすることはない。フェイが本来力を発揮するのは戦場だからな。書類仕事の肩代わりは誰でも出来る」

「そんな……出来ませんよ。ノーラヒルデさんみたいにしゃきしゃき出来る方はとても尊敬します。本当はそんなことをさせたらいけないとも思うんですけど、団長が……」

　結局は日頃のフェイツランドのサボり癖に行き着いて項垂れる少年の金髪をよしよしと撫でる。

「慣れたと言えば聞こえはいいが、結局はそういうことだ」

　腹は立つし、苛々《いらいら》もするし、叱りつけることも多いが、かといって自分以外の誰が好き勝手に動き回る騎士たちの手綱を取れるかというと、それもまた不安なのだ。書類仕事が出来る者はそれなりにいる。だが、彼らを御せるのは自分だけだという自負がノーラヒルデの中にはある。

「自分一人の手に負えない時には遠慮なくフェイツランドを引っ立てるからそれでいい」

　疲れはするし、誰かに代わって欲しいと考えたり、職務放棄したいと考えたことがないとは言わないが、誰かに任せるよりも自分でやった方がいいという性分なのだから、しょうがない。かなり低いところで妥協しているとは思うが、たまの発散――という名の厳しい訓練は大目に見て貰うしかないだろう。

「でも、無理しないでくださいね。なんだか顔色が悪いように見えます。隈《くま》も出来てるようだし」

「そうか？」

　指で自分の目の下をなぞるも、触覚でわかるものではない。だが、エイプリルは大きく頷いた。

「少し前から隈が出来てるなあって思っていたんですけど、昨日あたりから青黒いのが目立つようになってきました。だから、忙しくて寝てないんじゃないかってヤーゴ君とも話していたんです。団長は……放っておけとしか言わなかったですけど」

(失態だ)

ノーラヒルデは思い、頭の中で舌打ちをしながらやんわりとエイプリルには他の理由を口にする。

「ずっと文字を目で追っているせいだな。途中で休みは入れているが、書面が多いとどうしても目が疲れる。流し読みで済ませられるものならそうしたいが、あいにく、重要書類は一言一句確認しておく必要がある。集中すればその分、目を酷使するからな」

「それならやっぱり団長のせいじゃないですか。団長は元気に外を歩き回ってますよ」

「さすがのフェイも遊んでいるわけではないだろう？　騎士たちを鼓舞し、雰囲気や様子を見ているんだ。今に限ってはたまに本部に顔を出して書類の山を二つばかり片付けてくれればそれでいい」

言いながらノーラヒルデの目は団長の執務机の上に肘ほどの高さで積み上げられた山を二つ示した。

「……団長に会ったら、すぐに本部へ行くように伝えます。いえ、僕が責任を持って引き摺って来ます」

それが自分の使命だとカッと瞳を見開いた少年に、ノーラヒルデは微笑で返した。

「頼りにしているぞ」

「はい！　お任せください」

明るい少年の声は沈んでいたノーラヒルデの気分を少しばかり浮上させた。

エイプリルが経理部と第三師団長へ書類を届けるために執務室を出ると、途端に静けさが訪れた。

一人椅子に座り机に向かい合うノーラヒルデは、

無人なのをよいことに「はぁ」と深い息を吐き出した。溜息とも深呼吸とも、そのどちらとでも取れる音は、外の喧騒に紛れることなく己の耳にしっかりと届き、それで浮上し掛けた気分がまた少し沈んでしまう。

「顔に出てしまうのは問題だな」

　触れるのは自分の頬で、なぞる指は目の下から上へと辿り、瞼の上から眼球を押さえるようにして揉《も》み込む。

　確かに、エイプリルに指摘されたようにこのところ眠れない夜が続いていた。激務は……まあいつものことなので大した負担にはなっていない。ただ、睡眠時間が減ったことで体に感じる倦怠《けんたい》感は、自分でも自覚していた。

　通常であれば三日程度の徹夜は何ら問題はない。天候不順の中、二日間ずっと雨風に当たりながら泥道を歩いて行軍をしたこともある。交代要員が来るまでの間、三日寝ずの番をしたことも一度や二度の話ではない。それくらい鍛えているという自負がある。

　それに比べれば、多少睡眠を取ることの出来る現在は生ぬるいくらいだ。

　それにも関わらず、こうして疲労が蓄積されるのは不本意以外の何ものでもない。

（それもこれも全部ヴィスのせいだ）

　他人のせいにはしたくないが、今回ばかりは苦情を向ける先は黒竜しかいない。

　ノーラヒルデが眠ることが出来なくなったのは、あの夜、黒竜クラヴィスが騎士団を去ってからのことだ。もう三日を過ぎたが、夜の闇の中を飛び去った黒竜の行方は知れない。どこに行ったのか、誰もわからないのだ。

　といって騎士団の中で黒竜の不在があれこれと取り沙汰されることがないのは、その直前まで使者として国を離れていたというのもあり、戦時中には伝令として各地を飛び回っているのが常なのを、主だった騎士たち全員が知っているからだ。

黒竜のいつもの不在。その任務が知らされることはあまりない。

あまりにもいつも通りに姿を消したため、ノーラヒルデの側にいないことを不審に思う者がいないのは、誰にとって幸いだったのか。

ただし、惑わされない人物も中にはいる。国王ジュレッドや騎士団長フェイツランドである。騎士たちの間ではいつもの行動だと思われている黒竜だが、二人には心当たりが一切ないのだ。不審に思っても不思議はない。ノーラヒルデも誤魔化すことなく、黒竜がどこかに去ったことは告げた。こればかりは、隠したところで不在は公になっているのだし、どちらにしろすぐ耳に入るのは明らかだからだ。

ただ、どうしていなくなったのか理由を告げることは出来なかった。伝えたのはただ一言、「去った」という判明している事実だけだ。

当然それで納得するとは思っていないし、追及はされたが答えるべきものを持っていないのだからしようがない。ノーラヒルデ自身が知りたいくらいなのだ。

去った理由はともかく、あの夜の不可解な行動と台詞に関しては、現時点で判明していることが幾つかある。「匂い」とクラヴィスは仄めかした。

黒竜が去った翌朝、即座にノーラヒルデは行動を起こしていた。宿舎を出て敷地内を大股で歩くその姿を目撃した夜勤明けの騎士たちからは、

「尋常じゃないくらい怖かった！」

という声が揃って上がるほどだったらしいが、現在進行形で自分を苛立たせている原因に比べれば鼻先で笑い飛ばすくらい些細《ささい》なことだ。その後、城に乗り込んだ時も寝起きの国王や役人一同が同じ反応

だったのには笑ったが。

まず「匂い」については探すまでもなく見当をつけることが出来た。エイプリルや他の職員が持ち込んだ花々である。買い取った売れ残りの花は、クラヴィスが帰って来た時には既に萎んでしまっていたが、それまでずっと屋内にあったその花の香りがノーラヒルデをはじめとする騎士たちに染みついていたとしても不思議はない。むしろそう考えるのが普通だ。

思い返せば、城で報告を受けている時から様子がおかしかった。騎士団本部、宿舎、それに城にもあの花は飾られていた。人にとっては仄かに甘いくらいの香りでも、魔獣にとって別の意味があるのではと考えるのも自然な成り行きだった。

夜が明けるとすぐにノーラヒルデは辛《かろ》うじてまだ形を残していた花を集め、調査に回した。次いで、直接花売りに会ったエイプリルやシャノセンからも話を聞いたが、これはあまり参考にはならなかった。考えてみれば当たり前のことで、怪しいものを売りつける人物が、見るからに怪しい態度や姿形をしているわけがないのだ。本人の南から来たという発言と事前の目撃情報から騎士を調べに走らせ、放置された荷車は見つけたがそれ以外に痕跡はなく、足取りは途絶えている。

花と花売りと匂いと黒竜。偶然という考えは、花売りの足取りが途絶えたと聞いた瞬間に消え去り、故意という結論が出ている。では、それらの間にどんな共通事項がと考えれば、現在シルヴェストロ国が置かれている状況を考えれば、それも自ずと回答が導き出される。

ベゼラ国。

「――舐めたことをしてくれるものだな、ガラハ」

何らかの意図があってのことだと予想されるが、それが何を示しているかは花の調べがついてからだ。

なぜクラヴィスが匂いを気にしたのか、なぜ出て行かなければならなかったのか。

ただ、花が飾られたのと黒竜が余所余所《よそよそ》しくなったのとは時期にずれがある。マルタ国への遣いに出る前から態度はおかしかった。

「どちらにしても、結果次第か」

騎士団内部だけでは調べきれないため、城の学者に依頼している。本当は自分で調べたかったのだが、戦の準備で忙しく時間がないことが悔やまれる。

ノーラヒルデは小さな溜息を零しながら、軽く首を振った。まだ城の学者からの報告はない。因果関係は間違いなくあるとして、首都を離れる前までに結果を知ることが出来るのか……。

瞼に重みを感じ、ノーラヒルデは眉骨の辺りに指を添え軽く揉んだ。睡眠不足の理由は忙しさ以外にもある。寝台の上でゆっくりと体を休めることが出来ていないのも一因だろう。クラヴィスから愛撫を受けたあの夜を嫌でも思い出す寝台は、体を熱くし苛《さいな》むのだ。

最後に二人で過ごした場所というのがあの寝台だったのも大きい。体の上に感じる重み、意外と温かな体温、呼吸、それに声。

——ヒルダ。

横になるたびに、まるですぐ真横から囁かれているように蘇るその声は、ノーラヒルデの肉体にも如実な変化を齎すのだ。自然、自らの下肢に手を伸ばすことも増えた。生来ノーラヒルデは潔癖だ。男である以上、生物学的な性衝動はあるにしても、頻度としては驚くほど少なく、自慰をすることすらほとんどない。朝の生理現象ばかりはどうしようもないが、それも勝手に昇華されて手を汚すこともない。

その自分が、だ。

浅ましくも勃ち上がって主張する己の陰茎を持て余すなど、腹立たしいにもほどがある。簡単に快楽に身を沈めさせることが出来ればよいのだろうが、ノーラヒルデはそうではない。自分の意志に沿わずに反応を見せるそれを、切り落としたくなったのも一度や二度の話ではない。

そして怒りの矛先は、自分にこんな衝動を植え付けて逃げ去った男——黒竜クラヴィスに向かう。

「くそっ」

騎士や本部職員が聞けば我が耳を疑いそうな台詞を吐き捨てたノーラヒルデは、自分の体に触れた男の熱を忘れようと、手近な書類を開き、目を落とした。

「今はこちらが最優先だ」

明日には先陣が出る。ノーラヒルデ自身は明後日《あさって》にここを発《た》つ。それまでにすべきことは山積みなのだ。今回は連絡役を務める黒竜がいない。伝書用の鷹《たか》はいるが、伝達の速度と能力の差は覆せないだけのものがある。シルヴェストロ本国と連絡を取る事態にならないよう留意すべきだが、これも現場次第。国王と第一副長とでうまく回してくれるよう、抜けがないようにしておかなくてはいけないのだ。

ハラリハラリと書類が捲《めく》られ、山が少しずつ減っていく。

執務室の中は、ただノーラヒルデが書類を捲る音だけが静かに流れていた。


気が付いた時、ノーラヒルデの体は柔らかな風に包まれ、空を飛んでいた。

「これは……」

意識はある。浮遊感も感じる。だが、自分の意識がありながら自分のものではない不思議な感覚が全身を支配していた。

飛んでいるとわかるのは、視界に映る風景が地上に在る時とはまったく別物だからだ。眼下に広がるのは見渡す限りの草原、点在する建物、遠くには山も森も川も見える。

面白かったのは青いと思っていた空が、間近で見るとまるで青に見えなかったことだ。それに空に浮いている自分よりもさらに高みにまだ薄い青が広がる空がある。

たまに飛んでいる自分の視界をふわりと遮る白いものが雲だというのは、しばらく飛び続ける中でわかったことだ。

軽やかで、それでいて微温湯《ぬるまゆ》に浸《つ》かりながら微睡みに身を任せているかのような、曖昧でふわふわな自分。実体があるのだろう、飛んでいるのだから。

ただノーラヒルデが意識しても体を自由に動かすことは不可能だった。

例えるなら、誰かの中に入り込んで、その何者かの目を通して景色を見ている。

それが一番妥当な表現のような気がする。

考えている間に景色はどんどん流れて変わっていく。高い鐘楼のある町の上を過ぎ、刈り入れが済み茶色の地肌が見える畑の上を越え、渡し船を眺め、牛飼いが追う牛を追い越し――どこまでも飛んで行く。

風が頬の横を過ぎ、髪が風に靡《なび》く。自身の体ではないのに、手足も体も全身で風を受け、まるで騎馬で疾走している時のように衣服が翻《ひるがえ》る。

不思議とそれは気にならなかった。

これが現実なのか夢なのか、未だノーラヒルデはわからないが今はこれが自然な姿なのだと思えたのだ。

自分のものではない体は真っすぐに目的地に向かって飛行を続ける。

「目的地？」

頭の中に閃《ひらめ》いたその考えに疑問を抱くも、そこで飛ぶのを止《や》めることはない。ただそこに向かって飛び、疾《はし》り、翔《か》けるだけ。一心不乱に目指すそこがどこなのか、ノーラヒルデにはわからない。

それでも心は逸り、早く辿り着きたいと望む自分がいる。

そんな気持ちに同調するかのように駆ける脚に力が籠った。

(脚……？)

翼ではないのかという疑問がふと浮かぶが、それも眼前に険しい山肌が迫るまでだった。その大半は灰色や茶色の岩で覆われている。およそ生き物が棲《す》むには適さない場所だ。後ろを振り返れば、細い道が見え隠れする深い緑に覆われた森がある。幾つかの山が連なる尾根、通る者はいないが峠道が山の向こうへと続いていた。

その向こうに広がるのは広い草原のはずで、さらに北上すればいずれ首都に着くはずだ。

「首都？」

再び思い浮かんだ言葉に首を傾げる。首都と言えばシルヴェストロ国首都シベリウスを真っ先に考えるが、地形がここがシルヴェストロ国ではないと告げている。ノーラヒルデは急いで記憶している地図と地形で、この場所に合致するものはないかと探った。

「知っているのは私か？　それともこの体の持ち主か？」

尋ねても答えが返って来るわけはなく、ノーラヒルデの意識とは反対に空を駆ける足は先を進む。

道らしい道はなく、辛うじて人か動物に踏みしめられた箇所だけが道を作る岩だらけの足場を進めば、もう目の前には山が迫っていた。洞窟への入り口らしき小さな穴が見えたが、体の主はそれには見向きもせず、空を昇った。

四肢に力を籠《こ》め、まるで階段があるかのようにタンタンッと軽やかに空を駆け上る。

なんと表現すればよいのか、人の姿では絶対に体験出来ない空中での移動が楽しく、ノーラヒルデの顔に微笑が浮かぶ。手応え……足応えのある柔らかく弾力性のある塊《かたまり》を蹴り上げて進んだ先は、山の頂だった。

「火山か……？」

山頂の真上に立って初めてわかったのは、ここがかつて火を噴く山だったということだ。その証拠に頂には本来あるべき土も岩も地面もなく、大きな穴が空いていた。

ノーラヒルデの意識を乗せたまま空中に留まっているそれの目は、頂よりも遥《はる》か下方へと注がれている。

「私に見せたいのか？　それとも何かあるのか？」

やはり応えはないが、問い掛けた瞬間にぐんっと下に引かれる感じがしてノーラヒルデは慌てて四肢を踏ん張った。そのおかげで落下こそしなかったものの、

「……あれは……ヴィス……！」

見えるはずのない距離なのに、ノーラヒルデの瞳は山の底に佇《たたず》む黒い塊をはっきりと捉えていた。湖か池だろうか、大きな水の中に身を沈める竜は、おそらくノーラヒルデが知る黒竜クラヴィスに間違いない。

その巨大な竜体は半分を水の中に沈め、半分は薄い何かで覆われている。項垂れ閉じられた瞳。

「生きているのか……？」

それとも死んでいるのか？　最悪のことを考え身震いしたノーラヒルデは、もっとよく見ようと体を乗り出した。

（ヴィス！）

音として出ないとわかっていても名を呼んでしまう。自分を置いて理由も言わずに去って行った黒竜に呼びかける。

（ヴィス！　目を開けろ！）

　話がしたいのだと、お前の声を聞きたいのだと手を伸ばせば、相当の高さがあるにも関わらず黒曜石の輝きを持つ鱗に触れた気がした。

　その時である。

　黒竜の瞼が薄《うっす》らと開き、金赤色に揺れる焰を浮かべた黒い瞳が現れる。首をもたげ、何かを見据えるように真っすぐに上空へと向けられる。

「見えているのか？」

　期待したノーラヒルデだが、

「――――ッ！」

　下から発せられた衝撃に体ごと吹き飛ばされそうになり、慌てて顔を腕で覆った。

　ノーラヒルデの意識を乗せた生き物も、同じ衝撃を受けて空中で二転三転と転がったようだ。体勢を立て直したのは山の頂からかなり離れてからで、再び頂に向かおうと空中を歩きかけて足を止め、鼻をスンと鳴らした。

「……行けないのか？」

　それ以上先へ進もうとしない体の主へ問うと、無理だというように首を振る気配がした。数歩歩いては衝撃のようなものにぶつかり、それで先へと進めなくなってしまう。

「あそこにヴィスがいるのに……」

　手の届く場所、声が届く場所にいるというのにこれ以上近づけないことに悔しさが募る。

「ヴィス……」

　届くのならば、風に乗せて自分の声を伝えたい。

　手を伸ばし、触れたい。

　強い願望と共に、急速にノーラヒルデの意識が後ろへ引っ張られる気がした。

　体の主が上空の高いところまで一気に駆け上がる。

　徐々に意識が薄くなり、視界が霞《かす》む中、ノーラヒルデは確かに見た。高い塔。軍勢と魔獣の群れ。

忘れないようにしっかりと頭の中に刻み込む。

これはノーラヒルデが見る夢だ。だが、確かに現実でもあった。


急激な落下の感覚に、ノーラヒルデははっと意識を取り戻した。

「……ここは」

シルヴェストロ国首都シベリウスにある騎士団本部、その執務室の自分の椅子にノーラヒルデは座っていた。

空ではない。当然、広がる自然風景が見えるわけでもない。

（やはり夢か）

それにしては五感がやけに生身に近かったと思いながら、緩く頭を振る。そしてふと足元に感じた柔らかな手触りに、書卓の下を覗き込んだノーラヒルデは目を瞠った。

「プリシラ？」

灰茶色の小さな一角兎がノーラヒルデの机の奥の方にちんまりと丸くなっている。瞼は閉じ、すぴすぴと寝息が聞こえるところから、いつものように眠っているのだろう。眠り兎の異名を持つ獣なので、眠っていること自体は見慣れたものだが、

「お前、どうやってここに来たんだ？」

今まで一角兎が単独で本部内に入って来たことはない。玄関扉は昼の間は開かれているため、入ろうとすればいつでも入ることは出来るのだが、ここに至るまでの間に誰からも見咎《みとが》められなかったことの方が驚きだ。

それとも、騎士団長が可愛がっている兎ということで有名になったプリシラなので、微笑ましく見守りはするものの、その行動を咎めることが出来なかったのだろうか。

　ノーラヒルデは椅子から下りて机の下に手を伸ばし、丸い兎を抱え上げた。エイプリルが保護した時から多少大きくなったとは言え、一般的な兎よりはまだ小柄なプリシラは、床の上から人の手の上に移動したにも関わらず、穏やかな寝息を立てたままだ。時折、耳がぴくぴくと動くのは何か夢でも見ているせいだろうか——。

「夢？」

　言葉に出し、ノーラヒルデははっと手元のプリシラを凝視した。

「まさかお前か……？」

　居眠りをしたのは疲れのせいとしても、あれだけはっきりとした夢を見たことはない。しかも、目覚めて尚鮮明にその時のことを思い出すことが出来るのだ。

　最初は黒竜が自分の居場所を知らせるためなのかとも考えたが、プリシラを見てしまえばその考えは一蹴される。あの山底を覗いた時に弾かれたのは、他ならぬ黒竜からの拒絶反応ではなかったか。知られたくないものを、知られてしまったがために発した強い気は、ノーラヒルデがいることに気づいていたからのはずだ。

「それなら」

　あれが現実ならどこへなりとも探しに行ける。空からの風景——地形は目が記憶している。この大陸のどこにいようとも必ず見つけ出し、首に縄をつけて引っ張ってでも連れ戻すつもりだ。

「ありがとう」

　ふかふかの背中に鼻先を近づけて、そっと口づけを落とす。

と、

「浮気か？」

　にやけた声と重い長靴の音がして、ひょいと掌からプリシラが取り上げられてしまう。

「黒竜がいなくなって早々とは、お前もなかなか手が早い」

「人聞きの悪いことを言うな。お前とは違う」

ノーラヒルデから一角兎を取り上げて自分の胸元に抱き込んだフェイツランドは、ふっと笑みを浮かべた。

「お前、なんだかすっきりした顔をしているぞ。隈は相変わらずあるが、全身を覆っていた疲れが消えたな」

「大袈裟《おおげさ》な……」

言い返そうとしたノーラヒルデだが、

「――そんなに疲れているように見えたのか？」

「あれを疲れているって言わねェんなら、何を疲れているのかって話だな。部下ども全員が戦々恐々としていたぜ。気づいてなかったのか？」

「気づくも何も、多少の疲れはいつものことで慣れているからな」

主にお前のせいで、と付け加えれば、フェイツランドは横を向いて肩を竦める。

「私の体調を気遣うなら、せめて明日までにこの山を片付けて欲しいものだ」

明日の一陣を率いるのは騎士団長フェイツランド、明後日の組はノーラヒルデが率いることになっている。それを考えれば、「騎士団長」の机上にある書類の山はなくなっていなければいけないはずなのだが、未だに山は低くならない。

「なあノーラヒルデ、思うんだがそれのうち明日までに絶対やっておくべきものは多くはないよな？」

「明日までにというものはそっちの低い側だ。最低でもそれだけは明日の朝までに終わらせろ」

「……俺の睡眠時間は？」

「大丈夫だ。マルタとベゼラの国境に着くまでお前は馬車の中で眠っていていい。ああ、どうせ馬車の中にいるなら、書類も一緒に持って行けば捗《はかど》るか」

終わったものから逐一伝令に持たせて国王の元へ届けさせてもいいし、伝令に一緒に持たせてもいい。漏れたら困るもの以外ならそういう対応も可能だ。短期間で移動する場所なら無理だが、今回は逆に日数が掛かる分、遊ばせておくのは勿体ない。

「……ノーラヒルデ、本気か？」

「ああ。本気だとも。言っておくがフェイ、お前がこれを片付けずに出立した場合、後から行く私が持って移動するつもりだ。その場合、他の連中が戦っているのを横目にしながら、お前は本陣の天幕の中で書類整理、もしくは最寄りの町に居残りだ」

それもこれもすべてここまで仕事を停滞させていたフェイツランドの自業自得である。これでも多少は減っているが、まだ手ぬるいと考えているノーラヒルデである。

「冗談では」

「ない。本気だ」

さっさと椅子に座って始めれば明日の朝までには終わると言い切れば、フェイツランドは渋々椅子に腰を下ろした。いざ開始してしまえば処理は早いのだから、朝までと言わず夜中までには確実に終わるだろう。自分が出来ることを知っているだけに怠けたがる典型的な男である。

フェイツランドの手元を離れた一角兎は応接用の椅子の上に丸くなって眠っている。自分も仕事の続きに戻りながらノーラヒルデは気になっていたことを尋ねた。

「プリシラを連れて来たのはお前ではないよな？」

「あ？　違う。エイプリルじゃねえのか？」

「エイプリルではないはずだ。彼には第三師団まで遣いを頼んだ。戻って来るには早すぎる」

「なんだ。あいつ第三まで行ってたのか。道理で姿を見かけねえと思ったぜ」

「私が忙しいのを見かねて手伝ってくれたんだ。いい子じゃないか」

「まあな」

フェイツランドの口元に笑みが浮かぶ。大方、その可愛い恋人のことを思い出しているのだろう。出陣前の夜に仲良く閨《ねや》での密なひと時を過ごしたければ、嫌でも仕事に精を出すだろう。さすがのフェイツランドも、戦中に朝晩関係なく情事に耽《ふけ》るほど色に溺れはしないはずだが、戦で高揚した時には体も熱を欲する。ある程度の発散は必要だとしても、独り者が多い騎士たちの目の毒にならなければいいがと思う。

さっそく仕事を始めたフェイツランドの横顔を見ながら、自分もと筆記具を手にしたノーラヒルデだが、

「ノーラヒルデ、あれの正体がわかったぞ」

脇に分厚い書物を挟み、手にした紙をひらひらさせながら入って来た国王ジュレッドに、中断を余儀なくされる。

「あれ？　ああ、あれのことか」

ふっと宙を睨んだフェイツランドは「あれ」が城内に持ち込まれた花のことだと気づき、眉間に皺を寄せた。

「国王のお前がわざわざ来たってことは、まともなもんじゃあなかったってことか」

「正解だ、親父。ていうか、ちゃんと仕事してたんだな。親父がまともに椅子に座ってるのは久しぶりに見る」

ずかずかと奥まで歩いて来た国王は、プリシラが眠る横に座り、テーブルの上にドンと本を開いた。ノーラヒルデとフェイツランドは国王が指さす絵を覗き込んだ。ノーラヒルデも見覚えのある紫と薄紅と白の混じった花が描かれている。

「ヅエクシャラスト……？　発音しにくい名前だな」

「学名なんだろう」

「その通り。ヅエなんとかなんて言っても誰もわかりゃしないだろうな。ただ、こいつには別名がある。竜恋華《りゅうれんか》だ」

別名の部分を指さしながら、国王はノーラヒルデの顔を見つめた。

「?」

「――これはな、人には無害なんだ。だから観賞用として使われもする。しかし、咲くのは魔の森域の近隣のみという稀少性から、認知度が高いわけではない。それこそシルヴェストロ国の人間は誰も知らないだろう。見ている分には何ら問題はないに等しい。ただし、最初に言ったようにそれは人に対してだけだ。もしかすると他の動物にも害はないのかもしれないが……」

ノーラヒルデは真っすぐに国王の金色の瞳を見返した。

「――竜か」

頷き、国王は次の頁《ページ》を捲った。

「竜種にのみ催淫《さいいん》作用を齎すと書かれている」

「つまり強制的に発情させるというわけなんだな? 猫が草に酔ったり、トケストラが赤を見ると興奮するのと同じような感じか」

トケストラというのは人の背丈ほどある鳥で、主に食用として捕獲されることのある魔獣だ。人には無害だが、なぜか赤色を見ると追い駆け回すという、シルヴェストロ国王族にとって実にいやらしい性質を持っている。

「……トケストラ……古傷が疼く……」

そのせいでどんよりしてしまった国王は、幼い頃、森の中でトケストラに遭遇し、頭や体を突《つつ》きまわされた経験を持つ。シルヴェストロ王族の洗礼のようなものだ。

「おう、あの時のお前、びーびー泣いてたな。最終的にはトケストラの羽を毟《むし》って追い払っていたが」

一部始終を眺めていた若き日を思い出し、フェイツランドがにやりと顎に手をやる。助けるという選択肢は王族にはない。自力で何とかすることが出来なければ、王族たる資格がないとみなされるからだ。さすが戦いを好む血筋である。

「お前の古傷は後で思う存分抉《えぐ》り返すとして、ノーラヒルデ」

「ああ」

フェイツランドと目が合ったノーラヒルデは即座に頷いた。

「人に被害がないのは不幸中の幸いだったが、意図的に持ち込まれた理由がこれで判明した。花を持ち込むことで何をしたかったのか、今の今まで答えが出なかったが竜がいることを予《あらかじ》め知っていたのだとすれば、それが目的だったとしか考えられない」

「狙いはクラヴィスか」

国王がそう呟くが、ノーラヒルデもフェイツランドもそれには首を振った。

「ジュレッド、それは目的を達成するための手段にしか過ぎねえよ」

「あ？　ヴィスを発情させて使い物にならなくするんじゃねえのか？」

甘い、とフェイツランドの指が国王の額を弾く。

「目的は私だ。ヴィスと私の関係を知っているからこその竜恋華だ」

ノーラヒルデはふっと微笑を浮かべた。

「――本当に舐めたことをしてくれるものだな」

「それは俺に対してでも言えるぜ。随分と低く見られたもんじゃあねぇか、この黄金竜がよ」

凄みの笑みを浮かべたのはフェイツランドも同じだ。

「ちょっと待て、二人だけで理解し合ってないで俺にも説明しろ。どういうことなんだ、親父、ノーラヒルデ」

慌てて説明を求める国王へ顔を向けたフェイツランドは、これ見よがしに大きく溜息をついた。

「もうちょっと頭働かせろ。ここまで具体的なもんが鏤《ちりば》められていただろうが。お前、トケストラに突かれたせいで抜けてしまったのか？」

頭をぐりぐりとやられ、嫌そうに身を捩《よじ》った国王はノーラヒルデへと向き直った。

「それはもういいからっ。ノーラヒルデ、説明してくれ」

「フェイの言う通りなんだがな。私が狙いということは、私さえどうにかすればシルヴェストロ騎士団など問題ではないということだ。それが事実かどうかは置くとして、私を排除することで勝てると思っているとは浅はかで、愚かな考えなのだと言っている」

「確かにベゼラに取っちゃあ、魔獣の群れを撃破したことのあるノーラヒルデがいれば都合が悪いだろうよ。他の戦力についてはそこそこ対策を取れるとしても、対魔獣となった時にノーラヒルデを切り札的に使われちゃ、困るだろうからな。だがな」

フェイツランドがフンと腕を組んでふんぞり返る。

「俺を忘れて貰っちゃあ困るんだよ。ノーラヒルデを出陣させなければ勝てる？　馬鹿抜かすな。俺がいるのにシルヴェストロ国騎士団が負けるわけがねぇだろうが」

「なるほど。ベゼラにとって、最も脅威なのが一度魔獣に勝ったことがあるノーラヒルデで、親父はそのおまけ程度にしか思われてないってことだな」

自分で内容を確認した後で、国王はそれはもう何とも言えない、ある意味において今回の事件の首謀者が見れば腹が立って仕方がないとしか思えない微妙に残念そうな表情を作って言った。

「勘違いもいいところだな」

「だろう？　そこまで下に見られてるんじゃあ、徹底的にやるしかねえと思わないか？」

「ああ、その通りだ。シルヴェストロ国にフェイツランドあり。破壊王は健在だって教えてやれよ、親父」

おう！　と拳を合わせて物騒な笑みを浮かべた義親子だが、そこでジュレッドは「で？」と再度ノーラヒルデに尋ねた。

「クラヴィスに竜恋華を使うことで、どうしてノーラヒルデが戦に出ないことになるんだ？」

その問いに慌ててノーラヒルデが口を塞ぐよりも早く、フェイツランドがさも当然という顔で告げる。

「そりゃあ、お前あれだ。盛《さか》ったヴィスが竜の体力に物を言わせてノーラヒルデに突っこ……イテェッ！」

何か重いものが二つ、床に倒れたような轟音《ごうおん》がその日騎士団本部に響き渡った。


先行でマルタとベゼラの周辺を探っていたマリスヴォス率いる第二師団とシルヴェストロ国騎士団本隊が合流したのは、それから五日後のことだった。

本隊と言っても、先行する軽騎装が八割で、残り二割は遅れて翌日に到着することになる。騎士の本分は武器を持って戦うことだが、馬術に長《た》けるというのが最大の利点であり特徴だ。いかに軍馬に負担を掛けることなく、早く駆けることが出来るか、どれだけ意志の疎通を図り巧みに操ることが出来るかが要となる。

余談だが、騎士団の査定では馬との関係の良好さも少なくない比重がある。馬に怪我をさせた、不要な無理をさせた、具合が悪いことを見抜けなかったなどの項目があり、どんなに役職が上の騎士でもこれに触れれば、しばらくは厩《うまや》当番をすることが決められている。罰則ではない。もう一度、馬との関係をよく見直せという意味である。

　現在、騎士団はマルタからベゼラへ繋《つな》がる公路を北上した後に外れ、西の辺境へと足を進めていた。ガラハ元国王が幽閉されていた塔へ向かうためである。

　これに先立ち、ベゼラ国首都の攻防は支援を依頼したクレアドール国の戦士たちが受け持つことで合意している。魔の森域を抜けて北から南下するクレアドール、南から北上するシルヴェストロ、二つの国の戦力に差はなく、互いに到着が早い方が有利に戦いを進められると判断したからだ。

　その際、魔獣対策として幻獣使いが数名シルヴェストロ騎士団に同行することになったのは、黒竜という空からの偵察を欠くシルヴェストロにはありがたい申し出だった。

「オレがさくさくって偵察しに行くのにー」

　隣で馬を歩かせながらぼやくマリスヴォスだが、

「お前に行かれれば偵察が偵察じゃなくなってしまうからな。率先して飛び込んでいく奴にはやらせない」

「副長ってば、相変わらず真面目だねえ。でもさ、そんなこと言って、始まっちゃったらオレより先に行くんでしょ？」

「当たり前だ。始まれば後は関係ないからな。自重して遅れては騎士の名折れだ」

「そう言いきっちゃう副長がスキ！」

　軽く接吻を投げるマリスヴォスのそれを、片手でひらりと叩き落す。

「ひどい！」

　両頬を掌で押さえて大袈裟に嘆く真似をしたマリスヴォスは唇を尖らせた。

「ヴィスがいない間に副長と親交を結んで、密接になって羨ましがらせるつもりだったのに」

「……その労力は他のことに使え。私を巻き込むな」

「ちぇッ」

後ろを歩いている騎士たちの顔は見えないが、雰囲気が笑いを堪《こら》えていると伝えていた。現在、ノーラヒルデの第一師団の一部とマリスヴォスの第二師団が遊撃隊として側面に回っている。第一師団の本隊は、目立つ深紅の団旗を掲げた騎士団長フェイツランドが率いての進軍だ。

シルヴェストロ軍に援軍として合流するため北部から南下しているクレアドールの幻獣使いが寄越した伝書によると、塔外に軍勢はいないが塔のすぐ近くまで迫っている魔の森域には魔獣の一軍がいるらしい。首都に向かったガラハ軍の本隊がベゼラ城を攻め落とすと同時に、マルタや他国への進軍を開始するためである。ベゼラ国の首都が北に位置するために、戦力を分断したのだと考えられた。それを成功させるのに不可欠なのが、魔獣の群れであり、シルヴェストロ国騎士団の戦力低下、具体的にはノーラヒルデの不参戦だったはずだ。

(だが私はここにいる)

ベゼラの工作員が間抜けでなければ、ノーラヒルデと黒竜の顚末《てんまつ》まで見届けているはずだ。その結果、ノーラヒルデは参戦するも、黒竜がシルヴェストロ国から出て行ったという情報も併《あわ》せて入手しているはずで、それを好機と見て真っ向から当たるか、再び策を練るかはガラハ次第と言ったところか。

「そのガラハなんだけど」

「ん?」

「塔からは出てないみたいなんだよね。周りを探ってはみたんだけど、塔を警備している兵隊さんたちにも特に変わったところはないみたい」

「何も知らないわけではないだろうから、ガラハの行動を黙認しているということになるな。息が掛かった連中だとすれば、前の時の生き残りが隠れて指示していたか」

「それもだけど、入れ替わったんじゃないかって思うんだよね、オレは」

　マリスヴォスが言うには、警戒はされていても辺境ならば人が入れ替わったとしてもすぐには首都に知らせが届かない。それに塔に着任してから入れ替わったのでは不審を抱かれるが、赴任する前ならばいくらでも騙《だま》せるというものだ。

「一理ある。だが、塔の警備は慎重を期しているはずだ。同じ者が続けて勤務しないようにしていたと思うが」

「そこでほら、袖の下の出番。ガラハに繋がりがあるとかは伏せたまま、自分の遠縁に職を紹介してもらったとか言えば。辺境って、娯楽も何にもないし人気ないんだって。豊かとは言えない国でしょ、ベゼラは。まだうちや他の国からも監視されてるし。街でも兵隊さんの募集の張り紙がたくさんあったのを見たし」

「……マリスヴォス、お前、首都にまで行ったのか？」

　あれ？　と小首を傾げたマリスヴォスはすぐにへらりと笑った。

「だって実情を知るには城に近い方がいいかと思って」

　マリスヴォスは簡単に言うが、籠城を決めてしまっている城下に潜り込むにはかなりの危険を伴う。まだ城下に魔獣の群れが接近していない時期だったからよかったようなものの、一歩間違えば入りはしたものの出られなくなるという事態にさえなったかもしれないのだ。

　臨機応変な対応が出来る器用な若者なので、その時はその時で都合よく動き回っただろうが、下手をすればこちら側の戦力が不足することにもなったのだ。

「マリスヴォス、出立する前に自重しろと言ったはずだぞ」

「自重はしたよ。でもほら、副長が喜ぶ情報が手に入るならそっちの方が有効かなあと思って」

「……確かに有効だが」

ノーラヒルデはそれ以上言葉にせず、ただ手を伸ばしてマリスヴォスの頭の上に乗せた。

「事前とは言わないが、事後報告はきちんとしろ」

野生の勘とでもいうのか、今までもマリスヴォスの行動には助けられている部分も多いので、行動の制限をするよりは、ある程度引綱を長くして自分が持っていた方がましだ。

（ヴィスみたいに引き千切って出て行ってしまえば意味はないが）

まったくもって忌々《いまいま》しいとノーラヒルデは歯嚙みする。シルヴェストロ国首都シベリウスを出立してからベゼラ国との国境に着くまでの行軍で、出来るだけ思い出さないように努めているにも関わらず、頭の片隅には絶えず黒い竜の姿が居座っている。

竜恋華を使って発情させた黒竜にノーラヒルデを襲わせ、負傷或いは足腰が立たない状態にするというベゼラ国の策は、クラヴィスの出奔で潰《つぶ》されてしまったが、ノーラヒルデの気を漫《そぞ》ろにさせるという点では確かに役に立っているのだと思われる。

そうは言っても戦の最中に呆《ほう》けているほどノーラヒルデの性質は甘くはない。それはそれ、これはこれと割り切ることが出来る男なので、騎士としての職務中に私事を持ち込むことはない。クラヴィスのことだけが頭と心を占め、他のことがままならないなどという、騎士としての本分を忘れるようなことはない。

だが、ノーラヒルデがそう自身を律していても周囲から見えるノーラヒルデの姿はまた別だ。

色香が増した、とフェイツランドに言われた時にはその頭を殴って記憶を失わせようかと本気で思った。腹が立ったのは、色香が「出て来た」ではなく「増した」という認識を持たれていることだ。

つまりは普段から色香があり、それがクラヴィスという憂う存在が出来たことで、隠そうとしても隠せないほど滲み出て来たと言うのである。

それは、マルタ国でマリスヴォスと再会した時にも言われた。

「――副長、もしかして誰かと寝た？」

あまりにも直截《ちょくせつ》的な表現で、しかも大勢の部下の前での発言だったため、問答無用で廊下に叩き伏せたが、そのせいで「副長に男が出来た」という話が実《まこと》しやかに広まったのは、不本意極まりないことである。

現在は「副長が発する色香」については禁句扱いされているため、直接ノーラヒルデの耳に入ることはないが、視線が語るのを止めることは出来ない。


自身が騎士団内でどんな目で見られていたのか、知らないほど鈍感ではない。騎士に関しては入団早早に釘を刺し、常日頃の鍛錬において不埒な真似をすればどうなるかを体に教えているものの、それを好む性癖の輩《やから》もいる。ましてや大勢が住まう城内で、言い寄られたことは一度や二度の話ではない。黒竜を連れている時に口説かないだけの分別は持っているようだが、あのフェイツランドに抜剣を止められたこともあるくらいだ。その時の言い草が、「俺は肉体的な痛みだけしか与えねえが、こいつの場合はそれに加えて精神にまでクる。悪いことは言わねえ、こいつを口説くのはやめろ、な？」だったのには、余計に腹が立ったが。

しかしよく考えるまでもなく下世話な策である。自分たちの脅威となる黒竜とシルヴェストロ国騎士団第二副長を共倒れさせるために取る手段としては、最低の部類だろう。

それを考えれば、よくもまあクラヴィスが我慢したものだ。フェイツランドも感心していた。

「すぐ目の前に極上の餌《えさ》があるのに、腹を空《す》かせた竜が食わないで逃げ出した。はっ、どこの笑い話だ」

既《すんで》のところで「味見はされたがな」と言い返す台詞を飲み込んだ自分を褒めてやりたい。

あのままクラヴィスが騎士団に留まっていた場合、ノーラヒルデが襲われた可能性があるのは否定しない。竜の本能に訴える竜恋華がどのくらい効いているのか、人の身では判断つきかねるが、性欲が理性に勝ればたとえ監禁して鎖で縛りつけていたとしても、飛んで来たはずだ。本気で抗《あらが》う竜の力を押さえられる自信は、ノーラヒルデにもないし、膂力《りょりょく》を誇るフェイツランドでも無理だろう。

そんな自分を一番よくわかっていたのはクラヴィスで、だからノーラヒルデから離れた。そしてこれはおそらくだが、竜恋華の匂いに誘発される前から黒竜は発情していたのではないかと考えられる。というのも、竜恋華について記載されていた書物には、開花の周期は不定期だがその性質上、竜の発情期に合わせて繁殖するのではという論文も掲載されていたからだ。

クラヴィスから詳しく聞いたことはないが、竜種の繁殖とそれに先んじる交尾は簡単ではないのではないかと推察される。目撃される竜種の個体数が少ないことと、人の世界に溶け込んでいる竜の年齢は人の数倍にも及ぶような長寿だからだ。一斉に発情を迎えるのか、それとも個体差があるのかまではわからない。

相手をその気にさせるために、竜恋華を食べ、竜恋華の褥《しとね》を作り、己の体に発情を促す匂いを纏う。

意図せず、ノーラヒルデが纏うことになった竜恋華の香りは、どれだけ黒竜の本能を刺激しただろうか。

抑えきれずに行動に出たのがあの夜。だからクラヴィスはノーラヒルデの元から去った。一度触れてしまったからには、発情期が終わるまでは戻らないつもりで。もしくは、もう戻ることはないのかもしれない。

「――あの馬鹿者め」

思わず漏れた独り言は意外と低く唸《うな》るようだったらしく、

「え？　オレのこと？　それとも団長のこと？」

などと、隣でおろおろしているマリスヴォスがいた。自分を真っ先に挙げる自覚があるようで何よりだ。

「気にするな。独り言だ。それよりマリスヴォス、さっきの話だがガラハは確かに塔の中にいるのか？」

「首都を攻める部隊の中にはいませんでした。王城攻めの軍を率いているのは息子だったたし。それにほら、ガラハは目をやられてるじゃないですか、副長に」

「傷は治っても再び世界を見ることはないだろうな」

自分の右腕のように、失われてしまったものは還《かえ》らない。

「行軍について行くよりも、安全な塔の中で指示を出した方が身の安全は計れるというわけか。ならば、やはり既に塔の兵士たちはガラハの手勢に取って代わられたと考えた方がいいだろうな」

「オレもそう思います。首都はもう攻めて来る魔獣に対抗するのに手いっぱいで、辺境にまで手を回す余裕はないし、それに向こうもわかってるんじゃないかなあ。ガラハの身柄が自分たちの手の中にないってことを」

誤算があるとすれば、辺境の塔なら安全だと考えていたガラハにとって、最も憎むべきシルヴェストロ騎士団が相手になるということだろう。ベゼラ国周辺の国はいずれも小国だ。エイプリルの祖国ルインほど貧しいわけでもなく、それなりの戦力は保持しているが魔獣に対抗するには乏しい。前回はそれで痛い目を見たのだ。慎重にもなるだろう。

よって魔獣の群れを城に差し向ければ、必然的に対抗する手段を持っているシルヴェストロ国が対応に当たることになる。この対抗軍の中からノーラヒルデを排除しておきたかったのは既にわかっているが、安全策を講じて自らは遠い場所から指示を出す。失敗しても、首都から塔に進路を変えている間に、逃亡出来ると踏んだのだろう。魔獣と契約しているのなら、広大な森を横切って魔の森域にまで到達も可能だ。

「その逃亡を阻止し、討ち取るのがシルヴェストロ騎士団の役目だ」

北へ逃げる経路はクレアドールの戦士たちが押さえる手筈《てはず》になっている。魔の森域に関して専門的な知識と戦力を持つ彼らがいれば、問題はない。

「逃げ道塞がれた連中と戦ってもねえ」

しかし、思い切り戦えると思っていたマリスヴォスは不満げだ。

「それならお前は出なくてもいいぞ。第二師団だけ私が預かる。逃げ場のない奴らは死に物狂いで掛かって来るだろうなあ。それに餌もある」

「餌って副長のこと？」

「憎い仇だ。自分の手で討とうと出て来るだろう」

ガラハは文官ではない。魔獣を従えたのも、自分の力を誇示し、その当時の魔獣の王に力を認めさせてのことだ。塔の中からの指揮だけで満足するとは考えられない。しかも、目の前に自分の視力を奪った男が来ていると知れば、出て来るだろう。先頭に立って他国に侵攻を企《くわだ》てた男が大人しくしている今の状況の方がおかしいのだから。

「魔獣もいるけど」

「主力は首都攻防に出ている。残っている魔獣はガラハの護衛と考えれば強さは侮れないが、私の右腕を食った護衛獣ほどの力を持つ個体はいないだろう。お前でも十分勝機はあるぞ、マリスヴォス」

「それって酷くない？　オレが弱いみたいじゃん」

「気を抜くなということだ。それに、フェイがいるんだぞ。あいつは本能で強い敵を見つけるからな。奪われないよう、気を付けろ」

「わかった。そうしたらオレ、頃合いを見て団長にくっついて行くことにするね」

　そして獲物を横から奪うんだあ――と笑うマリスヴォスにはまるで緊張の色がない。マリスヴォスだけでなく、率いている騎士たちに怯えは見られない。少なくとも、表面上は不安や恐れを見せている様子がないことに満足する。第一師団と第二師団、この二つはシルヴェストロ国騎士団を代表する猛者の集まりなのだ。最強の戦力が集合して、不安を感じるようであれば減給どころか降格だ。


　ジャンニが準備した魔獣用の武具に対しても、マルタからここに至る道中で重さや扱いに慣れたようで、暇があれば他の鎧や武器を手に試している。初めて使われる魔獣用の武器なので、ノーラヒルデ自身も含めどれだけ有効かを見るには、実際に戦ってみないとわからないのだ。

　そういうノーラヒルデ自身は愛用の薄青く輝く鎧と白銀の偃月刀《えんげつとう》を持ち、短剣や連結槍に鞭まで装備している。連結槍は通常の槍としても使えるが、柄《つか》の部分を緩めれば剣先を付けたまま自由に動かすことの出来る武器となる。ジャンニお薦《すす》めの新武器だ。広い場所でしか使うことが難しいため、これまであまり出番がなかったが、この戦いでは周囲を蹴散らすのに有効だろう。

　マリスヴォス自身はいつもと変わらず軽装だが、肩と腕、指先は薄い革で覆っている。普段は胸鎧程度で済ます男なので、これでも装備を増やした方だ。

頭に関しては、長い髪を納めるのが大変だというので何も被《かぶ》っていない。この点はノーラヒルデもフェイツランドも同じだ。その方が必死になって戦うという理由を口にするも、誰も信じていないのが少し寂しい。

「始まってしまえば後は好きにしていいぞ。フェイたちが先か、こちらが先に敵とぶつかるかは運次第だ」

目立つ本隊に相手が真っ向から戦いを挑むのが先か、遊軍が先に衝突するかは、本当に始まってみなければわからない。数の上での優位性はシルヴェストロ騎士団にある。それを覆す、もしくは匹敵するだけの力が魔獣の群れにあるかどうかが鍵となるだろう。魔獣の王を引き摺り出し、相手の戦意を削《そ》ぐ形で斃《たお》すことが出来れば、自然に魔獣は退《ひ》くだろうと予想される。

魔獣は力がすべてだ。その点ではシルヴェストロ国も同じ。強い頭が斃れれば士気も下がる。普段は群れることなく行動している種の方が多い魔獣ならば尚更だ。

かつてノーラヒルデが魔獣の王を斃した時も同じだった。ガラハの目を奪い、そこで意識を失ったノーラヒルデに襲い掛かることもなく、ただ混乱し、誰がその後を引き継ぐかで牽制《けんせい》し合っていた。もしも集団としての統率が取れていたならば、ノーラヒルデの命はそこで終わっていただろう。だが、その混乱に乗じて、黒竜が魔獣の王に戦いを挑んだ無謀な騎士を連れ出すことで生を繋ぐことが出来た。

因果だなとノーラヒルデは思う。

この地で再び魔獣と戦うことになろうとは。しかも相手は同じ男だ。ただ言えるのは、前回は魔獣への対策が何も取られていない中での戦いだったのに対し、今回は心構えも準備も違う。ノーラヒルデ一人の力量に頼らずとも、頼もしい騎士が大勢いるのだ。

（負けるはずがない）

それは誰もが確信する少し先の未来だ。


ほとんど真っすぐ塔に向かって整備された平坦な道を歩くフェイツランドたちと違い、ノーラヒルデ一行が進むのはそれに並行する形で通っている狭い道だ。険しい峡谷の合間を抜け、森の中の小路を通る。見通しが悪いため、警戒を怠ることは絶対に出来なかったが、幸いにしてあと峠を一つ越えれば塔に到達するというところまで来ていた。

両側は切り立った崖。先に下見をしていたマリスヴォスらのおかげで馬車が通れるだけの道幅が確保されているのはわかっている。連なる山の分だけ続く峠道は、旅人や商人を襲う山賊には格好の狙い目のはずだが、北西は魔獣が出る森に続き、周辺に集落もない場所では稼ぎにもならないのか、普段から賊が出没することはないらしい。

東側の街道が盗賊たちの稼ぎ場になっているのと比べれば、安全だけは確保されている。ただし、それは人からの安全が保障されているだけで、森から足を延ばして来る魔獣や獣たちに襲われないのとは違う。

人としての限界がある以上、能力的にも地の利も魔獣側にある。事前に第二師団の偵察隊が確認済みとはいえ、交代で哨戒に当たるのが一番の疲労と言えるかもしれない。

峠道を登って降りて、そしてまた下る。二つ目の山道を越えれば、塔の姿が見えて来るだろう。策を練り、打ち合わせをし、救護のための天幕を設置し、補給部隊の安全を確保するための野営地をまず作らなければならない。場所は事前に決めているが、現場の状況が変わっていれば後退も考慮しなければならないだろう。

　大軍同士がどういう形でぶつかるかは、ノーラヒルデにも予想がつかない。急襲は普通にあり得る。魔獣の力を借りた敵の側に、こちらの事情を斟酌《しんしゃく》する義理はないのだ。それこそフェイツランドの野生の勘が有効かもしれないと思うくらいには。

「このまま何事もなく合流出来ればいいな」

「ここまで足を延ばして襲うよりも迎え撃った方がいいと思ってるんじゃないかな」

「その方がこちらとしてもありがたい」

　騎士である以上、騎上での戦いが主となる。剣も弓も槍も最初は馬に乗って揮うのが常道だ。戦の中盤から後半に掛けて、地上に足をつけていた方がいい場面もあるが、よほど腕の立つ者でない限り下馬することはない。歩兵というのは騎士団には存在しない。たとえ地面に足をつけていても騎士は騎士としての戦い方をするまでだ。

　騎士も馬も鍛えられている。この戦は魔獣との戦いでもあるため、馬具もそれ用のものを装備させている。脚甲、顔鎧には頭突きも出来るよう角をつけ、まさに人馬一体の戦いを想定している。特に防御となる突破口を開く役目を持つ重騎兵は重要で、最も頑丈な鎧はすべてこちらに回した。

　馬上でマリスヴォスが腰を浮かし、遠くに目を凝《こ》らした。

　ちょうど峠を登り詰めたところで、先の峠よりも高い場所にあるため、遠くを視界に入れることが出来る。

「副長、ほら、塔の先端が見える」

　指さした場所には物見櫓《やぐら》が小さく見えた。建物は連結する二つの塔で形成され、片方が政治的な囚人、もう片方が一般的な囚人という区分けがされていたが、ガラハが収容されたことにより、現在は彼一人のための塔になっている。

「マリスヴォス、あの塔の上」

「ん？」

「あれは鳥だと思うか？」

距離があるためにはっきりと区別がつくわけではないが、この距離で判別出来るほどの大きさの鳥というのが、ノーラヒルデには考えることが出来なかった。物見の端に座っているのか立っているのか、それは鳥のような翼を持ち、じっと佇んでいる。

ノーラヒルデに言われたマリスヴォスは、少し先まで馬を進めて立ち止まり、腰を浮かすだけでなく馬の上に立ち上がり、器用に背伸びをした。これで落ちるような騎士ではない。体幹を鍛えるのは騎士の基本だからだ。

「んー……確かに鳥にしたら大きすぎるみたいだね。オレが知らないだけかもしれないけど、見たことはないなあ。魔獣かな。あ、飛んだ。え？　まさかこっちに来る……!?」

「迎撃用意！　上空に気を付けろ！」

困惑したマリスヴォスの声と同時に、ノーラヒルデは後ろを振り返り叫んだ。すかさず弓兵が弓を番《つが》え、前後左右に加え、上空へと構える。通常消耗品として使う矢は木製のものが多いが、今回持ち込んだものは金属で補強され、刺さって食い込んだ後も簡単に折れないようになっている。威力と強度が増す分、重さがあるため力が必要だが、第一と第二師団の弓兵には苦になるものではない。余談ではあるが、団長のフェイツランドに同行している弓の名手エイプリルの矢は速射を重視したものになっている。移動しながらでも軽々と動く的に当てる狙い撃ちを得意とする少年だからこその手配だ。

マリスヴォスも弓を持ち、馬上で構える。代わりに他の兵が馬車の屋根に上り、敵の動きを見張った。ノーラヒルデ自身は、投擲《とうてき》用の槍を持って構えていたが、

「副長、魔獣はこちらには向かって来ないようです。塔の手前側の上空を旋回した後、また戻りました」

物見兵の報告に穂先を下ろす。

「了解した。弓兵は交代で警戒、進軍は続けるが他も気を抜くな」

塔からの距離が遠いのと、単独での行動だったのが幸いしたのだろう。群れで空から襲い掛かられれば、被害はかなり大きなものになる。

「ガラハも愚かではないからな、シルヴェストロ国騎士団に小出しで当たれば最終的に自分たちの被害の方が甚大なのがわかっているんだろう」

鳥型の魔獣独自の判断で襲撃を止めたというよりも、事前にどこそこ以内に入らなければ攻撃はしないという線引きをしているのだと思われる。

「狙いはオレたちじゃなくて、団長たちの方かもしれないね。道も平坦だし、整備されてるし、普通に考えたら向こうの方が先に着くからね」

「その線が濃厚だな」

フェイツランドが連れているのは第一師団の大半、それに第三と第五師団も一緒だ。第六師団だけは少し遅れて来るが、最終的に全力でぶつかるのは避けられないだろう。

「合流前に団長たちが始めちゃったらどうするんですか？」

「どうもしない」

マリスヴォスの問いに対するノーラヒルデの答えには淀《よど》みがない。十分なだけの戦力を持つ軍勢がいるのだ。彼らはただ先へ進むだけでいい。敵を蹴散らし、切り裂き、踏みつける。

「深紅の団旗がある。それにフェイのことだ。先頭にいるはずだ。目立つあの男を見て、簡単に攻撃を仕掛けたりはしないと思いたいところだな」

追い詰められて自棄《やけ》になっていたとしても、それはないとノーラヒルデは思う。

「そうだよねえ。でも、出来るだけ早く合流したいね」

　着いてすぐに戦に身を投じることは構わないが、自由裁量が大きい分、大雑把な打ち合わせのようなものはしておきたい。

　道中をマリスヴォスと話をしながら進み、三つ目の峠を越えた。久しぶりに見た平地ではあるが、森が裾野一帯を覆いつくし険しい山々に囲まれている。いわゆる盆地という地形だが、南北方向には簡単に走破出来るだけの距離しかないため、圧迫感はなくどちらかというと高いところから下って来たノーラヒルデたちには低地という印象が強い。

　ただ、左右に広がる森は深かった。特に左手――西方面は茶色の岩肌が見える山の途中までを完全に隠す形で、濃い緑を為していた。

（岩肌が露出した山……？　それに森……？）

　ふと既視感を感じ、ノーラヒルデは顔を左方向へ向けた。高い山が見える。山頂は尖った円錐《えんすい》の形ではなく、やや上部が欠けているように見える。

　とうとう足を止めて見入ってしまったノーラヒルデに気づいたマリスヴォスが駆け戻って来て馬を横に並べた。

「副長。どうかしたんですか？　あの山に何か気になることとでも？」

「少しな。あれは人も登れる山なのか？」

　マリスヴォスは「うーん」と首を傾げた。

「どうだろ。道は通じているみたいだけど、地元の人も登るような山じゃないと思います。麓の森には魔獣が棲んでるとも言われているし。昔は鉱山だったのかもしれないけど、今はどうかなあ。あの様子と、整備されていない街道見たら、昔はあったとしても今は寂れてしまってると思います」

　鉱山がある場所は鉱石を運ぶために自然に街道が整備されているのが普通だ。重い石や石炭を運ぶのだから、安全な往来は国の盛衰を左右する重大事でもある。それに照らし合わせれば、マリスヴォスが言うように今は誰も訪れることのない山なのだろう。

「もしかして、あそこにベゼラの残党や魔獣たちが隠れているかもって心配してるんですか？　でもあそこだと逃げるにしても、隠れ続けるにしても不便だと思いますよ」

「お前の考えには私も賛成だ。どうせ逃げるのなら一気に魔の森域まで抜けた方が確実だからな」

ただ、そこに隠れているのが人ではない可能性は多大にある。というよりも、ノーラヒルデは確信していた。

（見つけたぞ、ヴィス）

あの日、夢に見た山だとノーラヒルデは直感で悟っていた。空を飛んでいた時と、地面を歩いている今とでは見える景色に違いはある。だが、あの山だけはしっかりと覚えている。

思わず浮かんだ微笑は、再び先頭に戻ったマリスヴォスには見られておらず幸いだった。それこそフェイツランドが「獲物を追い詰めた時に見せる物騒な微笑み」と表現する類のものだったからだ。

夢の中では近づきすぎて黒竜に意識を跳ね返された。今は気づいているだろうか。気づいて逃げ出すか、それともこの場に留まるか。

それは賭けでもあった。

ノーラヒルデの中に己に課した一つの約束が出来たのはこの時だ。

「待っていろ、ヴィス。すぐにお前を迎えに行く」

ベゼラ元国王ガラハを討ち取り、魔獣の群れを撃退する。それも早急にだ。


合流地となる広野に先に到着していたのは、やはりフェイツランドが率いる軍だった。道中、嫌がらせのように山賊を装った襲撃や、魔獣による威嚇はあったものの、すべて問題なく撃退し、人馬も荷物も何もかもが無事のまま一つとして欠けることなく、この場に届いている。

「様子は変わらないか？」

「ああ。目立った動きはねぇなあ。ただ魔獣の気配はそこら中からしている。ガラハの守りを固める目的で置いていた連中なんだろうが、数が少ないからって安心出来る材料にはならんだろ」

「確かに」

二人が今いるのは、塔から近い場所にある小高い丘だ。ここを中心にして前後に広野が広がり、後方にシルヴェストロ国騎士団、前方にガラハ元国王の手勢が集まっているという状況だ。

幽閉されていて、実際に連絡などの手段は絶たれていたはずなのに、万を超える者たちが集まったというのには驚いたが、敗戦国または内乱後にはよくあることで、負けた側に対する処罰の重さが不平不満を生む。その結果、現体制への反対勢力が誕生するというわけだ。本来なら自国の中で自浄作用が働くのが一番いいのだが、まだ七年しか経過していない国で、しかも元々人材不足だった国である。国を成り立たせるために他国から役人を借りなければならなかったという現状が、悪い方向に破綻してしまったということだろう。

その前に内乱——謀反の兆候に気づくことが出来なかったのかとなると、それも難しい。表向きは処刑されたとされているガラハの幽閉先は辺境の塔。警備に当たる兵士たちの便宜を図るための最寄りの村でさえ、ここから一日掛かる場所にある。

まさに辺境、人が訪れることのない隔離された場所だったのだ。今回に関しては、その隔離がガラハが行動を起こすまで城の中枢部に計画を知られなかった理由だという側面がある。フェイツランドたちが通った街道の途中にある村の住人たちは、戦場になる可能性を伝えられて避難済みだ。魔獣の群れは街道を通ることなく、森の中を移動して、極力人の目につかないよう首都に迫り、一気に攻め込んだのである。

魔の森域に通じるベゼラ国北西部の森は、人間にとっては足を踏み入れることの出来ない危険な場所だ。だが、魔獣が行動を共にしているのなら、これほど安全なものはない。首都を攻める魔獣とガラハ軍。そして本拠地ともいえる塔。

「森の中に逃げ込まれると厄介だな」

フェイツランドが呟く。

「クレアドールの方で手は打ってるんだろう？」

「幻獣使いが退路を断つように動いている。こっちに合流するのは北を完全に制圧してからだろうな」

「まあ、始まってからの参戦でも一向に構やしねえんだが」

共闘すると言っても、役割は違う。向こうは魔獣の牽制と森への逃亡阻止という補助的な役割で、ガラハ軍の戦力を削ぎ叩き潰すのはシルヴェストロ国騎士団の仕事だ。

「――いつまで待つつもりだ、フェイツランド」

「待って明日の朝までだな」

今は夕方、そろそろ遠く西の空が紫色に変わりつつある。夜の間に奇襲を受けるかもという予測を立てるのは、野営時の基本だ。背後には既に篝火《かがりび》が煌《こう》煌《こう》と焚《た》かれ、補給班が食事を作っている匂いもしている。

騎士団が目の前に迫っているという事実は、当然塔のガラハや側近たちもわかっているはずだ。到着したばかりで、疲れを取っている最中に先制攻撃を与えるのは卑怯《ひきょう》ではない。既に開戦の宣言はなされており、こちらは現体制側からの支援を受けてこの場にいる。

戦いを挑まれれば応えるだけだ。

「私が来ていることを知っていると思うか？」

「知っていると思うぞ。ヴィスの件が失敗したことは当然伝わっているだろうし、それならお前がここにいるのは不思議でもなんでもない」

「そうか」

ノーラヒルデは塔を見つめた。大部分は暗いままだが、明かりが灯《とも》されている部屋が幾つかある。あのどこかにガラハがいる。

ノーラヒルデは右腕をぎゅっと握った。それをちらっと横目で見たフェイツランドは何も言わず、同じ方向を見つめ、同じように笑みを浮かべている。

「――私の獲物でいいか？」

「構わねえよ。思う存分やれ」

「今夜、夜襲がなければ明日の朝、私が塔の前に立つ」

「おう」

「合図は私が出していいか？」

静かな問いに、笑いを含んだ声が返って来る。

「いいぜ。盛大な一撃をお見舞いしてやれ。それが俺たちシルヴェストロ騎士団の合図だ」

栗色と銅の二色の髪を夕風が揺らす。

明日の今頃には、既に決着がついていることを二人は疑わなかった。


夜襲はなかった。それを残念に思う騎士が多かったのには苦笑せざるを得ないが、彼らしいとも言えた。秋も深まったこの時期、夜明け前はかなり冷え込む。朝起きて最初に出した息が白いことにももう慣れた。

まだ曙光《しょこう》さえ見えず夜も明けきらぬ中、ノーラヒルデは早めに起きて武具の確認をしていた。普段は起床時刻ぎりぎりまで寝ている騎士たちだが、戦の時は違う。ノーラヒルデと同じように早く起きて、様々な用事を片付けている騎士たちも多かった。

　こういう時に一番どっしりと構えているのは騎士団長フェイツランドで、まだしばらくは惰眠を貪って天幕から出て来ることはないだろう。同じ天幕で休んでいるエイプリルまで眠っているかどうかは不明だが、抱き枕にされているのは容易に想像できる。まだ慣れない大戦を前にした緊張を緩和させるにはそれくらいでちょうどいい。

　今回の戦の要でもある重騎士は第一師団に偏って配備した。主戦力である以上、前線の維持は重要でいざとなった時に魔獣を止めるには彼らの力がとても大切になる。反対に、マリスヴォスの第二師団は軽装備が多い。これは遊撃を主体にする騎士が多いからだが、勿論通常時よりも頑丈な武具を纏っているのは当然だ。その第一と第二を補佐する形でその他の師団が随時戦況に応じて戦力を投入することになる。今回は、騎士団長も副長も前線に立つことが決まっているため、第三・第五・第六師団の師団長の采配《さいはい》が鍵を握る場面も出て来るだろう。武器の選択については、ジャンニに任せている。本人も戦場に出たいかもしれないが、今回は武具の見極めが必要だったり不足品の補充で忙しくなる可能性が高く、余裕があれば出ると話していた。

　天幕の外に出て野営地を軽く巡回する。ノーラヒルデに気づいた騎士たちからの挨拶を受けながら、彼らの中に緊張の色がないことにほっとする。昨日はまだ高揚していた気分が、一晩寝ることで不安に変わるというのはよくあることだ。戦慣れした者ですら、自身が気づかないうちにその不安に呑まれてしまうこともある。

　小隊をまとめる部隊長や班長たちには、自分の部下や同僚への気配りを怠らないよう伝えている。何が怖いと言って、味方からの崩壊が一番怖いのだ。

後方であっても、一旦崩れてしまえばそこから前線まで広がるのは早い。師団長たちは信頼がおける古参が多く、役職は持たないが「騎士の中の騎士」と呼ばれる強い騎士たちは、満遍なく配置したつもりだ。彼らが数人いればそれだけで、場を盛り返すことが出来るだけの強者。腕っぷしだけでなく、戦いを知り、怯《ひる》むことのない強い精神を持つ騎士が多くいることは、シルヴェストロ騎士団の大きな強みだ。

「見回りですか、副長」

野営地から離れ、昨日フェイツランドと話をした丘の手前まで足を延ばすと、シャノセンが軍馬を走らせているところに遭遇した。

「ああ。夜の間の報告は何もないが、念のためにな」

夜襲はなかったが細工もなかったとは言えない。天幕や食料品、荷馬車に異常は見られなかったが、移動場所に罠《わな》が仕掛けられていないとは限らない。時々あるのだ、馬の脚を止めるために草を編んで輪を作り、転ばせるためのものや縄が張られたりということが。稚拙ではあるが、出鼻を挫《くじ》くという点では馬鹿に出来ない戦法だ。

ただ、今回に限り罠についての危険性はあまりないとみている。それは人と人、軍馬と軍馬の戦いに混じり、魔獣の参戦があるということからだ。先走った魔獣が真っ先に飛び出す可能性もなきにしも非《あら》ず、そうなった時は逆に自分たちの足を引っ張ることすらあり得る。

「私は馬の様子を確認していたところです。今回は馬鎧に加えて、私自身の重さもあるので、動きの確認をしておこうと思いまして」

「なるほどな」

今回、出撃する軍馬のすべてが馬体のほとんどを覆う鎖状の馬具や革に金属を裏打ちした鎧を装備している。シャノセンの馬は部隊長としてわかりやすく金属製の胸甲を前に垂らしていた。ノーラヒルデやフェイツランドの乗る軍馬も同様に、誰が見ても一目でわかるほど目立つ色と馬装である。目立たない方がよいと言う者もいるが、先陣で戦う自分たちの姿を見せることで士気を高めることが出来るとあれば、目立つのは逆に大歓迎なくらいだ。自分たちを囮《おとり》にして、マリスヴォスら遊撃隊が好きに動けるという利点もある。

ノーラヒルデの場合は薄い青を鱗のように連ねた馬鎧、フェイツランドは金を基調にした黒というように特徴がある。普段は面を出している愛嬌のある馬が、頭部から鼻面まで覆って瞳だけを出している姿は精悍《せいかん》で頼もしさが溢れている。

「ですが、出来るだけ早く終わらせたいものですね」

「同感だ。長引かせてよいことは何もないからな」

薄らと空の端が白くなって来た。昨夜の空には星が輝き、雲一つなかったことで雨や雪の心配はしていなかったが、強い秋風もなさそうで安心だ。北風の強さ次第では弓兵の使いどころを考えなければならないところだった。これで安心して矢の雨を降らせることが出来る。

「副長は前線ですか？」

ノーラヒルデは微笑を浮かべて頷いた。

「ああ、それなら士気も上がりますね。私は後方なので副長や団長の暴れっぷりを見ることが出来ないのが残念です。魔獣の群れをたった一人で撃退した伝説の騎士の姿を拝めると思っていたのですけれど」

「伝説？　そんなものになった覚えはないぞ」

「騎士たちの間ではもっぱらの噂ですよ。副長が騒がれるのはお嫌いのようなので、普段は表に出さないようにしていますけど、今回はほら、相手が相手ですから」

密やかな声はやがて騎士たちの間に浸透する。直接ノーラヒルデの戦いぶりを見ていた騎士たちも、そうでない者たちも、期待するのは皆同じだ。

隻腕の魔王の真の強さを目《ま》の当たりにすることが出来る、と。

「これまでも副長は多くの戦を経験して来たと思いますが、やはり魔王を斃したのはとてつもなく強烈な印象を与えるんですよ。今回はそれが上書きされる期待が高まっています」

「期待と言われてもな……」

前の時は自分がやらなければ後がなかった。しかし今回は腕の立つ騎士が大勢いる。

「今回はフェイにその役を譲ろう。いや、譲るつもりはなくても、あの男ならやるだろう。むしろ日頃怠けている分、ここで思い切り働いて貰えればありがたい」

「副長らしい考えですね」

くすりと笑ったシャノセンは、近づいて来たもう一頭の馬の背に自分の従者が乗っているのを見て頭を下げた。

「第五師団の方で打ち合わせがあるようです。これで失礼します」

「ああ」

言ってノーラヒルデは付け加えた。

「また後で会おう」

「はい。ご武運を」

もう一度一礼するとシャノセンは、ノーラヒルデへ頭を下げたサルタメルヤと共に野営地の方へ歩いて行った。

戦端が開かれてしまえば後の生死は己の腕に掛かっている。誰一人として死なせたくないという気持ちは常にある。だがそう綺麗事では済まされないのが戦の非情さだ。

ノーラヒルデは丘の上まで上ると、塔へ真っすぐに顔を向けた。朝日を浴びた塔の陰影が濃くなる。あの太陽が完全に昇ってしまえば、戦いだ。

「待っていろ、ガラハ。お前を塔から引き摺り出し、この手で息の根を止めてやる」

ノーラヒルデに対する遺恨を捨て、気にせず冷静でいられる男なら、竜恋華を使うなどという細工をする必要はなかった。だがガラハは策を弄した。失敗したが、それゆえ、七年前のことを引き摺っているのは明らかだ。

ノーラヒルデが微笑む。

自分という餌を前に、塔から出ないという選択は決して出来ないはずだと信じて。


完全に陽が昇り切り辺り一面が黄金色に包まれる中、水晶のように青く輝く鎧を纏ったノーラヒルデは、ただ一人、塔の前までやって来ていた。丘を下りたところには、深紅の団旗を翻すシルヴェストロ国騎士団が整列して、その時を待っている。

騎士と馬、一対の青で揃えた姿は、緑と茶の混じる草原でひときわ目立つ存在だった。

長い髪は今朝だけは邪魔にならないよう横から後ろへと編んで流されている。シャノセンに頼まれたサルタメルヤがわざわざ天幕まで来て整えてくれたのだ。

「晴れの舞台ですから、お手伝いさせていただきます。シャノセン様からもお願いされておりますし、騎士の皆さまからも是非と請われました」

普段は寡黙な従者の厚意に感謝する。

大人しく髪を編まれながら、この場にいない黒竜の姿が脳裡の端を掠め、それを追い払う。どうせ数日もしないうちに連れ戻しに向かうのだ。だから今は考えることをしない。ただ、意識の奥底に眠る何かがあり、それだけはノーラヒルデ自身も捨て去ることは出来なかった。それは御守りのようなもの。魔獣には負けないという気持ちを大きくさせてくれるもの。

黒竜の加護は、本人の不在にも関わらずノーラヒルデを優しく包んで止まない。

（ヴィス、これが終われば次はお前だ）

攻略対象その一は目の前の敵、その次に待っているのが黒竜だ。

シルヴェストロ国側の進軍には疾《と》うに気づいていた塔の兵士たちは、唯一の出入り口に当たる門の向こうから様子を窺《うかが》っている。頑丈な落とし格子で遮られていても、酷く警戒されているようで、ノーラヒルデは心の中で笑う。

たった一人、単騎で近づいただけでこれなのだ。掲げる深紅の騎士団旗の威光もさることながら、やはりこのベゼラ国では自分の名は有名なのだと思い知らされる。

青銀色の鎧は眩《まぶ》しい光を浴びて輝いている。その輝きがさらに増したのは、ノーラヒルデが手にしていた槍の柄の側をトンと地面に置いたからだ。

歩みを止めたノーラヒルデの槍は当然警戒対象だ。届かない場所へとさらに兵士たちが後退する。

（以前は弓で威嚇が出来たのだがな）

彼らの予想を裏切る飛距離と威力を持った矢は、警戒して距離を取った敵兵を難なく仕留めたものだ。槍は重い分、そこまでの飛距離を出すことは出来ない。だが、今は蹴散らすのではなく、儀礼的な挨拶をするのが目的だ。たとえそれが挨拶という名の挑発であっても、だ。

ノーラヒルデは深く息を吸い込み、声を大きくした。

「シルヴェストロ国騎士団第二副長ノーラヒルデだ。ベゼラ国王、並びに重臣諸氏の代理として、塔に幽閉されている囚人ガラハに告げる。直ちに首都を攻めている軍勢を引かせ、降伏しろ。そうすれば選ばせてやる。二度の大罪を犯した重罪人として処刑されるのがよいか、それとも我が騎士団の手により討ち取られ野に無残な屍《しかばね》を晒《さら》すのがよいか。さあ、囚人ガラハ、貴様の求める死に様《ざま》はどちらだ?」

一息に言い切ったノーラヒルデは塔の中の反応を窺った。静まり返っていたはずの中からは、ざわざわと声が聴こえる。

当たり前だ。元国王であるガラハに対し、あえて囚人という呼称で呼び掛け問うた内容は、降伏したとしても待っているのは死だと告げているからだ。どちらを選んでもその先にあるのは死。

これは別にノーラヒルデだけの考えで発せられたものではない。瀕死の重傷を負ってマルタ国に担ぎ込まれた宰相補佐が所持していた書状に、ベゼラ国王と重臣たちの決断として提示されていた内容だ。

自分たちが生かしていたからこそ起こった今回の内乱。周辺諸国を脅威に陥れた落としどころとして、結論はこれ以外には存在しない。

さらに言えば、この条件をガラハが飲むわけがない。既に首都の攻防戦は開始されている。塔の連中が情報を入手しているかどうか不明だが、クレアドール国の参戦により城が落とされることはまずあり得ない。伝令役の黒竜が不在のため、具体的な作戦や方法は知らされていないがシルヴェストロ騎士団以上の強者が揃っているクレアドールの戦士が負けるはずがないのだ。たとえ魔獣が攻めて来たとしても。

その戦いの観戦が出来ないことを残念がる騎士は多かった。中央大陸南側はシルヴェストロ国が、大陸中央から北部にかけてはクレアドールというように、大体において派兵する地域——フェイツランドに言わせれば縄張りだ——が決まっているため、重なった今回は稀有《けう》な例なのだ。

塔からの返答はない。そういう場合には刻限を区切り、それまでに何らかの反応がなければ戦いを開始するというのが一連の流れだ。

（私の声は聞こえているのだろう、ガラハ。お前のその潰れた両目にもしっかりと私の姿は見えているはずだぞ）

ガラハがおそらく最後に見たのは右腕を食い千切られ、全身から血を流しながらも、剣を持って自分に迫るノーラヒルデの姿だ。敗北という屈辱を味わわせた男の顔と姿をよもや忘れたとは言わせない。

ノーラヒルデの琥珀色の瞳は塔の上を見据えていた。

（いる。確かにあそこにガラハがいる。そして私を〝見て〟いる）

来い――。ノーラヒルデは願いながら、再度降伏を促す口上を述べる。

「降伏か、全面衝突か。貴様が求める死はどちらだ？　それとも、私がそこに辿り着くのを怯えながら待つのか？　囚人ガラハ、お前の仇はここにいる。お前が死に場所を決められないというのなら、私が決めてやろう。さあ降りて来い、ガラハ。お前は地に引き摺り倒されて朽ち果てるのが相応しい」

言い終えたノーラヒルデが軽く身を横にずらす。間髪を入れず、飛来した矢が地面に一本突き刺さった。

見上げれば、塔の窓から弓を持つ、灰色のローブのようなものを身に纏った壮年の男がいた。後ろから羽交い絞めにして室内に引き戻そうとしているのは、彼の忠実なる部下だろう。七年前にガラハに与《くみ》したことで苦渋と辛酸を舐めた、かつての貴族たちの残党だ。つまり、塔の中に兵士以外にも人が引き入れられていたという何よりの証拠でもある。

さすが元は武人としても戦場に立ち剣を揮っていた男だ。ここ最近はともかく、幽閉され見張られていた数年間は鍛錬など出来なかっただろうに、見えずともノーラヒルデの発した声だけで位置を摑み、咄嗟《とっさ》に矢を放つことが出来るとは。たとえ側にいた部下が位置を教えたとしても、避《よ》けなければ当たっていたことを考えればその点は大いに評価したいところだ。

逆にシルヴェストロ騎士団の方に動揺が走ったのではないかと、後方を振り返ったノーラヒルデは、まるで杞憂《きゆう》だったことに気づく。彼らは逆に士気を高めていた。押し寄せようとするのを、最前列で待機していた重騎士が止めていた光景を見てしまえば、笑うしかない。彼らは敵を防ぐ前に、味方の暴走を止めるというもしかするとこの戦で最も重要な仕事を果たしたのかもしれない。

騎士団長は地面の上に大剣を立てて足を開いて立ち一見すると冷静そうに見えるが、早く始めろと唇が動いているような気がする。

ノーラヒルデもこれ以上長引かせるつもりはなかった。

「囚人ガラハ！　隠れて死を待つか、潔く出て来て武人らしく散るか。どちらでもいい。お前の命は私が貰い受ける」

言うや否や、ノーラヒルデは地面に立てていた槍を構え、塔に向かって投げ込んだ。大きくしならせた体から勢いよく投げられた槍は、ガラハが顔を出していた窓の真下に突き刺さった。

距離はかなりある。しかも下から上に向かって投げるのだ。そこまで届くとは想像もしなかった塔の兵士たちの間に動揺の声が幾つも上がるのを聞いた。

そして、

「ノーラヒルデッ！」

怒声が塔を震わせる。

「貴様はッ……貴様だけは許さんッ！」

「望むところだ」

「その首、この魔獣王ガラハが貰い受ける！」

ノーラヒルデはガラハに向かって笑みを浮かべた。出来るものならやってみろという、自信に満ちた表情はさらにガラハの怒りに火を注ぐ形になったようだ。

「開門！」

ガラガラと落とし格子が上げられた。


既に塔から距離を取っていたノーラヒルデが振り返れば、斧や槌《つち》を手にした歩兵が飛び出してくるところだった。おそらくその後ろから、騎馬に乗った兵士たちが出撃してくると思われる。

「思ったよりも多いな」

騎士団と合流すべく馬を走らせながらノーラヒルデは思った。歩兵だけでもざっと見て三千人近くはいるだろう。まだ城の中に温存していると考えれば、歩兵がさらに倍以上、騎兵は武器の調達は出来てもまとまった数の馬の確保が困難なことを考えれば、歩兵よりは少ないと見ていい。主力を首都攻防に回したのなら、妥当ともいえる数だ。

そして人だけならシルヴェストロ騎士団の敵にはなり得ない。問題は咆哮《ほうこう》と地響きを立てて姿を現した魔獣たちだ。

「よう、お役目ご苦労。ガラハは出て来そうか」

「ああ、頭に血が上りやすいのは変わっていないようで何よりだった」

前進していたシルヴェストロ軍の前に到着したノーラヒルデは、馬に乗ったままフェイツランドに頷いた。

「おそらく歩兵や騎兵が塔を出た後、殿《しんがり》に登場すると思う。側近は引き止めるとは思うが、ガラハあっての反乱軍なのは今も昔も変わらない」

「塔に籠ってりゃあいいのにな。戦は下っ端にさせて指揮官はドンと構えてればいいんだよ」

飄々《ひょうひょう》とまるで他人事《ひとごと》のように評する騎士団長を馬上から見下ろすノーラヒルデの表情は、呆れていた。

「最前線で戦うお前が言うな。それにどうせ生かすつもりはないんだ。塔に上る手間が省けてちょうどいい。そう思わないか、フェイ」

「違いねえ。まあいざとなれば塔ごとぶち壊してしまえばいいんだがな」

人の力では容易に出来そうにないことでも、破壊王の異名を取り、実際に城門崩しと恐れられているフェイツランドならば、待ち伏せが予想される塔の狭い階段を上るなどという手間の掛かることはせず、もっと楽にやるだろう。

「ヴィスがいりゃあ、上から一気に攻めるんだが」

「いないものを当てにするな。それにヴィスも重いお前を抱えて飛びたくはないだろうよ」

「まあな。たとえ相手がヴィスでも上を譲る気はねえ」

頷きかけてノーラヒルデは眉を寄せた。今の発言は微妙に引っ掛かる。それが証拠にフェイツランドの口元に浮かんでいるのは、今から突撃しようかという時には不似合いな緩くにやけたものだ。

そのフェイツランドが愛馬にひらりと跨《また》がった。重装備なのに身軽に見えるのが不思議で、そんな男を背に乗せてもピクリとも揺らぐことのない馬に驚くと同時に心の中で称賛の言葉を送る。

(それでこそ騎士団長の愛馬だ)

それからノーラヒルデは自分の馬の首を軽く撫でた。今日は鎧を纏っているため、艶やかな鬣《たてがみ》が表に出ていないのが残念だが、頼りにしているというノーラヒルデの気持ちは馬にも伝わったようだ。七年前のベゼラ国との戦の時に乗っていた馬は軍馬として活躍するには年を経たので種馬として引退し、その仔《こ》がこの馬になる。父親の気性を受け継ぎ賢く勇敢な馬との付き合いも長くなる。参謀も兼ねているノーラヒルデが前線に出ることは他の師団長に比べて多くはないのだが、主の気性と戦い方をよく知っており、今回も安心して身を任せることが出来る。

(そういえば、こいつの初陣の後でヴィスが文句を言っていたことがあったな)

小さな竜が馬を見上げながら、しきりに何かを喋りかけている様子は周りの騎士たちを和ませたものだが、後で聞いたところによると、その戦の時の動き方に対して注文をつけていたらしい。素早く動くのはいいが、方向転換する時には気を付けろと。主を落とせば馬肉にして食ってやるとも言ったぞと胸を張られ、黒竜の頭に拳骨《げんこつ》を見舞ったのが懐かしい。

「お前は強い。私の相棒だ」

あの黒竜の恫喝《どうかつ》にも動じなかったこの馬は、普段は自己主張することもなく、駆け回る仲間たちから離れて一頭で草をのんびり食《は》んでいるようなところがあるが、戦場では他の軍馬に引けを取ることはない。まるで人が変わったかのように勇ましく、風のように駆け回るのだ。ノーラヒルデの剣捌《さば》きを邪魔することは一切ない。

今日もまた、人馬一体となって多くの敵を屠《ほふ》るのだ。

「ただ、無茶はするなよ。魔獣が出て、私が下りれば後は後ろへ戻れ」

小さな嘶《いなな》きは不承不承、それを受諾するという意味らしい。魔獣には後れを取らないと言いたそうだが、さすがに大型の魔獣に対するには無理があるだろう。ただ、小物相手には頑張ってもらうつもりだ。

「ノーラヒルデ」

「ああ」

フェイツランドが横に並ぶ。塔を出て来た歩兵と騎兵が、こちら側から見て塔の右半分に陣を作り上げる。そして、森寄りの左手からぞろぞろと出て来たのは、大小様々な魔獣だった。数は多くはない。いても千匹には満たないだろう。気を付けなければならないのは、その種と大きさだ。小型でも軍馬程度はあるだろうか。突起を全身に張り付けた甲殻類、二つ首の猿、樹木に似せた体を持ち枝をしならせる樹獣、巨大な口から土塊《つちくれ》を投げる蚯蚓《みみず》など、見たことのない種もいる。ただ、それらは少数で、

「――竜種か」

「亜種だが、手を抜ける相手じゃないな」

後方に控える鱗で覆われた大きな蜥蜴《とかげ》たちが主戦力なのは間違いないだろう。最後方には軽く平屋の屋根を越える高さを持つ巨大な蜥蜴がいる。紺色の縞《しま》模様のある赤い鱗で覆われ、額に三本の角、背中には突起を持つその蜥蜴は、こちらを睨むように見据えている。他にも四足だったり二足だったり、中には背中に羽を持つ蜥蜴もいた。

そう、蜥蜴なのだ。

「竜の亜種だが、真の竜種には程遠いな。迫力が違う」

「あれと比べればヴィスが怒るぞ。まあ、いないのだから好きなだけ言ってもいいが」

「その言葉こそ、ヴィスが聞けば泣くだろうよ。ノーラヒルデ」

軍を率いる二人の表情に悲壮さは微塵《みじん》もない。

二人は簡単に蜥蜴と口にするが、実際の見た目は実に凶暴だ。性質が大人しく、人にも従順な一部の種は騎獣として利用されたりもするが、遠目に見た限り、その手の魔獣は参加していないようだ。あわよくば、捕獲して従順に躾《しつ》けることが出来ればと考えてもいたが、どうやら無理なようである。

「それで、お前はどっちに行く？　右か左か？」

それによって自分が向かう方向を決めるかと考えながら問えば、フェイツランドは当たり前のように言った。豪快な笑いを添えて。

「あァ？　そんなん決まってるだろ。真ん中だ。真ん中にいりゃあ、両方を相手に出来る。違うか？」

「だ、団長……それは少し無謀なんじゃ……」

さすがに心配になったのか、フェイツランドの後ろにちょこんと控えていたエイプリルが口を挟むが、

「無理なんかじゃねえよ。どっちみち全部斃すんだから、早く終わらせた方が得策だ。その方がお前を可愛がる時間が増えるからな」

片腕でぐいと引き寄せたエイプリルの頬に口づけながら、囁く。

「俺の後を離れるな。危ないと思ったら引き返せ。いいな。俺たちは勝つ」

騎士の先達としての忠告に、接吻へ抗議し掛けたエイプリルは神妙に頷いた。エイプリルにはいつもと同じように同僚で友人でもあるヤーゴがつく。他も第一師団の重騎兵が周りを固めているため、少年はひたすら矢を射ればいい。ヤーゴにまで持たせている予備の矢がなくなれば後退し、休息を挟んでまた前線に戻るというのを繰り返すことになる。

数万の大軍を相手にするなら日を跨ぐこともあるが、今からなら昼過ぎには趨勢《すうせい》は誰の目にも明らかになるだろう。

「ならば、正面はお前に任せる。ただガラハは残しておいてくれ。ああ、命が残っていればそれでいい。最後の火を消すのが私であれば十分だ。ガラハもどうせなら私の手で送って欲しいだろうからな」

「反対だろ？　お前の手に掛かるくらいならって自害しそうな気位の高さだぜ、あいつ」

「その時は止めてくれ。同じ相手に二度負けるのはいい気分だろう」

お前だけは敵に回したくねえよというフェイツランドの呟きと、小さな賛同の声が周囲から幾つか聞こえたが無視をする。

「マリスヴォス」

名を呼べば、すっと隣に馬を並べる第二師団長。

「お前は遊軍だ。好きなように動いて相手を攪乱《かくらん》し

ろ」

「魔獣にちょっかい掛けても平気？」

この場合の平気とは「自分たちは無傷でいられるかな？」という疑問ではなく「他の騎士たちの動きの邪魔にならない？」と問うている。だから、返すノーラヒルデの答えも決まっている。

「好きにしていい」

第二師団、特にマリスヴォスが率いる一隊は常に戦場を駆け回っている。そのことを知っている他の師団の感想は、

「またやってるな。俺たちの分も残しておいてくれよ」

というくらいのものだ。よって、問題は欠片《かけら》もない。

「ついでにマリスヴォス、塔の中に潜り込めるようなら行っていいぞ」

「そして格子を下ろすんだね？　ふふふ、副長も意地悪だなあ」

「退路を断ってやるんだ。親切だろう？」

ただしガラハが塔の外に出ているのをはっきりと視認してからという注釈だけはつけておく。格子を壊すのはさほど苦労は強いられないが、空を飛ぶ魔獣に連れ出され逃げられては困る。

広野にいる間は常に弓兵が狙いを定めているため、逃亡の阻止は逆にしやすいのだ。

「では行くか」

「ああ」

フェイツランドが馬を一歩先に歩かせた。そして大剣を高く振り上げ、背後に向かって叫ぶ。

「野郎どもッ！　存分に暴れ尽くせッ！　シルヴェストロ騎士団の真髄をあいつらに叩き込めッ！」

オオーッ！　という野太い声が獣の咆哮のように響き、辺りを震わせる。

そして騎士団長フェイツランドは先陣を切って駆

け出した。

ノーラヒルデもまた、同様に剣を手に駆け出す。

向かうのは左手、魔獣が相手だ。

不足はない。


空を駆ける幻獣が二匹、炎の玉を吐き出しては魔獣の群れに撃ち込んでいく。たった二匹しかいないにも関わらず、空の覇権は完全にたった一対の番《つがい》の幻獣のものだった。背に羽を持つ薄茶と黄金色の二匹は、蛇《へび》のような長い体を自由にくねらせ、密集している魔獣を見つけては火の玉を叩き込んでいた。後方の森に逃げ込もうとする魔獣たちはそれで逃げられなくなってしまう。森の遥か向こうでも戦闘が行われているのか、砂塵《さじん》が吹き上がっているのを確認することが出来た。

目の前の岩石のような硬い鱗で覆われた猪《いのしし》に似た魔獣を斃したノーラヒルデは、その光景に口元を緩ませた。

クレアドール国からの援軍は、戦いが始まってからしばらくして参戦した。それも空からの支援という形だったので、最初は弓兵が驚いて矢を射かけようとしたのだが、それより先に敵魔獣に対して攻撃を開始したため、味方と判明したという経緯がある。

「ノーラヒルデさん、あれは魔獣じゃないんですか？」

合流した時にエイプリルが珍しそうに尋ねた。羊や山羊、馬や牛といった家畜を放牧して生計を立てるルイン国で育った少年は、魔獣そのものと縁がなく、シルヴェストロ国に来て初めて見たものも多い。

「あれは正確には魔獣ではなく、幻獣だ。翼を持つ蛇と呼ばれることもあるが、竜の亜種でラジャクーンという」

「ラジャクーン……」

「今は攻撃に徹しているが、普段は大人しいものだぞ。危害を加えない限り、自ら敵意を示すことはない。ただ、牙には毒があるから注意は必要だな」

「詳しいんですね」

ラジャクーンに関しては縁があって調べたことがある。今、援軍として来たラジャクーンを使役する幻獣使いの青年とも顔見知りだ。

「向こうの都合もあるだろうが、時間があれば近くで見せて貰おうか」

「はい！」

元気な声で返事をするエイプリルだが、矢を放つ手を止めることはない。ノーラヒルデも攻撃範囲の広い槍を持ち、二人を含む一帯には既に数十以上の魔獣が地に伏したまま動かなくなっていた。

前方では巨大な樹獣を相手に、重騎士とフェイツランドが戦斧を持って立ち回りを演じているところで、ガラハの姿を探していたノーラヒルデが、後方から支援をしていたエイプリルに助成した形となる。

「向こうは……敗走を始めたか」

伸びあがって見た右手は、もはや軍勢の形を成してはいなかった。第二師団の半数と第三師団があっさりと撃破した様子だ。

「マリスヴォスはどこだ」

隙があるなら塔を突破して格子を落としてしまえとは伝えたが、塔の前には魔獣の群れを統率していると思われる赤蜥蜴など数匹の魔獣が陣取っている。ガラハもいたはずだがと、さらに目を凝らしたノーラヒルデは、

「……見つけた」

空に上がった一筋の矢を見て、笑みを浮かべた。矢を放ったのはおそらくマリスヴォス。戦況不利とみて、ガラハが塔の中に逃げ込もうとしたところを阻止し、別の方角へ誘導している途中のようだ。それに気づいた赤蜥蜴の一群が、揃って動き出す。

終わりの始まりはすぐ目の前だ。

「フェイ！」

声を掛ければ振り返る黄金の瞳。樹獣の胴を戦斧で叩き折ったフェイツランドに指さして示す。

「行け！　俺もすぐに向かう」

念のためにと樹獣に火を放つよう指示をしたフェイツランドに頷いた。

「エイプリル！　ノーラヒルデの援護だ！」

「わかりました！」

元気な声を背中に従え、ノーラヒルデは駆け出した。

「ノーラヒルデさんは真っすぐ前に向かって進んでください！　周りは僕が排除します！」

頼もしいことを言うようになった少年は、他の弓兵と共に進路に塞がる魔獣や残党たちに次々と矢を見舞った。エイプリルと行動を共にする重騎士はその槍と馬体をうまく使っての体当たりで、敵を近づけることをしない。ちらりと見れば、騎士も馬も鎧には返り血がこびりついている。それだけ多くの敵を屠り、軽装の射手を守って来た証《あかし》だろう。射手を守ることで、団長の戦いが楽になる。それを身をもって知る彼らには、自身の役目に対する誇りがある。第二師団の遊撃隊のように戦場を駆け回り、華やかに活躍をするわけではない。だがその身は常に黄金竜と共に最前線にある。死地を幾度も乗り越えて来た重騎士たちにとって、副長との同伴、そして護衛は願ってもない役目に違いない。

「副長、我々にお任せを！」

頼もしい言葉に頷きで返す。

残念ながら門を守る兵士以外に魔獣にも阻まれ、格子を落とすことが出来なかった第一師団だがガラハらが中に入ることへの阻止は成功していた。だが、その風体はなかなかに凄惨なものだった。腕の立つ少数の精鋭だけを連れた特攻だったので、死者こそ出てはいないようだが負傷者の姿は視界にははっきりと捉えることが出来る。

まだ距離があり、間には同じ方向――塔へ向かおうとする敗残兵や魔獣がいたが、構わずノーラヒルデは声を上げた。

「マリスヴォスッ！」

戦場を切り裂く鋭い声は双剣を繰りながら巨大な蜥蜴を遠ざけようとするマリスヴォスの耳に、はっきりと届いていた。

「エイプリル！」

声を掛けた時にはエイプリルは矢を番え、魔獣の背に向けて放っていた。距離はある。だが遠射も得意なエイプリルには、近くにある本を読む程度の距離感にしか感じられない。

最初の矢は固い鱗に弾かれてしまった。それを見たエイプリルにノーラヒルデが指示を出す。

「首の後ろを狙え。重い矢でなくても構わない。首の付け根、足の付け根、節々を狙うんだ」

動きと位置取りによって、鱗が浮き上がる時がある。そこを狙うのである。鱗は矢を弾くが、鱗の下の粘膜は強くはない。痛みを与えて、遊撃隊から引き離すことが出来ればそれでいい。

「エイプリルは赤い奴を。他の弓兵はそれ以外の魔物に矢を降らせろ。出し惜しみはしないでいい。この戦は、ここで決着がつく」

ノーラヒルデの言葉を受けた弓兵たちは、次々に矢を放った。開戦時に第三師団の弓兵が反乱軍に矢の雨を降らせたが、それよりも激しく思えるほどに残りのすべてを使い尽くすつもりで、矢を放つ。

雨のように頭上から降り注ぐそれは、雨と違い当たれば痛い。硬い皮膚を持つ魔獣はともかく、人や柔らかな毛皮の魔獣はその痛さに叫び声を上げ、地面の上を転げまわった。

見境なく矢を降らせているように見えながら、彼らはちゃんと遊撃隊の位置を目視で確認している。加えて、乱戦時に投入されることが多い騎士たちは、立ち回りをよく知っていた。第一と第二師団、合同での訓練をこれまで幾度となく重ねて来た成果でもある。

敵味方が入り乱れる中、とうとうノーラヒルデの目は剣と矢を掻い替り門に近づこうとする一団の中にガラハを見つけた。

(いた!)

ローブからかつて纏っていたような黒いマントを背中に流し、幽閉生活で白く変わった頭部の上には王冠がある。王冠は顔の上から口半分までを隠すように薄い紗《しゃ》の布を留める役目も担っていたようだ。ノーラヒルデが斬り裂いた目、あと一歩届かなかった剣。

(それが今届く)

高揚が口元に微笑を浮かばせる。好戦的でないと思ったことはないが、追い詰めたくなるほどに心残りだったのだと、当人を前にして気づかされた気分だ。

「ガラハッ!」

一気に愛馬の脚を駆って迫ったノーラヒルデは、主を逃がそうと立ち止まった護衛を剣の一振りで斬り裂いた。

自分を呼ぶノーラヒルデの声が届いたのか、逃げ場を探っていたガラハの顔が振り返る。

「ノーラヒルデッ! 貴様かッ!」

大剣を手にしているのは、王として君臨していた矜持《きょうじ》か。

「ガラハ王ッ、ここは我々が防ぎます! 逃げてください!」

言いながら数人の護衛が飛びかかって来るが、彼らはノーラヒルデの敵ではない。目は見えずとも、ドサリという複数の音と悲鳴は、ガラハに何が起こったかを正確に伝えていた。

「――俺は逃げん。この手でこいつの顔を切り刻むまでは逃げん！」

袖を引く護衛兵の手を振り切り、淀みない足取りでガラハはノーラヒルデに歩み寄った。

その距離は僅《わず》かだ。

周囲には他にも兵士や魔獣がおり、相変わらず激戦になってはいるが、この場で二人に声を掛ける者も手を出す者もいなかった。

ノーラヒルデは馬を下り、白銀に輝く剣を左手に握り締めた。

「あの時、魔王に食われておればよかったものを……」

憎々しげなガラハの台詞は、剣をその身で受けた立場としては妥当なものだ。

「ああ。生き残ったとも。あの時も言ったはずだ。私は死なないと。死なずにシルヴェストロ国へ戻ると」

一撃を与えたもののガラハを逃し、力尽きて意識を失ったノーラヒルデを救い、その当時巣にしていた場所へ運んで介抱したのは、ノーラヒルデが斃した魔獣の王の前代である黒竜だった。それからずっと共に生きて来た。ノーラヒルデの命はその時からずっとクラヴィスと名付けた魔獣の王と共にある。

（だからヴィス、すぐにお前に会いに行く）

目の前の敵を斃し、黒竜と出会ったこの地で再び会おう。

正常な判断が出来ていれば、直接剣を交えることはなかっただろう。味方を平気で盾にするだけの非情さをガラハは持っている。だが、憎いノーラヒルデが目の前に現れたこと、前回に続き自分の野望と退路を断つためにやって来たのが同じ男だと知った

瞬間から、ガラハは獣になっていた。

大剣を振り被り、ノーラヒルデに向けて振り下ろす。気配を感じ、体を取り巻く風の流れを感じ取ることで、姿を見ることが出来ずとも、ガラハの大剣は正確にノーラヒルデの頭上から振り下ろされた。

塔から矢を放った時も感じたが、武人として別の道へ進んでいれば名を馳せたかもしれないガラハ元国王。だがガラハが選んだのは、あくまでも覇権であり侵略の道だった。何も生み出さない、蹂躙《じゅうりん》し、破壊を尽くすだけの行為。その末路がここにある。

大剣とも思えない速さで振り下ろされた剣は、常人なら避けられずに脳天から真っ二つに斬り裂かれていただろう。正確無比な一撃。ゆえにノーラヒルデにとって身を躱すことは簡単だった。

（それにフェイに比べればな……）

頭上に影が差したと感じた時には一歩横に飛びのいていた。重い大剣の一撃を片手一本で受けるような軽率な真似はしない。弾き返すことは出来るが、相手に再度の攻撃の機会を与えることになるからだ。

横に飛びのいたノーラヒルデは次の一歩で剣を振り下ろしたガラハの背後へ回った。

「なに……ッ!?」

いたはずの男が消え、地面に激しく大剣を叩きつけたガラハが振り返った時、ノーラヒルデの剣はその首に添えられていた。

「これで終わりだ」

体を捻り反転させようとしたガラハ、それから剣を横に引くノーラヒルデ。

「安心しろ、苦痛はない」

痛みと屈辱はあったかもしれないが、それも既に事切れてしまった男には不要のものだ。

とんと軽く背を押すだけで、ガラハの体は前にドサリと音を立てて倒れ伏した。そこで初めて首から血が溢れ出し、地面を赤く染める。被る主を失った金色の王冠が虚《むな》しく転がった。

ヒッという息を呑む声は、ガラハに従っていた護衛たちのものだ。騎士たちは冷静に見守っていた。

「――再度問う。降伏するか、それとも戦うか。お前たちはどちらを選ぶ？　念のために伝えておくが、我が騎士団が受けたのは囚人ガラハについての処遇だけだ。お前たちをどうするかは、ベゼラ国王と国民が決める」

生き残る可能性はある。ガラハと同じように生涯を幽閉される可能性もある。その場合、今回の件を鑑みて収監場所はさらに僻地《へきち》になる可能性が高い。当然待遇は最低だ。或いは一般的な囚人として過酷な労働につかせる場合もあるだろう。もしくは処刑か。

既に戦死した兵士がほとんどで、現在生き残っている者は少ない。抵抗するのなら、反撃するまでだ。それに、塔の中にまだ兵士は残っている。


ガラハの死を目の前に見た護衛の兵士たちは互いに顔を見合わせた後、一目散に塔へ向かって走り出した。逃げ込むのを阻止しようとマリスヴォスが手を伸ばしたが、首を横に振って制止する。

彼らは戦うことを選んだ。それならどうせ塔を攻め落とすことになるのだ。その時に一度に片付けてしまえばいい。

それに――ノーラヒルデの目は赤蜥蜴を見つめていた。

雇い主或いは契約主だったガラハを失った魔獣は、これ以上戦う必要は本来はない。仮に契約に縛られているのだとすれば、ガラハの死により破棄されたことになるはずだ。

だが、

「副長！」

「ノーラヒルデさんッ！」

それまでマリスヴォスに対していた魔獣は一転し

てノーラヒルデに向かいその巨体を突進させた。大きく開かれた口からは真っ赤な舌と、鋭い牙が何本も見える。

大きく咆哮を上げ、それから——。

魔獣から距離を取ったノーラヒルデたちが再び塔の前に視線を移した時、そこにあるはずのガラハの亡骸《なきがら》はなかった。赤蜥蜴はその場に留まり、体を震わせ咆哮を続けている。ガラハの死を悼《いた》んで泣いているというのではないだろう。それよりも、苦しげに首を上下に振るところを見れば、魔獣自身が苦しんでいるようにも見える。

「……うぇっ」

思わずという感じでマリスヴォスが声を出す。衝撃の瞬間を目撃はしていないが、エイプリルの顔は真っ青だ。そんなエイプリルの顔を後ろから覆った大きな手があった。

「お前は見る必要ねえよ。ちっ、つまらねえ置き土産残しやがってガラハの奴」

その向こうを見れば、あれだけ群れていた魔獣のほとんどが地面に倒れていた。

「フェイ、怪我は？」

「ない。他の連中もたぶんない。甲冑《かっちゅう》を脱いでみなきゃ打ち身なんてのはわからねえからな。だが動けなくなった者はいない」

ほら、と視線が示す先では上空でラジャクーンの番が二匹、空を泳ぐように飛んでいる。どうやら森から魔の森域への経路は潰し、首都へ向かおうとしていた魔獣の一群も制圧されたようだ。そして手が空いた彼らはフェイツランドたちの援護に回ったらしい。よく見れば、草原だったはずなのに焦げた箇所があるのはそれが理由だろう。森の奥から聞こえる指笛に、戦場のどこかにいるはずの幻獣使いの青年が同じく指笛で応えるのが聴こえた。

他の魔獣は赤蜥蜴の行動を訝《いぶか》しみながら様子を窺

っているが、手を出す様子はない。どちらかというと、どうすべきか戸惑っているようにも見えた。

それくらい赤蜥蜴の行動は急で常軌を逸していた。

「――フェイツランド、お前には心当たりがあるような口ぶりだったが、どういうことなのか説明出来るか？」

「随分前にクレアドールの戦士の一人に聞いたことがあるんだよ」

「契約主はその身を捧げることにより、魔獣に力を与える。ただし、その力は契約主の願いを叶えるためにしか使えない」

割り込んで来た声に振り返れば、剣を背負った葡《ぶ》萄《どう》色の瞳の青年が立っていた。その首には銀色の横笛が下げられている。

「グラオス」

幻獣使いの若者は頷き、魔獣を指さした。

「あれはおそらくその血の契約のせい。元国王に従っていたのも同じ契約を強いられていたからだと思われる。そうでなければ強い魔獣が格下の人に従順に従うはずがない」

「俺が昔クレアドールの老戦士に聞いたのもそれと同じだな」

「なるほど」

ガラハは自分が死ぬことまでを想定し、赤蜥蜴に命じていたのだろう。死骸を食い、力を与える代わりにノーラヒルデを殺せ、と。死して尚遺す執念には感心するが、むざむざ殺されてやる義理はない。すべきことは一つ、魔獣を斃すことだけだ。

槍を持ち、ノーラヒルデが前に進み出る。苦しんでいた赤蜥蜴はノーラヒルデが近づく気配に気づくと、ギラギラと瞳孔を光らせて、大きな咆哮を上げた。口からは涎《よだれ》も流れ、餌としてノーラヒルデを食い殺すことしか考えていない。

「副長、気を付けて。あいつの鱗、本当に硬くて弾かれてしまう」

実際に何度か渡り合っていたマリスヴォスが近くで告げる。そのマリスヴォスの鎧には爪痕が幾つも走り、かなりボロボロだ。元が胸当て程度しかつけていない若者には、今度から少し防具を増やすよう助言しようと決める。

「さすがにあいつ相手じゃお前一人は無謀だ。勝てはするだろうが左手まで食わせる気はねえだろ？」

片目を瞑《つむ》ったフェイツランドが戦斧を手にニヤリと笑う。

「あいつは手負いの獣で、そして血に飢《う》えた狂った獣だ。予想出来ない力を出す場合もある。最後はお前がやれ。足止めと削るのは俺たちに任せろ」

「いいのか？」

「ああ。これはお前の戦いでもあるからな。それにだ」

フェイツランドはいつの間にか自分の後ろに並んでいた重騎士たちの顔を順繰りに見回した。

「あれだけの巨体を誇る魔獣だ。力比べするには最適だ、なあ野郎ども」

オウッという笑い含みの野太い声が重なる。

「ん、それならオレは副長の補佐ね。副長が止め刺しやすいように気を散らしてあげよっと」

軽く言うマリスヴォスは、やめろと言っても聞く気はないようだ。

「わかった。最後まで気を抜くな」

応の声が続く中、ノーラヒルデはエイプリルを手招きした。

「おそらくあの蜥蜴は私に正面から向かって来る。エイプリル、お前はその弓で魔獣の目を射ろ。片目、出来れば両目。出来るか？」

「——出来ます。いえ、確実に出来ます」

「いい返事だ」

少し汗で濡れた頭を軽く撫でたノーラヒルデは、

周りには離れるように命じた。火や毒を吐く種ではないのは幻獣使いの指摘で判明している。後は暴れ回る蜥蜴を仕留めるまで、被害が拡大しないようにすること、そしてこの隙に塔から兵が出て来ることを警戒してのことである。

（ジャンニ、この槍、使わせてもらうぞ）

最初に塔に向かって投げた槍ではない。魔獣用としてジャンニから渡された特別製の連結槍である。

ふっと微笑を浮かべ、ノーラヒルデは挑発の言葉を口にする。

「来い」

そこからの戦いはどちらかの一方的な力で片付くものではなかった。

ノーラヒルデが軽く手を振ると、持っていた長槍の柄が見る間に幾つもの節に分かれ先端に鋭い穂先を付けた一本の長い鞭に変わった。おおーっという歓声はこの際無視だ。槍が無事なら後からいくらでも見せてやろう。

節の中を通っている芯は竜の髭《ひげ》で、ノーラヒルデが軽く一振りするだけでピシリッと音を立てて地面に鋭い音を響かせる。近づこうとする魔獣の足元を狙い、縦横無尽にそれを揮う姿に戦場の騎士たちが見惚《みと》れていたというのは、後から聞かされた話だ。

近づこうにも足を下ろす場所を狙って向けられる鞭に、魔獣が苛々と前脚で何度も地面を踏みしめる。

「エイプリル」

応えは連続して飛来した二本の矢だった。体が上下に揺れている赤蜥蜴の動きを苦にすることなく、エイプリルが放った矢は真っすぐに魔獣の目を貫いていた。二つの目に対して二本の矢。ひゅーという口笛はきっとフェイツランドだろう。これも後から知ったのだが、この時エイプリルの矢筒にはちょうど二本の矢しか残っておらず、失敗は絶対に許されなかったのだとか。

ギャオウッと悲鳴のような叫び声を上げる赤蜥蜴。

「退避ッ！」

叫んだノーラヒルデ自身も間一髪で、反転して飛んで来た尾を地面の上を転がるようにして避けねばならなかった。

正面から見た時、赤蜥蜴は高さもあるが実は尾の先までの体長も長い。事前に周囲に散るよう命じていなければ、今の一振りで命を持って行かれた者も出たはずだ。

赤蜥蜴はその場でぐるぐるとしばらく回りながら矢を抜こうと前脚で顔を引っかき、地面や岩に顔をぶつけていた。それが終わった時、赤蜥蜴の顔は血に塗《まみ》れ、さらに凶暴さを増していた。

ガラハは本能でノーラヒルデの場所を察知した。

赤蜥蜴は匂いで餌の居場所を嗅ぎ取った。顔を上げた魔獣がノーラヒルデに向けて突進する。

ガシッという音が目の前で聞こえた。銀色の火花が散ったように見えたのは、重騎士が持つ盾と蜥蜴がぶつかった時のものだろう。

大きな盾を構えた重騎士が五人、その後ろのまた五人と共に突進しようとする魔獣を押さえている。盾の表面に何本も突起があり、武器として使えるよう下部には剣も仕込まれている優れものだ。

いかに頑丈な鱗を持っていたとしても、鋭い突起を持つ盾に対し自ら全力でぶつかっていったのでは、脆《もろ》くなりもする。その魔獣の側面に戦斧を叩き込むのは、当然、フェイツランドだ。彼の反対側にはマリスヴォスがいて、こちらはいつもの双剣で舞うように斬りつけている。

前進は重騎士に止められ、左右は戦いに長けた騎士。三方向を囲まれた魔獣は一旦退こうとするが、それに合わせて騎士たちも動くため、状況を打破することは出来ない。

「どんなに硬くてもなッ」

人の背丈ほどもある巨大な戦斧が自分に向かって開かれた魔獣の口を斬り裂き、牙を叩き潰す。

「弱点はあるんだよッ。それにだ」

そして振りぬかれた戦斧はそのまま魔獣の太い脚に撃ち込まれた。ゴキッという鈍い音は骨が折れたためだろうか。ぐらりと体勢を崩した赤蜥蜴が再び立ち上がろうとするより先に、

「ノーラヒルデ！」

自分を呼ぶフェイツランドの声にノーラヒルデは駆け出していた。向かうのは魔獣に背を向け、戦斧を魔獣の脚に食い込ませたフェイツランドだ。

「やってやれ！　片手でもお前は十分強い！」

組んだ手の上に足を掛ければ思い切り跳ね上げられる。

ノーラヒルデは宙を舞っていた。


真下には武器を手放したフェイツランドに襲い掛かろうと攻撃の矛先を変える赤蜥蜴。

「させるかっ！」

引き寄せた鞭は瞬時に元の長槍に変わった。その槍を持ったまま、ノーラヒルデは空中から赤蜥蜴の頭目がけて落下した。

「滅べッ、永遠に！」

それは赤蜥蜴の血肉となり力を与えたガラハへの本当に最後の言葉だった。

真っすぐに脳天を突き抜けた槍は、口の中を通り顎の下にまで穂先が突き出ていた。何が起こったのかわからず、瞬《まばた》きをした赤蜥蜴が地響きを立てて倒れたのは、それから少ししてからのことである。

赤蜥蜴の頭上から飛び降りはしたものの、体勢を崩して地面の上を転がったノーラヒルデをマリスヴォスが助け起こす。

横たわる魔獣は舌をだらりと出して息の根を止め

ていた。

直後、ピーッという笛の音が鳴り響き、ラジャクーンが空を舞う。それはこの場に残っている魔獣を森の方角へと追い立てるためで、すべての魔獣がいなくなるまでそれは続けられた。


「フェイ」

シルヴェストロ軍の優勢がもう揺るがないのを確信すると、ノーラヒルデは目を細め、少し離れた見晴らしのよい草の上で巨大な戦斧を足元に立て、同じように戦況を見つめる男へ声を掛けた。

「後は任せていいか？」

「あ？」

縦横無尽に暴れ尽くした痕跡が、鎧についた返り血からわかる。多くの敵を屠ったにしてはそれでも綺麗な方だと思ってしまうが、それもつまるところ自分もまた武人であることを実感させられているようなものだ。フェイツランドから少し離れた後方には弓を手にしたエイプリルがいるが、少年の方は顔中汗だくで疲労の色が濃い。だが、それでもここまで騎士団長について来た根性は褒めねばなるまい。少年もまた必死なのだろう。

「俺に任せていいのか？」

フェイツランドの金色の瞳が揶揄《やゆ》するように瞬く。

好きに動けと言っているようなものだというのは、わかっている。だが、ここに至るまでに作られた屍の山、打ち捨てられた武器を見る限り、掣肘《せいちゅう》を加えたところで今さらなのは誰の目にも明らかだ。

勿論、それを一番よく知っているのは当人のフェイツランドであり、彼と共に行動して来たすべての騎士に言えることでもある。

よって、ノーラヒルデが言えるのは、

「ああ。好きにしていい」

これだけである。

国と国との諍い、因縁の戦は既に決着がついたようなもの。世界でも五本の指に入るシルヴェストロ国騎士団が参加している戦に、負けという言葉はない。

戦場に駆ける黄金竜の腕からは誰も逃れることは出来ないのだ。

（それに引き換え……）

ノーラヒルデの顔に小さく浮かぶのは翳《かげ》り、それ以上に苛立ちであった。

そんなノーラヒルデの心情は長年行動を共にして来たフェイツランドにはお見通しで、ニヤニヤした笑みがさらに深くなる。

「決着はお前自身の手でつけたがると思っていたがな」

「もうついているようなものだろう。これから先は過剰な戦力の投入は無駄だ」

ノーラヒルデ自身が率いる第一師団は左右に展開して他師団の掃討戦の補助へと動線を変えている。先鋒として突出していた第二師団も、すぐ目と鼻の先だ。第二師団が前線を下げたというよりも、後続が前線に迫るように、そして眼下すぐ、敵方が立て籠る塔を包囲するように範囲を狭めた結果である。

第四以外の、第一から第六までの師団に包囲されている現在、逃げることはほぼ不可能だ。彼らを従えていた魔獣の王は既にノーラヒルデにより滅ぼされている。残っていた魔獣たちも既に森の彼方へと追い立てられ退いてしまった。居るのは塔に立て籠る敗残兵のみ。何より、ノーラヒルデ以上に獰猛《どうもう》な男がこの場にいるのだ。金色の瞳を輝かせている男から逃げることは出来ない。

「あいつを連れ戻しに行くのか？」

それには答えなかったが、フェイツランドは訳《わけ》知り顔で大きく頷いた。

その「俺はなんでも知っているぞ」という態度が少々癪《しゃく》に障ったが、あえて無視してノーラヒルデは剣を鞘《さや》に戻し、馬に槍を括りつけた。馬の両脇には首都シベリウスを出た時から使っている旅装が装着済みだ。

そして馬に跨ったノーラヒルデは、第一師団をそのままフェイツランドに預ける旨を兵士たちへ伝えた。

予定調和なのか、最初からノーラヒルデの行動に予想がついていたらしい古参の騎士たちの表情は、フェイツランドと同じようなにやついたもので、それがまた腹立たしい。

だからではないが、

「ノーラヒルデさん、どこに行くんですか？」

エイプリルの心配顔にだけは笑みで返す。

「ここでの私の仕事は終わったからな。私にしか出来ない用事を片付けて来る」

「ノーラヒルデさんしか出来ない仕事、ですか？」

「ああ」

「でも……まだ危険が完全になくなったわけじゃないでしょう？」

エイプリルの背後にいるフェイツランドに目配せをすると、大男は斧を担いだまま歩いて来て、少年の細い肩を引き寄せた。

「心配するな。こいつの腕は騎士団の誰もが保証する。お前だってここまでの戦いぶりを見ていただろう？　あんな風に剣を扱う男の側に誰がわざわざやられに行くもんか」

「団長はそう言いますけど！　近づかなくても矢で射ることだって出来ます」

エイプリルの視線は自然に自分が手にする弓に注がれていた。ノーラヒルデから譲り受けた薄青に輝く弓。かつてはノーラヒルデが戦場で使っていた弓兵垂涎《すいぜん》のそれは、弓を得意とするエイプリルが騎士団に入って少しして渡したものだ。最近になってようやく引くことが出来るようになったと笑顔で報告されていた通り、戦闘中には容赦なく敵を威嚇し、貫いていたのを視界の端に留めている。

「簡単に矢に貫かれるような鎧ではないから大丈夫だ」

「でも」

渋るエイプリルの手は馬の轡を握ったまま放そうとはしない。その手にフェイツランドの大きな手が重なり、容易く外す。

「いいから気にするな。こいつが大丈夫だと言うのなら本当に大丈夫だ」

「団長。団長はノーラヒルデさんが心配じゃないんですか？」

エイプリルの空色の瞳が非難を込めてフェイツランドを睨むが、男にとってそれはいつものことだ。

「心配したところで、行動を止めることは俺には出来ないからなあ」

団長、とまた口を開きかけたエイプリルの顔の前に、フェイツランドの指が立てられる。

「俺はこいつを信頼している。こいつは言ったことは必ず実行する。そして自分を裏切ることがない。だからな、エイプリル。ノーラヒルデにしか出来ないことがあるのなら、任せちまうのが一番いいんだよ」

言ってから、どうも口から出てしまった台詞を反芻《はんすう》してむず痒《がゆ》い気分にでもなったのか、フェイツランドが困ったように眉を寄せながら、頬を掻く。

だが、フェイツランド本人がどう感じたのであれ、エイプリルの手が離れて納得しかかっている今が機会でもある。

「お前の私に対する評価はありがたくいただこう」

「それなら次の給与査定の時に考慮して貰おうか」

「……フェイ。考慮はするが、お前は足し引きでようやく基本給に並ぶことを忘れるな。いや、むしろ引かれている分の方が多いか」

「団長……。どれだけ仕事を怠けているんですか……」

エイプリルが思い切り呆れたように男を見上げ、それに対しフェイツランドは慌てて手を振り否定する。

「違う！　違うぞ、エイプリル！　俺の場合は戦績がそのまま給金に反映されるからな。やりすぎて他の奴らの取り分がなくならないように、日頃から調整をだな……」

「……」

不審も露《あら》わな少年の疑念を解消するには、フェイツランド自身の行動で示すしかないだろう。

（あたふたするフェイも新鮮だな）

ノーラヒルデは口元に一瞬穏やかな微笑を浮かべたが、おそらく誰もそれに気づきはしなかっただろう。勝敗は決したと言っても、塔の門を打ち破り、シルヴェストロ国騎士団の竜旗が翻らなくては。完全なる勝利を敵味方、それから生活を脅かされた近隣住民たちへ示すことは必要だ。それによって、味方には安心を、敵には絶望を与えることが出来るのだ。

金色と紅に輝く旗。これが必要なのだ。

一時的に休息を取る時間になってはいるが、戦時下であることは変わりない。騎士団長とその従卒との日常的なやり取りを「またやってるな」という意識で眺める者はあったとしても、副長の表情にまで目を向ける者はいない。

フェイツランドの金色の瞳がエイプリルからノーラヒルデへと移される。

それに一つ頷くと、ノーラヒルデは「ハッ」と短い声を掛け、愛馬を駆けさせた。

「あっ！　ノーラヒルデさん！」

後ろからエイプリルの声が聞こえたが、それには右手だけを上げて応える。

目の前には森、それを先に進むと、すぐに国境となっている険しい山が見えてくる。ここまでの行軍で常に視界にありながら、近づくことのなかったその山道をノーラヒルデは真っすぐに突き進んだ。

麓の方こそ普通の獣や魔獣が棲む森だが、それより上はゴツゴツとした灰白色の岩肌が続く。辛うじて、道らしきものはあるが、石が幾つも転がっているため歩くのは容易ではない。

だが、馬術に慣れた騎士ならば別だ。片手で手綱を握り、両脚で馬と自分の体を支え、ノーラヒルデは道を突き進んだ。

苦ではなかった。

そう、勝手に去られた時に感じた怒りや喪失感に比べれば、石や岩の上という足場の悪い場所を馬で動く方がまだ楽だ。転げ落ちればただでは済まない側面や後背の急勾配も、前しか見ていないノーラヒルデには関係ない。

「待っていろ、ヴィス。その首を摑まえて引き摺り出してやる」

カッカッと蹄《ひづめ》が石を蹴る音が響く中、ノーラヒルデは山の中腹にある洞窟に向かって、琥珀色の瞳を鋭くした。


ピチョンピチョンという涼音が規則的に静かな洞窟の中に反響する。

入り口から奥に続く道は馬車が通れるくらいの広さはあるが、人の手が加えられている様子はそれまで通って来たどこにも見ることは出来ない。それでいて、洞窟にありがちな淀んだ空気が立ち込めることもないのは、ノーラヒルデの進行方向に当たる地下から吹き上げて来る風のせいだろう。

冷気を含んだその風は、時折突風のようにゴウと音を立てて洞窟内を吹き抜けていく。じめじめした湿気は感じないが、水の匂いは徐々に濃くなるように感じた。

山の中の洞窟と言えば、暗くじめじめした陰気な場所という印象を持ちがちだが、この場所に限ってはそんなことはない。何よりも、明かりの心配が要らないのが大きいが、それには歴とした理由が存在する。

すなわち、上空だ。

本来ならば塞がっているはずの山の頂は、この山に限って言えばない。ノーラヒルデの知識の中には、他の地域にはこういう頂のない山も存在するが、その多くは吹き飛んだ場所が窪地になり草原になったもの、吹き出す水により湖になったもの、または源泉が湧き出すもの、それから灼熱《しゃくねつ》の溶岩が煮えたぎる火口で、遥か下方まで何もない——真っすぐな空洞を持つ山はここしか知らない。

「この下か」

手綱を引いて奥まで進んで来たノーラヒルデは、半円を描く広場のような場所で足を止めた。馬をその場に待たせ、円の縁まで歩き、下方を覗き込んだ。底までの距離は、目算でもシルヴェストロ城の一番高い塔から地面までよりもさらにあるだろうか、かなり深い。

眼下に小さく見えるのは点在する光だが、上空から降り注ぐ光の帯だけが作る模様ではなく、地下——地面の上にあるものが反射して輝きに動きを添えているのだろう。

「上よりも下の方が明るいのか」

本来なら山に空いた穴により近い方が明るいはず

なのだが、底は暗いどころか明るいままだ。地上より下になるのか、それとも他に横穴が空いているのかここからではわからない。

だが、ノーラヒルデはそこに求めるべき相手がいると確信していた。

縁から離れ、馬に括りつけていた道具を取り外す。食料に寝具など、野営で必要なものすべてを馬から下ろすと、それらを背負う。左手しか指は使えないが、途中まである右腕も工夫次第では役に立つのだというのを、この数年で身につけているノーラヒルデには苦になる動きではない。

剣はいつも通り腰に提げられている。これだけはすぐに使える位置になければ意味がない。

そして山道を登り、ここまで一緒に来た愛馬の顔に触れる。

「お前はここまでだ。さすがにお前の大きさではこの先を行くのは危険だ」

馬は抗議をするように鼻をブルリと震わせ、ノーラヒルデの肩に押し当てた。共に危地を駆け抜けて来た自分を見縊《みくび》るなと言っているようで、その気概が嬉しく、ノーラヒルデは相棒の顔を撫でながら、額を寄せた。

「お前が賢い馬なのはよくわかっている。勇敢でこれ以上ないほど戦場では頼りになる。だが、ここはお前が駆け抜けるべき草原でも平野でもない。私には余裕があるが、フェイツランドで辛うじて体を真っすぐにして歩けるかどうかだ。お前には少々どころではなくきつい道だ」

先ほど覗いた吹き抜けの底へ導くのは、螺旋《らせん》を描くように壁に沿って作られた細い下り道だ。ノーラヒルデの台詞は誇張ではなく、体を支えるものは片側の壁面だけで少しでも足を踏み外せば墜死は必至だ。

いくら崖を駆け下りることが出来る優秀な軍馬で

も容易に歩ける道ではない。

不服そうに鼻を鳴らす馬だが、実際にノーラヒルデが底へ降りるための足場を見せると、それまでの意固地さはあっという間に消え去り、素直に残ることにしたようだ。

「ここに残るか、軍のところへ戻るかはお前に任せる。山中にお前を襲う魔獣がいるとは思えないが、慎重にな」

軍馬の体格は通常の馬よりも遥かに大きい。頑丈で強く、その蹄は人をも踏み潰すことが出来る凶器になる。野生の獣も軍馬の気性は知っており、自分から戦いを仕掛けることはないが、そうでないものもいる。

この山の「魔獣」はノーラヒルデの匂いのついた馬を襲うことはないだろう。だからもしも襲うとすれば野生の獣しかいないが、道中の様子を見る限り、そこまで攻撃性の高い獣が棲息《せいそく》している可能性は低いだろう。

ただ、それでもノーラヒルデという最強の武器が背にいない馬を見て、獣がどう判断するかはさすがに予測がつかず、愛馬に注意を喚起するしかない。

残るにしても戻るにしても、ノーラヒルデには予感はあった。

（戻りが遅ければ誰かは来そうだな）

もしかすると、既に洞窟の前にはノーラヒルデの後を追った騎士が到着しているかもしれない。

（フェイのおせっかいだな、きっと）

自分の好きにさせてくれる一方で、フェイツランドもまた自分の思うままに動いているのだ。最初からそのつもりだったにしても、ノーラヒルデに気づかれるほどすぐに後を追わせたのは、

（エイプリルにでも泣きつかれたか。いや、あの子なら文句を言う方が似合っているな）

そしておそらくは、フェイツランドが何もしない

のであれば自分が行くとでも言ったのだろう。少年に甘い男が早々に陥落する姿が目に浮かぶ。

同時に笑みも浮かぶのは、仲のよい二人とは同じように振る舞うことが出来ない自分たちを思ってのことでもある。

その片割れは、もう手が届く場所——眼下にいるはずだ。

「気づいているのだろう？　私が来ていることを」

下からの風が髪を上に吹き上げる。そこに嗅ぎ慣れた匂いを見つけ、ノーラヒルデは琥珀色の瞳を細めた。

気配はする。そして相手もノーラヒルデが近づいていることを知っている。だが「彼」は動けない。いや、動かないと言い換えた方がいいのかもしれない。

それこそが、シルヴェストロ国騎士団魔術師団長クラヴィスが出奔した——ノーラヒルデに言わせれば逃走した理由なのだから。


足場を確認しながら慎重に降り始めてしばらく、ようやくノーラヒルデの足は洞窟の底を踏みしめることが出来た。着いて真っ先に感じたのは、

「寒いな」

というもので、底に近づくに従って上にいた時より強く感じられるようになった冷気の正体が、ここに来てようやく判明した。

「水晶窟か」

降りる途中から岩面に薄紫の石が混じり出したことには気づいていたが、歪《いびつ》な円形をしている底の中央部より向こう側には湖があり、そこの壁面は、すべてが水晶で出来ていた。さらに、ところどころは滑らかな白い鍾乳石《しょうにゅうせき》が露出し、遥か上空から入って来る光を受けて、それ自体が淡く発光しているよ

うにも見える。

青と白が厳かに混じる場所。

ただ、そこにあるのは青と白だけではなかった。

澄んだ青い水が満ちた地底湖、その中央に小山のように盛り上がる黒い影がある。無論、島でも岩が突き出たものでもない。

それは動かずにじっと水に身を浸している巨大な黒竜だ。

「見つけた」

ノーラヒルデの唇から笑みと共に言葉が漏れる。

声は風に乗り、半分凍っている湖面の上を滑るように黒竜の元へ届けられた。その氷こそが何を隠そう、冷気の正体だ。

「来たぞ、ヴィス」

その言葉は軽やかでありながら、重く、そして時が止まったように静けさだけが支配していたこの場に、新しい生命を吹き込むかのようでさえあった。


だが、それに応える声はない。確かに距離は離れているものの、シンとした場所で聞こえないわけではない。黒竜が自分の意志で無視をしているのだ。

当然、それに気づかないノーラヒルデではなく、はっきりと明確な命令の形で再度言葉を発した。

「眠ったふりをしているのはわかっている。諦めて目を開けろ」

ヴィス——黒竜クラヴィスの瞼が、ノーラヒルデの声にゆっくりと開かれる。縦長の瞳孔、黒曜石のように黒い瞳が真っすぐにノーラヒルデを射る。

「——帰れ」

そして開かれた口から出て来た言葉に、ノーラヒルデは形のよい眉を上げた。自分の訪れを黒竜が歓迎していないことを考えれば予想された台詞ではあるものの、やはり否定の言葉は直接耳にして気分のよいものではない。加えて、二階建ての家屋を越える高さのある巨体が発する声という音は、竜本人が小声を努めようとしていても人には大きい。

低く静かで、湖面に小波《さざなみ》一つ立てたくないかのように流れ出る声。それは黒竜にとって最大の気遣いだ。竜が本気で声を出せば、威圧により大抵の人間は動けなくなる。叫び声は風圧となり、人を吹き飛ばすことも可能なのだ。

加えて、ここにいるのは黒竜だ。竜種の中でも上位に位置するだけでなく、実際に魔獣の王——元魔王という過去がある。

元と言っても、強大な力は健在だ。老いによる力の衰退や頂点争いに敗れて地位を明け渡したわけではなく、今もってこの大陸では最強の名の一つに数えられる魔竜でもある。

（それにしても……）

ノーラヒルデは、一瞥《いちべつ》した後そっぽを向き、瞼さえ閉じた黒竜に呆れと共に思った。

（あっさり地位を明け渡したことと言い、好き勝手に行動していることと言い、名を馳せていることと言い、本当にフェイとそっくりだな）

人でありながら「黄金竜」の名を戴《いただ》くシルヴェストロ国元国王フェイツランド＝ハーイトバルト。気性に多少違いはあるが、傍《はた》から見れば似たような二人——一人と一匹である。

自分はよくよくこの手の性質を持つ男と縁があると思わずにいられない。その片方である黄金竜の方は、手綱を握る人物が予期せず現れたことにより、若干目を離すことが出来るようになったのはよかった。まだまだ放ってはおけないが、以前に比べればかなり楽になったのは確かだ。ルインという小さな国から来た純情素朴な王子には、これからもしっかりとフェイツランドの世話をして貰わなければならない。

（世話をする、という考えになる時点で誰が駄目なのかはわかりきっているのだがな）

世話をされずにまともに生活出来る日が果たして来るのか、それは今後のエイプリルの成長次第だが、かなり先が長くなりそうなのは同じように手の掛かる黒竜を連れ合いにしている自分を見ればわかるだけに、溜息の一つや二つはつきたくなるものではあるのだが。

(連れ合いか)

自然にそんな言葉が出て来るくらい、ノーラヒルデの中で黒竜クラヴィスはもう半身も同様の存在だ。扱いはぞんざいなこともあるし、騎士団の中では厳しく躾もしているし、シルヴェストロ国王との連絡役や他国への書簡運びをさせたり、いろいろ使っているのは確かだが、これでも大事にしているのだ。

その黒竜が、自分を置いて去ったなど許せるものではない。

ノーラヒルデは自覚している。自分の中に流れる血族の血が傲慢だということを。

強いものを好み、強いものに惹《ひ》かれ、尚且《か》つその強者は自分よりも下であってはならず上であってもいけない。

そしてこれが一番大事なことだが、自分に何の非もないのに避けられ、逃げられるのは許し難い行為だ。いっそ敵対行為に走ってくれた方が正面から戦う理由になっていい。

そう思ってノーラヒルデは表情に出さず内心で苦笑した。

(さすがの私でも本気の黒竜とやり合えば無事では済まないというのにな)

無事で済まないどころか、片腕と言わず命も簡単に奪ってしまえるだけの力が竜種にはある。クラヴィスは元魔王だ。少し前まで戦っていた赤蜥蜴は魔王とは言われていたが、名ばかりの小者だ。

本当に強い魔獣や幻獣は群れることなく、自分で名乗らない名で呼ばれるだけだ。

漆黒の王。それがクラヴィスにつけられていた異名である。黒水晶を薄く削って貼り付けたように輝く鱗で覆われた頑強な竜体。鱗は鎧であると同時に、鋭い刃《やいば》となって敵を屠るのに役立った。魔力を放たずとも、四肢を動かさずとも、黒竜が駆け回り、飛び回るだけで勝手に敵は傷を負い、地に這いつくばることになる。

ノーラヒルデも実際に黒竜が戦うところを見たことはないが、その脅威は多くの文献に残されている。黒竜は他にもいるはずなのだが、中央大陸の少なくとも南半分における伝承の類は、ただ一体の個体のみを示しているのではと、ノーラヒルデは思っている。

その個体は目の前の地底湖に半身を沈め、素知らぬふりを通すつもりでいる。

炎を操り、風を投げ、大地を動かすことが出来る力を持つ黒竜の唯一の弱点は、水だ。と言っても水を浴びれば即弱るのではない。他のものに比べて耐性が少ないというだけで、一般的な魔獣の誰よりも遥かに弱点にはならない。

それでもあえて地底湖に身を沈め、氷の枷をつけているのは、暴れそうになる自分の体を少しでも抑えておきたいからだ。

氷を扱うことが出来ない黒竜なので、閉じ込めたのはおそらく氷の特性を持つ魔獣だろう。敵側についた個体か、それとも黒竜の配下だったものか、元元地底湖にあった氷を利用したのは想像にやすい。

分厚い氷なのは認める。だが、それで黒竜の動きを完全に封じることが出来ているかと言えば、そうではないとノーラヒルデは断言する。なのに、自ら動こうとしないのは、自分を戒め、ノーラヒルデに手を出さないようにするためだ。それ以外の目的は絶対にないと言い切れる。

（最強の魔王の名が聞いて呆れる）

強い者に共通と言ってはフェイツランドに何を言われるかわからないが、どうにも子供じみたところは否めない。当人たちは自覚していないそれが、傍から見れば滑稽で、そして腹が立つ。自分に関わりがあるという一点において。

「クラヴィス」

地底湖の縁の間際まで近づいたノーラヒルデは、抱えていた荷物一式を冷たい石の上に置き、身一つだけで爪先に水——氷が触れるギリギリの場所に立ち、再度名を呼んだ。

「いくら逃げても無駄だぞ。現に私はこうしてここに来た」

「……」

体表と同じ黒曜石の瞳、真ん中に走る金色の瞳孔が細められ、じろりとノーラヒルデを見つめる。

「……なぜ来た。自ら去った者を追い求めるようなお前ではあるまい」

ややあって発せられた声は低い憂いに満ちていた。溜息が聞こえて来そうなその声に、ノーラヒルデはフンと鼻を鳴らす。

「自ら去った？　ものは言いようだな。お前のそれは去ったとは言わない。逃げたと言うんだ。クラヴィス、お前は逃げたんだよ、私から」

宣告なのか、それとも断罪なのか。とにかくノーラヒルデの言葉は、黒竜には遺憾であると同時に、的を射たものでもあった。

「ヒルダ……」

ついといった感じで黒竜の口から漏れた自分の愛称に、ノーラヒルデは小さな笑みを浮かべた。

クラヴィスをヴィスと呼ぶように、黒竜はノーラヒルデの名が長くて舌が縺《もつ》れるからと言い、最初の出会いで勝手に短縮した呼び名をつけた。それがヒルダという愛称であり、この名を呼ぶ者は現在のところこの黒竜しかいない。親類縁者の中でも、ヒルデ、ノーラと呼ぶ者はいても、どういうわけか簡単に思いつきそうなヒルダという呼称は使わない。
それを告げた時に、自分にだけ許された特別な呼び名だと羽を震わせて黒竜が笑ったのが印象的だった。

右腕を失い、攫《さら》われて連れて来られた黒竜の巣で、横たわったノーラヒルデを甲斐甲斐《かいがい》しく世話をしながら、幾度も「ヒルダ」と呼ばれた。人と触れ合うことがなかった元魔王は、物珍しさから用もないのに名を連呼し、ノーラヒルデに叱られるまでずっと呼び続けていた。名は人と人を結びつけ、人と魔獣も結びつける。

今は二人きりになった時に稀に口にするくらいで人前で呼ぶことはないが、却《かえ》って特別な関係を匂わせているように思えなくもない。

ノーラヒルデの方は遠慮なく「使い走り」「下僕」とシルヴェストロ国王や騎士の前で公言し、それに不本意な黒竜は抗議をするも聞き入れられた試しはない。

「ヴィス、どんな理由があろうともお前が私を置いて逃げたのは変わりない」

「違う。俺は逃げたのではない。離れただけだ」

頑固に言い募るそれは、ノーラヒルデには言い訳にしか聞こえないし、実際にその通りだと切って捨てる。

「離れただけ？　それならば尋ねよう。戻る気はあったのか？」

黒竜は再び口を閉ざしたが、黒い瞳はノーラヒルデから逸らされることはなかった。その瞳が困ったように、だが雄弁に語る。

――お前は何故《なぜ》来たのだ？

――問われて答えたところで意味のないことなのに。

ノーラヒルデはそれを「逃げ」だと一蹴する。氷の上を歩く安全が確保されているのなら、直接歩いて出向き、黒い体を蹴飛ばして、頭と目を覚まさせたいくらいだ。

実際のところ、かなり腹は立てていた。

自分に黙って出て行ったことも、黒竜が勝手に「ノーラヒルデを傷つけた」と思って出て行ったことも。

そうなのだ。あれくらいのことで傷ついたと思われることに腹が立つ。世間一般的に考えれば、襲われかけた当人が襲った相手に腹を立てるとすれば、自分に対する暴力を許し難いと思うからだが、それはノーラヒルデと黒竜の場合には当て嵌まらない。

その点で考えれば、むしろ人ではない竜の方がより人らしい思考なのだろう。

傷つけた相手の顔を見ることが出来ずに逃げるとは、なんと人間らしい行動なのだろうか。

ただ黒竜が襲った相手はノーラヒルデだった。他のどんな人間でもなく、シルヴェストロ国騎士団副長ノーラヒルデだ。

それくらいのことで——そう、ノーラヒルデにとってはそのくらいのことで出奔した黒竜の態度は、大いに気に入らないものなのだ。

お前は私の何を見ていたのだと、何十回も尋ねたくなる。

だが、今はその文句を言う時間も惜しい。口論するために来たわけではないのだ。終戦処理はフェイツランドに押し付けたが、そういつまでもシルヴェストロ国を留守にするわけにはいかない。第一副長のリトーがいると言っても、普段は対外的な処理を任せている彼に、長く国内の事務仕事をさせておくのも酷である。大きな戦が終わった直後で騎士たちが浮かれているのを牽制するのもまた、ノーラヒルデの役目なのだ。

戦勝祝いと称して酒場や食堂で大騒ぎした結果の

破壊活動は、弁償という見える形になって圧し掛かって来るのだ。引き締めるなら早い方がいい。今までに何度も繰り返された経験でそれをよく知っている。

ただ手ぶらで帰るのではない。シルヴェストロ国に戻る時には、無断で出奔した黒竜――国王との連絡役であり魔術師団長である男と共にと決めて来た。違《たが》えることはしない。それがノーラヒルデという男だ。

「ヴィス、お前は私を傷つけようとしたことを悔いて出て行ったのかもしれないが、それくらいで私が傷つくとでも思っていたのか？」

「……思わない。ヒルダ、お前がとても強い人間なのは私が誰よりも知っている」

武術に秀でているだけでなく、精神までも強いと黒竜は言う。言葉は柔らかく、ここが冷たく寒い山深い地底湖でなければ、騎士団宿舎で語り合っているのだと錯覚しそうなほどだ。

「そこまで私をわかっていながら、なぜ逃げた。追いかけて来ることくらい、当然わかっていただろう？」

黒竜の探索能力があれば山に入った段階で存在は気づかれていたはずだ。地底湖へ近づいて来る足音も聞こえていただろう。

「それなのにお前はまだこの場に留まっている」

中途半端なのだ。逃げるならとことん逃げればいい。

（勿論追いかけさせてもらうぞ）

遠ざけたいのなら食い殺すつもりで本気で襲い掛かればいい。

（黙ってやられるつもりは毛頭ないがな）

黒竜はその方法のいずれも選択しなかった。他にも方法はあるのだとは思う。忘却を促す薬や術も広い世界のどこかには存在する。魔獣しか知らないものも中にはあるだろう。元魔王であれば、容易く入手することも出来たはずなのだ。

　ノーラヒルデの琥珀色の瞳が黒竜を射抜く。

「お前もわかっているはずだぞ、ヴィス。悪あがきはよせ」

「悪あがきだと……？」

「ああ、そうだとも。不本意か？　そのつもりはないと言うのか？　だがな、ヴィス」

　ノーラヒルデは顎を反らし、凜《りん》とした声で告げた。

「お前はどうせ私の手元から逃げることなど出来はしないのだから」

　時に自分のことを噂する言葉が耳に入って来る。騎士だけでなく、城下の人々が畏怖と親しみを込めて自分のことを「隻腕の魔王」と呼ぶことも知っている。そして「氷の女王様」とも。エクルト王が「氷雪の王」と呼ばれているのと対になっているようで好みはしないのだが、最初にこれを言い出したらしいマリスヴォスを締め上げて聞いたところ、

「悪いものに染まってなくって、透き通っててー、気位が高くて、清廉潔白でさ。綺麗なんだけど、触れば冷たく火傷《やけど》しそうなところもあるし。それに、副長ってばすっごい高いところから氷の槍を降らしているみたいに見えることがあるんだよ。もうオレたちバッサバッサとやられちゃうでしょ？」

　それはお前たちが私に叱られるようなことばかりしているからきつくも言いたくなるのだと、その時に足元に正座をさせたマリスヴォスを見下ろしながら言った覚えがある。実力はあるのに平時には問題ばかり起こしている部下たちを引き締めるには、自分のような存在が不可欠だろうと。

　今のノーラヒルデはまさに高慢な女王として、僕《しもべ》である黒竜クラヴィスに対し命じる。

「クラヴィス、戒めを解け。その氷の檻《おり》は私をお前から遠ざけるには役に立たず、お前を閉じ込めるに

は脆すぎる。動け。そして来い」

　ゆっくりと左腕が上がり、地底湖の中央の黒竜へ差し伸べられる。上空から降りて来る風がノーラヒルデの長い髪を揺らし、誘うように黒竜の方へと流れていく。

　一度ゆらりと黒竜の羽が上に浮き上がりかけた。分厚い氷の下で見えはしないが、ミシッという音は身動きして亀裂が入ったせいだろう。

　だがそれだけだった。

　ノーラヒルデの方へ体は動こうとしたが、どんな意志によるものか黒竜は瞼を下ろし、再び動くことなく氷の中に身を閉じ込めたままだ。

　風が頬を掠め、行軍で解れた髪の数本が細く揺れる。

　その髪をすっと指で挟んだノーラヒルデは、ふと思いついて目を細めた。

「お前がいなくなって私の髪を結う者がいなくなった。非常に不便を感じている」

「従者がいるだろう」

　投げやりな回答はきれいに無視し、ノーラヒルデは結わいて背中に垂らしていた髪を肩越しに自分の前に垂らした。脇に挟んで、ほんの少しだけ撫でる。侍従が編むのが気に食わないと、見つけるたびに編み直していた男。それが続いて面倒で、とうとう毎朝の慣習になってしまった。洗髪も黒竜がいる時には必ず自ら行った。だがそれも終わりだ。

「お前が戻らないのなら煩わしい手入れなど不要な方がいい」

　懐《ふところ》から小剣を出し、鞘を落とす。

「――見ろ、ヴィス」

　脇に挟んだ髪の後ろから切れ味のよい剣を入れる。ノーラヒルデは勢いよく懐剣を髪に当て、思い切り引いた。少しの手応えの後、髪束がひと纏めにして切り落とされた。脇から力を抜けば、そのまま音を立てて地面の上に落ちる。風が吹き、数本が氷の湖面に飛んでいった。肩の少し上まで短くなった不揃いの髪に触るのは久しぶりだ。

名を呼ばれ、反射的に瞼を上げた黒竜の瞳は見開かれ、驚いたように口を開きかけた。当然だろう。出会った時からずっと見て触れていた長い髪が、いきなり短くなってしまったのだから。視線がノーラヒルデの頭と地面を交互に動いているのが見て取れる。それほどまでに未練はあったらしい。

だが、まだ黒竜は動かない。

「そうか……」

ノーラヒルデは顔に微笑を浮かべた。

「どうしても動かないというのなら、動きたくなるようにするまでだ」

上げたままだった左手をそっと自分の方へ引き戻すと、羽織っていた外套《がいとう》を冷たい石の地面の上に落とした。懐剣と忍ばせていた剣をそっと地面に置いて剣帯を外し、それから襟元に手を当て、釦《ボタン》を外す。片手でも楽に留め外しが出来るくらい器用に動く左手で、上衣を脱ぎ、肌着を落とす。パサリパサリと衣類が足元に積み重なる。

(さすがに冷たいな)

風が肌の上を撫でると急激に下がった気温を直に感じるが、半分以上黒竜への腹立ちを抱えたままのノーラヒルデにはこれくらいでちょうどいい。

(それに今からすることを考えれば……)

革の長靴を脱ぎ、後ろへ放り投げると、踵《かかと》が地面に当たってコンと音を立てた。竜の瞳は再び見開かれた。

「ヒルダ……」

裸体を半分晒しているノーラヒルデはちょうどズボンを脱ぎ終えたところだった。肌着に手を掛け、それも一気に取り去れば、そこにいるのは生まれたままの姿の男が一人。

均整の取れた美しい肉体、栗色の髪、琥珀色の瞳、そして髪と同じ色の体毛が下腹部を彩る。

竜が息を呑むとすれば、まさに今この時だったのではないだろうか。

黒竜の前に堂々と美しい裸身を晒すノーラヒルデは、驚いて声も出ない——だが目を離すことが出来ない黒竜へ、挑発を口にする。

「お前が手に入れ損ねた体をよく見ているんだな」

さっと地底湖に背を向けたノーラヒルデは運んで来た荷物のうち、野営で寝床用に使う敷物を冷たい岩の上に敷いた。ただでさえ水晶や氷が囲むこの場所は冷えるのだ。直接白い岩の上に座るのは遠慮したい。外気を寒く感じるのはこれから温かくなるからよいが、冷たい岩の上ですることではない。

深緑色の敷物は薄くはあるが、肌に直接触れないだけで随分と伝わる冷たさが緩和された。

さらりと一度その上を撫でたノーラヒルデが敷物の上に座る。

体は真っすぐ黒竜に向けたまま、嫣然《えんぜん》と微笑んだ。

「——目を逸らすなよ」

顔だけは黒竜に向けたまま、ノーラヒルデは手を胸に添わせた。寒さのせいか、それとも多少は緊張しているせいなのか、はたまた感情が昂《たかぶ》っているためか、淡い色をした胸の先はぷくりと先端を膨らませ、尖っている。

ノーラヒルデはその上に何度も掌を這わせた。

「お前も知っているだろう？　これがどんな弾力を持っているのかを」

わざと手の指を開けてその隙間から乳首が見えるようにする。時に挟み込み、より際立って見えるように。

「ヴィス。お前はこれを一度口にしている。その口で食み、それから舌で嬲《なぶ》り、転がした」

あの夜、熱に浮かされたクラヴィスが寝着を引き裂き、ノーラヒルデの肌に触れた。右腕を失った時に一度似たような真似をされたことはあるが、あの時は本気ではなかった。

「お前は覚えているはずだ。私の肌の味、私の匂い、私の鼓動を」

撫でていただけの手が、胸の先端を摑み掠めるような形で指を曲げ、先端に触れては離れるのを繰り返す。無論、黒竜の注意を引き、自分を見続けさせるためである。

「もう思い出しているのではないか？　お前の舌はどんな風にこれを舐めた？　そうそう、舐めるだけでなく歯を立ててもいたな」

こんな風にと指先で摘む。

「止めろ、ヒルダ……」

低く唸るような声が黒竜の口から零れ出るが、ノーラヒルデは嘲《あざけ》るように笑い飛ばすだけだ。

「止める？　本当に止めていいのか？」

少しきつく抓《つま》むと、思っていたよりも乳首にピリッとした痛みが走り、知らぬ間に眉が寄せられる。

「ヒルダ」

「止めない」

制止の声が先ほどより鋭く飛んでくるが、実体のないそれが役に立つわけがないと、ノーラヒルデは行為を続けた。

右の乳首がぷっくりと尖れば、次は左だ。左の胸先を愛撫する間、二の腕の途中までしかない右腕が、触れる指がなくなった右の胸の上を撫でるように動く。敏感になっている先端は、掠められるたびにもどかしい刺激を感じる。これは新しい発見だった。

右胸への愛撫でやり方を覚えたノーラヒルデの手はあっという間に左側も同じ状態へ作り上げた。

「――こっちもほら、赤くなった」

色づきの薄かったそこは、今や熟れた果実のように膨らみを持っている。

「お前が舐めた時にはもっと鮮やかだったな。そして濡れて光っていた」

「……」

「残念ながらさすがの私も自分の胸を舐めることは出来ないから仕方がない。温かなお前の舌は何度もこれを舐め、口に含んだな。まるで乳を強請《ねだ》る赤子のように」

圧し掛かられ、腕を押さえ付けられていたノーラヒルデは、ただクラヴィスの舌が肌の上を舐めるのを見ているしか出来なかった。

（そうだヴィス、私を見ろ。あの時お前がしたことを思い出せ）

執拗に肌の上を舐め、千切れるかと思うほど嚙まれた痕はもう消えてしまったが、あの時の感覚を忘れたわけではない。自身で与える刺激は、他人から得られるそれに勝ることはない——。少なくともノーラヒルデは、クラヴィスに与えられたほどの快感を自身に与えることは出来ていない。

ただ、自慰は行っても胸まで自分で触れたことのないノーラヒルデには、今が正真正銘初めての自分で与える刺激であり、その事実は少なからず興奮を齎し、それ以上に知ってしまった他人が触れる指というものを超えられないもどかしさに苛立つ。

むきになっていると思われても仕方がないと、頭の片隅の冷静な部分は考える。

それでも、やり始めたことを途中で止めるつもりはない。黒竜に宣言したのもあるし、最初からクラヴィスが抗えないものを用意しなくては、連れ戻すことは困難だとわかっていたからだ。

「ヒルダ、お前は自棄になっている。自分を貶《おとし》める必要はない。それではまるで——」

供物ではないか——。

黒竜の声は重かった。人型を取っているのなら、暗い表情を浮かべ、思い切り顰《しか》め面をしていたことだろう。

もしも人型になっていたなら、もしも真横にいたのなら――飛び掛かって押さえ込み、どういうつもりなのだと問い詰めることが出来るのに。

声は聞こえるが触れる手はなく、そして未だ黒竜が動く気配はない。ただ、黒い瞳に籠る熱は増したように思う。当然だろう。発情期を迎えた竜は、その凶暴な性の衝動を何とか自制と檻で閉じ込めている状態だ。

その前にわざわざ裸体を晒し、尚且つ劣情を煽《あお》る行為を続けているのだ。

黒竜がどれだけ自身を保つことが出来るか――。

実のところノーラヒルデにはそれは問題ではなかった。なぜならば、あの竜は――黒竜クラヴィスは絶対に自分を無視出来ないとわかっていたからだ。


側にいれば手を出して行為に及んでしまうことを恐れて逃げ出した男に、これ以上魅力的な餌はないだろう。

ノーラヒルデは餌だ。黒竜に与える餌だ。甘美な餌。

竜恋華など目ではないほどの甘さと美味さと、毒を持つ。

自分から離れられないように鎖で繋いでおくのだ。ノーラヒルデという存在自体が巨大な竜を繋ぐ鎖となるように。

「ちゃんと見ているか、ヴィス。お前が味見をしただけで最後まで味わっていない体だ」

黒い瞳が真っすぐに見つめているのを肌で感じながら、ノーラヒルデはゆっくりと膝を開いた。それまでは緩く投げ出すように曲げられ、下腹部は巧妙に隠されていた。その隠された部分が少しずつ、見えてくる。

髪と同じ栗色の下生えが白い肌を彩る。服を脱いだ時には垂れたままだった部分は、胸に与えられる刺激により緩く持ち上がりかけていた。

肌から手を離すことなく、ゆっくりとなぞるように下へと降りていく左手。右膝を立て、折り曲げられた左足の間にあるものが黒竜にもはっきりと見えるはずだ。ただし、その奥はまだ隠されたままである。

右腕を膝の上に乗せ、ノーラヒルデはゆっくりと自身に手を添えて握った。

「これに触れた覚えはあるか？」

筒を持つように握られた手の中で、親指が先端にツ……と触れる。通常時とは比べ物にならないほど敏感になっているノーラヒルデの体には、それだけで震えが走り、性器の固さが増す。それも竜には見えているだろう。

握った陰茎を上下に動かすうちに完全に勃ち上がったそれは、手を離しても反り返ったまま衰えることはない。じわりと滲み出る滴を指の腹で広げるように先端にこすり付ければ、さらにぬめりは増す。

くちゅりという水音が徐々に大きくなって来た。たまに指で撫ではするが、肝心の先端を掌で包み込んで撫でることはしない。あくまでも黒竜に見せつけるのが目的なのだ。快楽を追うのは後でいい。

（そう、後だ）

体の奥深いところからうねりながら快感が押し寄せて来るが、引き摺られてはいけないと自制する。理性を頭の中に残しながら自慰に耽る姿を見せるなど、これまでなら絶対に考えられないことだが、己の体と肉欲を餌にするのは、黒竜を陥落させるためには最も有効且つ不可欠な方法なのだ。

羞恥心など二の次である。

（どうせ誰も見ていないのに、偽ってどうする。そうだろう、ヴィス）

淫猥《いんわい》な音を響かせ、そそりたつ陰茎を何度もこすり上げる。合間には胸に手をやることも忘れないが、こうなるともどかしいのが片方は常に置き去りにされていることだ。

胸を触れれば下はそのまま、下に触れれば胸が寂しい。乳首に関しては、クラヴィスに触れられるまで自身で扱うことなどなかったためさほど気にならないと思っていたのだが、あいにくその予想は覆された。

触れている時に感じるのは、記憶に残る男の熱い舌と唇だ。それがクラヴィスのものだと思うと、疼きさえ生まれてくる。

もどかしい。そしてたった一度の触れ合いで快楽を植え付けた男が恨めしい。

「ヴィス」

下肢を動かす手が速くなり、自然に楽な姿勢を取ろうとノーラヒルデは後ろに積んだ荷袋に背を倒し、膝を立てた脚を広げた。握った陰茎から手を離し、その下の袋を持ち上げて訴える。

「お前の責任だ。どうにかしろ」

「……どういうことだ」

「お前が悪い。お前が私に触れたのが悪い」

「だから俺は去った。それなのにお前は逃げるのは許さないという。矛盾している」

「違うだろう。お前が去ったのは罪悪感からで、その罪悪感は私を傷つけることを恐れているからだ」

「……そこまでわかっていてなぜ俺を引き留める」

ノーラヒルデは口を引き結んだ後、動かす手を速くした。徐々に律動が激しくなり、波が幾度も押し寄せて来る。解放は間近だが、ただで見せるわけにはいかないと唇を噛みしめるも、自然に開かれたそこから零れるのは熱を持った声だ。

（自分の声じゃないな）

こんな喘《あえ》ぎ声は出したことがない。それほどまでに竜の視線は強かった。ノーラヒルデの行為を非難しながらも、己も触れたいと望む欲望が混じって、それがノーラヒルデの全身を包んでいく。

見られているだけで得られる快感は、想像以上にノーラヒルデを侵食していった。

「来い、ヴィス」

「ヒルダ」

「……逃げるのは許さない。欲しいなら求めろ。お前が欲しいのはなんだ。富か？　名声か？　安寧とした生涯か？　一度知った人肌を忘れて生きていくことがお前に出来るのか？」

「……竜恋華の効果はまだ消えていない。あれは毒だ。微量だが長く残る媚薬《びやく》だ」

「抗え。そして新しい毒に染まれ。私という毒は竜恋華よりも強い」

わかっているだろう？　と瞳で問えば、竜の瞳は考えるように一度閉じられた。

「――お前は毒ではない。蜜だ。だが私にとっては最上の痺れを齎すものでもある」

ハッとノーラヒルデは笑った。

「わかっているじゃないか。逃げるなど馬鹿のすることだぞ」

掠れた笑い声が木霊《こだま》して弾ける。

「……くっ」

堰《せ》き止めていられるのはもう僅かだ。手を離せば寸前で止められることになるが、今のこの状況で解放しないという選択はあり得ない。

「ヒルダ、ヒルダ。俺はどうすればよかったのだ？　逃げてもお前を忘れることは出来なかった。花のせいか？　それとも発情の時期だからなのか？」

「そんなもの」

手の速さが増す。溢れる蜜は手を濡らし、もっと強い刺激が欲しいと誰かの手を欲する。

「答えはもうお前自身の口から出ている。私が欲しいと素直に言え。花の毒のせいじゃない。蜜なのだろう？　私はお前に与える蜜を持っている。ここに」

指で先端をぐいと押せば滴が盛り上がる。

一滴指で取り、黒竜に見えるように差し出す。その間、昂ぶった陰茎は放置されたままで、それが口惜しい。

「お前のものだ」

赤い舌を出し、わざとゆっくり指先を舐める。自分の愛液など一生口にすることはないと思っていたが、自然にそんな行動を取っていた。正直、味はよろしくない。が、味よりも行為が鍵なのだ。

ノーラヒルデは中断していた行為を続けるべく、震える陰茎に手を添えた。顎が上がり、呼吸が早くなる。

「んっ……」

こういう時、意識せずとも声が出てしまうのは発見だ。


下半身に熱が籠る。手が激しく上下に動き、

「ヒルダ」

黒竜の声が聞こえた途端、それまで開いていた瞼を閉じてノーラヒルデは精を放っていた。熱く白いものが胸元に掛かってトロリと落ちる。達する瞬間、無意識に外側へ倒していたために岩の上にも点々と放ったものが落ちていた。

「ヴィス……」

息が上がる。鍛えられた騎士でもこの瞬間だけは自分の鼓動と呼吸を制することは出来ないのだ。生温かい白濁が肌を伝って下生えまで降りてゆく。このまま放置すればどうなるかはわかっているが、吐精後の気怠さの中にいるノーラヒルデには、拭うのも面倒に思えてしまう。

頬は上気し、体中から色香を放つ。

「……お前という人間は……」

黒竜が初めて大きく動いた。その首をゆるゆると

左右に振る様は、人型である時に見せる仕草と変わらず、ノーラヒルデの口元に微笑が浮かぶ。

「これが私という人間だ」

ノーラヒルデは先ほどと同じようにゆるりと手を差し伸ばした。緩慢な動きに釣られるように、黒竜はノーラヒルデの顔から手へ視線を移し、それから精を吐き出して下を向いている下半身を見つめる。

見られていると感じるだけで、再び固くなりそうな己の分身に苦笑しつつ、ノーラヒルデは言った。

「来い、黒竜王クラヴィス。私はお前のものだ」

グゥゥ……という獣のように低く唸る声が聞こえる。まだ葛藤しているのだろう。だがそれも終わりだ。

パキッパキリという音が地底湖から聞こえる。最初は一つ二つと数えられるほどだった音は、次第にその数を増し、パキパキと深い亀裂を走らせる音に代わる。


ノーラヒルデの見ている前で地底湖を覆っていた氷がひび割れる。そのひび割れの発生地点――黒竜は長い首を空に向けて伸ばし、両翼を雄々しく広げていた。

黒竜の体から旋風が立ち上がりゴオォーッという音を立てる。氷に覆われていた体の下半分から、パリンパリンと氷が鈴の音を立てて剝がれ落ち、煌《きらめ》きとなって湖面へ吸い込まれていく。

そして、グゥオオオォオ……という竜の咆哮が響き渡った瞬間、頭を貫くように炎が立ち上り、これまでで最大ともいえる氷が割れる音がした。

氷と炎がぶつかり、もうもうと白い蒸気を吹き上げる。それは白い雲のように視界を覆い、ノーラヒルデは咄嗟に右腕で顔の前を覆った。

氷の礫《つぶて》は一つとして飛んで来ない。弾けた時には既に炎によって溶かされているからだ。

白い靄《もや》で包まれた視界が少しずつ開けてくる。

パシャ……パシャと水をかき分け近づいて来る音がする。

「ヒルダ」

そして完全に靄が消えた後、大きな鉤爪《かぎ》のある太い前脚を地面につけて、湖面から乗り出した黒竜がいた。

「ヴィス……」

戒めとしていた檻を破り出て来た黒竜は、人の背丈の数倍もある巨体をゆっくりと湖面から引き揚げた。ズシンと軽い地響きがするのは、二階建ての建物よりも大きな竜であることを考えれば当然だろう。膝までの小さな黒竜も、狼《おおかみ》ほどの大きさの時も可愛らしいが、滅多に見せることのない本性は魔獣としての猛々《たけだけ》しさをも垣間見《かいまみ》ることが出来る。

地面に上がった黒竜は自身の体表に纏わりついた水気をあっという間に消し去った。火を操る黒竜には容易いのだろう。

「ヒルダ」

上から見下ろす黒竜が首を動かしノーラヒルデへと寄せる。

自慰を見せつけていた時のままの裸身は、今や黒竜の目と鼻の先にあった。

開かれた脚とその奥までもが晒されている。

黒竜の首がよりノーラヒルデの方へ寄せられる。鼻先はもう肌に触れそうなほど近い。巨大な竜の顔はすぐ目の前だ。

「ヴィス」

ようやく来たな、とノーラヒルデは左腕を伸ばし、少し湿った鼻先へ触れた。体を覆う鱗は薄く青や赤の光を走らせて輝いていた。金の虹彩を持つ瞳は、大きい分いつもよりはっきりと見えた。黒曜石の珠《たま》。

その目の中に映るのは、自分しかいない。

そのことにノーラヒルデは喜びを覚えた。

「ヴィス」

「……お前は知っているか？」

黒竜は話しながら僅かに顔を上げた。触れられなくなったことで眉が寄るノーラヒルデだが、この期に及んで避けるつもりがないのは、次の行動ですぐに明らかにされた。

顎が開き、鋭い牙が生えた口が見える。食うために開かれたわけではないが、表現を変えればまさに「食う」ために開かれたのと同じなのかもしれない。

長い舌がしゅるりと伸ばされ、蒸気に触れたことによって再び粘度を持った精を舐める。

「……っあ……」

精だけを器用に舐めるには舌は大きすぎた。それに竜が味わいたいのは精だけではなく、その体すべてだ。肌の上をなぞる舌は一瞬でノーラヒルデに刺激を与えた。

温かくて柔らかく、少しざらりとした舌先が肌の上を舐め這い回るのだ。

「竜の発情は百年から五百年に一度来る」

舐めながら器用に喋る竜にはもしかして舌が二枚あるのではと思えるほど流暢《りゅうちょう》な声が、耳に届く。

「周期を長いとするか短いとするかは個体や種族によって異なるが、共通するのは一つ」

「それは……っく……っ」

下腹部――陰嚢の裏に差し込まれた舌は、そのままノーラヒルデの体を下から順に辿るように舐め上げた。陰嚢《いんのう》を持ち上げ、陰茎にぐるりと巻き付いて先端を舐め、臍《へそ》を辿って、乳首を下から弾くように強く舐めた。その刺激の強さに、思わず仰け反ってしまった体を支えようと両腕を伸ばし、左腕だけで支える。咄嗟に右腕まで動いてしまうのは、失ってからの年月よりも有った年月の方が長いのだから仕方がない。

　体勢を崩したことや強い刺激に眉が寄ったのを見た竜が、ふっと笑った気がした。

「笑うな」

「笑ってはいない。愛らしいと思っただけだ」

　今度は先ほどよりも弱い力で舌が動く。巨大な体躯に見合う大きな舌なのに、触れるか触れないかの羽根のような感触は心地よさと快感、そして物足りなさを感じさせる。

　胸の尖りを舐めては下へ戻り、腹を舐め、首を舐める。一番愛されている陰茎は早く刺激を与えて欲しいと、勃起した状態で待っている。

　欲望に忠実なのは男だから仕方ないにしても、握るよりも多くの滴を浮かべているのはなぜなのか。

（そんなもの、決まっている）

　次を待っているのだ。全身を舐められることで得られる快感は大きい。だが、それ以上のものを待ち望んでいる自分がいる。

「……竜の発情期は長い」

「どれくらい……なんだ？」

「調べたのではなかったのか？」

「調べた。だが、そこまで詳しく書かれた書物を手配するまでの猶予がなかった」

「なに、が？」

「五十年から百年だ」

「発情期だ」

　これにはさすがのノーラヒルデも目を丸くした。

「そんなに……？」

「そうだ。その間に番を見つけ、交配をする。その番は竜にとって唯一の番だ。発情期の間はその身を合わせる。子が独り立ちし、発情期が終われば別れる竜も中にはいるが、ほとんどの竜は番った相手と添い遂げる」

「……ヴィス、お前は？　お前はどうだったんだ？」

気が遠くなるほど長く生きている黒竜は、これまでに何頭の竜を相手にして来たのだろう。考えて、むっとなったのがわかったのか、竜が顔を舐めた。その目は愉快そうに細められている。

「俺が他の竜と交わったと考えただろう？」

「話の流れからすれば当然だ。番の一頭や十頭いたと言われても驚かないぞ」

「そんな節操なしではない」

「……嘘だな」

「嘘ではない」

「魔獣の王だったお前に擦り寄る奴らは多かっただろうに」

右腕を負傷した時と今回で数体の竜を見たが、贔屓《ひい》目《き》ではないがクラヴィス以上に竜らしい竜はいなかった。覇気は勿論のこと、鱗の輝きも何もかもが勝っていた。もしもクラヴィスに並ぶ竜がいるとすれば、シルヴェストロ国の象徴ともいえる黄金竜か。

どちらにしろ、雄《おす》にも雌《めす》にも魅力的な個体だと思う。

（人と魔獣とでは感じ方が違うのか？）

しかし、人よりも力を重視するなら尚のこと黒竜と番いたいと願う竜は多かったと思うのだが。

「確かに擦り寄られはしたが」

黒竜は喉元を震わせてククッとくぐもった笑い声を零した。

「発情期は重ならなければ意味はない。その点で俺は誰とも重ならなかっただけのこと」

正確な年齢を尋ねたことはないが千年以上生きていそうな黒竜がどの周期にも合わなかったのは考えられない。

「その顔はまだ疑っているな」

「当たり前だ。マリスヴォスが色事から足を洗い、フェイが真面目になるのと同じくらいに信じられない」

「……ヒルダ」

心なしか黒竜の声に不満げな音が混じる。

「俺は奴らと同じ括りなのか？」

「私が一番信じられない喩《たと》えを出しただけだ。さすがに一緒だとは思っていない」

逆に言えば、彼らほど目標に向かって見境なしに突っ走ることが出来たなら、今のこの状況はあり得なかっただろうな、と思う。彼らは考えるよりも先に行動する。一応は熟慮の上での行動だとはわかっていても、後先考えていないだろうとこめかみが痛くなったことは数知れずだ。

「交尾や番の有無についてお前が信じられないというのはわかる。だがヒルダ」

黒竜の顔が近づき、鼻を首に埋め、腹にこすり付けるように寄せる。犬猫ならば可愛げのある動作だが、鱗を持つ巨大な生き物では可愛さは半減する、普通なら。しかし、この時のノーラヒルデは、自分に懐いている態度を隠しもしない行為を嬉しいと感じた。

別の言葉で言えば独占欲だ。

大いなる魔獣の王が欲するのは自分だけ。自分にだけ発情している事実は、人や男としてというよりも生き物として最上の栄誉に感じられた。

女王様と下僕。

騎士団の中でたまに冗談まじりに言われる言葉は、今の自分たちにぴったりではないか。

そんなことを考えていたノーラヒルデは、

「――俺が番にしたいと自分から願ったのはお前だけだ」

耳元で囁かれた声に体を震わせた。至近距離からの声は普通に喋っても人の耳には大きく響く。だから黒竜は地面に上がった時から声を潜めてはいたのだが、抑えに抑えても溢れ出る恋情――劣情と言い換えてよいのかもしれない――は、全身を激しく打った。

「竜の番は一生だ。他の雄への気移ろいは許さない。お前の生のすべてが俺のものになる」

「それがどうした。私の損になるものはないぞ。それにヴィス、お前は勘違いをしている。お前のすべてが私のものになるんだ」

黒竜は瞳孔を細めた。どうやら笑っているらしい。

「お前らしい、ヒルダ」

竜の顔が下がり、鼻先が軽く突いただけで簡単に両脚は大きく開かれた。その足の間に顔を寄せ、陰茎を少しだけ出した舌先で舐めた黒竜は、その奥をさらに突いた。

押されたわけではないが体勢の変化に背中から仰向けに倒れる。敷物とまとめて置いていた荷物のおかげで固く冷たい地面で背を打つことはなかったが、

「ヴィスッ」

陰嚢から会陰《えいん》を舐めた舌が、誰にも侵入を許したことのない箇所に触れた。きゅっと力が入ってしまったのは、驚いたからだ。拒否したわけではない。黒竜もそれはわかっていたようだ。

「お前から雄の精の匂いがしたことはなかったから未通なのはわかっていたが、慎ましいものだな」

「ひっきりなしに寝所に引き込む奴らと一緒にするな」

「褒めているのだぞ？　俺が一緒になってからは発情した人間は追い払って来たが、その前のことまではさすがにな」

黒竜でいる時には下僕扱いされるクラヴィスだが、魔術師団長クラヴィスは、ノーラヒルデ副長の愛人とも実しやかに囁かれている。恋人という甘い響きがその中にないのは、二人の力関係ではノーラヒルデの方が上だと思われているからだろう。その認識を間違いだとは確かに言えないとは思う。

「これまでは抑えて来た。だがこれからは違う。ヒルダ、お前が俺を解き放った。俺の枷を外し、檻か

ら出ろと誘惑した」

舌の動きが少し早くなる。それに合わせて黒竜の体が少しずつ小さくなる。錯覚ではない。人型を取れるだけでなく、自分の体の大きさを自由に変えることが出来る黒竜なら呼吸をするように簡単に、自在に変化出来るのだ。

建物よりも大きかった巨軀が平屋の屋根までの高さになり、人の高さにまで変わる。そうなると圧迫感はなくなるのだが、

「ヴィス……っ」

小さくなった前脚はノーラヒルデに傷をつけることなく、爪の先で乳首を弾く。立てた膝の間に体を挟んだ竜の小さくなった舌は、より細かいところまで丹念に舐めることが出来た。

何度も舐められたせいで陰茎は固く勃起する。自然に伸ばされた自分の手が握って動かせば、先端を舐めるのは黒竜だ。


「お前が言ったのだぞ、ヒルダ。すべてを食らい尽くさせてもらう」

黒い瞳が細められ、二人だけの饗宴が始まった。


食らうという表現は決して誇張ではなかった。

竜の姿のままクラヴィスはノーラヒルデの体を余すところなく味わった。

「待て、焦るな……というのに……っ」

完全に仰向けになったノーラヒルデを眼下に、黒竜が舌を這わせ、時にその鋭い牙で嚙む。力が入っていない甘嚙みなので痛さはないのだが、むず痒さは耐えようがない。首を嚙み、耳を嚙み、胸も鍛えられた腹筋のある腹さえも対象になった。

(柔らかな腹ならいいのだろうが)

フェイツランドや重装備を担当する騎士たちに比べれば劣るとは言え、武人の体に無駄な個所はない。

硬いところに歯を立てられる時のチクリとする痛みだけには、早く他の場所に行ってくれと声に出さないが願った。執拗に胸を舐めれて、逃れるように黒竜の頭を下へと押しやったのは自分だが、その結果、下半身を念入りに舐められたのは当然の成り行きだ。

先端はもう何度も舐められ、零れる滴はすべて竜の口の中だ。時々はその下にまで舌を伸ばすが、動くときの擽ったさは、慣れないノーラヒルデの足を閉じさせようとする。その都度黒竜が押し開くのだが、

「ヴィス……いつまで舐めているつもりだ」

「全部味わうまでだが？」

「……そのままの姿でするのか？」

竜は考えるように首を傾げ、横に振った。

「いや。人の姿になる。いくら姿を小さくしても、小さすぎては役に立たず、この大きさではお前も辛《つら》かろう」

辛いというのが何のことなのかは、先ほどから竜の体の中から出たり入ったりを繰り返している生殖器で明らかだ。

竜の生殖器は下腹部に収められており、必要な時に体の外へ出てくる。それ自体は他の生き物でも同等の性質を持つ種があるため奇異ではないが、

「それはありがたい」

さすがに竜のままで交尾をする気にはならなかった。忌避ではないが、形状が違えば躊躇《ためら》いもする。慣れればという気もさらさらない。

ノーラヒルデの視線を受けた黒竜は目を閉じたが、その瞬き一つの間に黒竜の姿は消え、人と同じ姿をした黒髪の男の姿があった。

「……ヴィス」

「これでいいか？」

「それでいい。だが、一つだけ言わせろ。なぜ服を着ている」

　クラヴィスは黒い法衣に包まれた自分の体を見下ろし、苦笑した。

「悪い。いつもと同じようにしてしまった」

　どういう仕組みか知らないが、黒竜が人型になる時には衣類を纏っている。黒い鱗がそのまま衣類になったと錯覚したくなるほどに、黒はすんなりとクラヴィスにも馴染《なじ》む。常ならばそれでいい。国王やフェイツランドとの連絡役を務め、時には使者として他国を訪れることもある黒竜は、常態で衣類を身に着けている必要があるのだ。鎧でも騎士服でも似合いそうだが、本人は楽な方がいいと言って法衣を好んで纏っていた。

　法衣には不似合いな大剣を横へ置き、細かな模様が織り込まれた帯が解かれファサ……と音を立てて落とされる。緩く纏う法衣は簡単に足元で黒の塊を作った。

「これで文句はなかろう」

　黒竜がいた同じ場所に人の姿をしたクラヴィスが膝をつく。竜でいる時には金が強く出ていた虹彩は焔の色を燃え立たせ、ノーラヒルデを見下ろしている。

「これでお前を」

　俺のものに出来る——という言葉は、塞がれた唇の中に消えた。

「ヴィ……ヴィス……ッ」

　覆い被さられたと思ったら即座の口づけに琥珀色の瞳が見開く。黒竜でいる時に鼻先をつけ、口づけることはある。寝込んでいた時に口移しに飲み食いをしたこともある。だが、行為を前提にした口づけは初めて交わすものだ。

　しかし、ここでクラヴィスにいいようにされるわけにはいかないと、口内で蠢《うごめ》く舌に自分の舌を絡ませた。目の前の瞳が見開かれたことに溜飲《りゅういん》が下がり、尚もこちらから仕掛ける。

「お前という男は……」

口角を上げたクラヴィスが顔を離し、濡れて光る唇を舐めながら言う。

「それでこそ竜の番、俺の番に相応しい」

再び被さって来た唇は先ほどの比ではなく激しかった。食われるという表現も誇張ではなく、少し尖った歯に舌が触れるたび、それを実感する。口の中での狭い攻防は引き分けで、離した時の二人の顔はどちらも紅潮していた。互いに発する情欲の炎がこれからもっと大きくなるのも簡単に予想される。

「ヒルダ」

クラヴィスの手がノーラヒルデの頬を伝い、首に触れ、胸に降りていく。だが手はそのまま下がって、代わりに温かい口の中に乳首を含まれた。

「……お前の味だ。変わっていない」

「そんなにすぐに変わってたまるか。お前が……ッ……散々齧ったところだろうがっ」

甘噛みしたまま男が笑う。横に落ちて来た長い髪が脇に触れるたび、痺れが走り、ノーラヒルデはくっと目を閉じた。

「そうだな」

軽く数回食んだ男は、顔をそのまま下へと滑らせた。肌をなぞるのは、竜の時よりも弾力と丸みのある人の舌。力の加減をしながらも、耐えきれずに歯を立てるのは、表面に見せているほど余裕がないのだろう。

大きな手が陰茎を握り、息を吹き掛ける。

「これを食うのも夢だった」

竜でも夢を見るのかと笑いたかったが、あいにくノーラヒルデにもそんな余裕はなかった。

「お前、人の姿で誰かと交わったことがあるのか?」

「いや?」

「それにしては手慣れて、いる」

「もしも手慣れているとすれば、手本のせいかもしれない」

「手本？」

そうだという言葉は咥えられたまま発せられ、微妙な舌の動きに黒い頭を手で押さえる。

それよりも手本の方が大事だ。行動範囲が狭い黒竜が手本にするならば――。

（該当者が多すぎる……）

エイプリルの腸詰事件のように騎士団宿舎内で行為に及ぶ者もいる。室内に籠ったまま出て来ない男もいる。破天荒な性活動で有名な二人を除いたとしても、節度ある行為に及んでいる騎士は多い。さすがに彼らにまで目を吊《つ》り上げるほど物分かりの悪いノーラヒルデではないが、どこでも見境なく行為に及ぶのは問答無用だ。

（たぶんマリスヴォスだな……）

赤毛の若者の笑顔を思い出し、余計な知恵をつけさせるなとムッとする。それにフェイツランドだ。

「夜の散歩の途中、宿舎の前を通る時にはよく聞こえる。黄金竜があの子供に食いついているのを」

あの細い体でよくも無事だと、クラヴィスはエイプリルの方に感心しているが、

「……お前、覗き見していたのか？」

「様子見だ」

どこが違うのだと眉を寄せたノーラヒルデに対し、男は悪びれずに言う。

「苦しげな声が聞こえて来たら見に行きたくなるだろう？　それが自分の縄張りなら知っておくのは務めだ。何かがあってからでは遅い」

「ヴィス、それは……」

余計なことだと言おうと思ったが、獣ならば当たり前のことなのだと口を閉ざす。悪気があったのでも好奇心でもなく、純粋な気持ちから来る行動を咎めるのはさすがに駄目だと思った。散歩と言ってはいるが、本人は巡回のつもりなのだろう。ルイン国

の危機の時、フェイツランドがエイプリルを無理やり抱いたことがあったが、あの時に騎士団内に黒竜がいたなら、扉が蹴破られ、行為も中断されていたかもしれない。あの頃の黒竜は、国の使者として国内外を飛び回って不在だったのがエイプリルにとって不幸で、フェイツランドにとっては幸いだったのか。

(どちらとも言えないな)

場合によっては宿舎そのものが破壊されていた恐れもある。

(そんなことはどうでもいい)

愛撫を受けながら冷静に考える力が残っていることに感謝しながらも、これだけは、と昂ぶったものを咥えている男の顔を見上げて思う。

(……自分のものを咥えているのを見るのはなんというか……)

初めて男同士の行為を見てしまった時にエイプリルが受けた衝撃がよくわかる気がする。決して綺麗な光景ではない。美貌の主のノーラヒルデにしても、生殖器は別だ。筋を浮かべて濃い色をした肉の棒は、唾液に濡れて光っている。先端は端正な男の唇の中に含まれ、目を背けたくなる。会話をしているうちに理性が戻って来たのは、もしかすると余計なことだったのかもしれない。熱に浮かされたまま貫かれてしまえば、分析などすることはなかっただろうにと自分を叱りたくなる。

(いやそれよりも)

ノーラヒルデが黙ったことで再び口に含んで吸い始めた男へ命じた。

「真似はするな。フェイの真似をしたお前に抱かれるなど、気分が悪くなる。マリスヴォスも同じだ」

「では我流でよいと?」

「はっ」

ノーラヒルデは笑った。

「我流も何も、初めて人を抱くのだろう？　お前のやりたいようにしろ」

「それは命令か？」

「命令であり、願いだな」

「承知した」

身を起こしたクラヴィスが頬に触れ、意外に優しい口づけが唇の上に降りて来る。

「では私の思うままに振る舞うとする」

「最初からそれで……あッ」

口づけが離れた後のクラヴィスはノーラヒルデの肌の上に赤い痕を残していった。首から肩、胸に腹に足の付け根まで、すべてに印をつけて回った。二の腕の途中で切断された部分には、何度も口づけられた。歯型もついているかもしれない。自分の餌だと誰の目にも明らかにするように。

「ヴィスッ、それ以上吸うと……！」

執拗に口淫を繰り返され、ノーラヒルデの息が上がる。このままではまた達してしまうと、男の頭を押しやるが、さっきは簡単だったのに頭は動きはしない。それどころかますます激しく吸い付いてくる。

「ヴィ……っくっ……」

下腹部の奥から押し寄せる熱が温かい口の中で弾けるのがわかった。白濁は男の喉に叩きつけられたのか、ごくりと飲み込む音がした。

「……飲んだのか？」

荒い呼吸を整えながら尋ねると、残滓《ざんし》がついた先端を舐めたクラヴィスは満足げに目を細めた。

「飲んだ。甘かった」

「嘘を言うな」

さっき自分で舐めた時には生温かくて言葉にしづらい味だと思った。苦さはなかったが、決して甘いとは言えない代物だ。だが、竜には違うのか。

「そうか？　俺には蜜のように甘く感じられたぞ。それによい匂いがする」

もう一度味見をするように先端を舐め、舌を小さな穴の中に差し込んで残りを掬《すく》い出そうと動かす。

「おい、そこは」

達したばかりでも触れれば敏感なままの体は、即座に反応を示した。既に二回も達しているというのに、己の精の力にはノーラヒルデ自身もびっくりだ。

制止の声も虚しく、中をぐいぐいと弄《いじ》られたものは硬度を取り戻した。さすがに完全に勃ち上がりはしていないものの、そうなるのは時間の問題だろう。

味見をしたクラヴィスは自分の濡れた唇に指を当て、小さく頷いた。

「やはり甘い」

「竜の味覚はわからないな」

「お前も味見するか？」

「遠慮する」

それがノーラヒルデ自身の放ったもののことだと判断し、即座に断った。挑発のために舐めはしたが、好んでそうしたいものではない。

（それとも……）

ノーラヒルデの視線はクラヴィスの下半身へ注がれていた。そこは既に屹立《きつりつ》し自己を激しく主張させていた。形状は人と変わらない。だが大きさは……。

緩く首を振る。大きさに対する恐怖はないとは言わない。だが、別の感情が湧いて来たのも確かだった。

「ヴィス」

ノーラヒルデが上半身を起こそうとしているのに気づいたクラヴィスが肘を摑んで引き起こす。そのままノーラヒルデは存在を主張する雄の部分に手を伸ばした。

「……熱いな」

「お前を求めているからだ」

誓って言うが、他人の陰茎——それもそそり立ったものに触れたのはこれが初めてだ。蹴り飛ばしたことは何度もあるが、自分から手を伸ばして触れたいと思ったのは目の前のこれだけだ。

　クラヴィスの手が背中に回り、ノーラヒルデを胸に引き寄せ緩く抱き締める。裸のまま寄り添うように座ると、冷たいはずのこの場所が温かく感じられた。

「これも人と同じ形をしているのだな」

　しみじみとした感想にクラヴィスが喉の奥で笑う。

「竜と同じだと思っていたのか？」

「いくらなんでもそれはないだろうと思ってはいたが、大きさ以外は普通だな」

「小さいのか？」

　今度は緩く握って上下に動かしながらノーラヒルデが笑う。

「逆だ。体格からすれば妥当だとは思うが」

「赤毛や黄金竜もこのくらいはあるだろう」

「……ヴィス、間違っても私はあの二人の勃起したものを見たことはない。湯浴みで見ることはあってもそれは通常時のものだ」

　会話を続けながらも体の奥にある情欲の炎は緩く燃え続けている。最大に燃え上がったのが絶頂時だとすれば、今は半分以下の大きさだが、二度達した体にはこの短い休息はありがたい。

　自然に触れているノーラヒルデの手の上に、一回り大きな手が重ねられる。驚きを表情に出せないでいると、黒竜は手の動きを速めた。

「もっと強く握れ」

　返事はせず黙って握る力を強くする。そのうちクラヴィスの手は離れ、ノーラヒルデの髪や背中を撫でながら、尻の方へと降りていくのに気が付いた。

「ヒルダ、こっちに」

　膝の上に座ると、すぐに背中から尻の間を掌と指が往復する。ぞわりとした何かが背中を走ってあまり気持ちがよいものではないのだが、そのままにさせて自身は陰茎を扱《しご》くことに意識を集中した。寄り掛かる胸の突起に悪戯心が湧き、顔を寄せて舐めた時にビクンと反応したのは面白かった。すぐに勃ち上がったのを口の中で確認して満足したノーラヒルデは、手の動きを速くしながら先端を包むように刺激を与えた。

徐々に熱くなる雄々しいもの。

奥をなぞる指。

しばらくはそのまま互いの行為に熱中していたが、

「ヒルダ」

クラヴィスが我慢しきれないというように掠れた声を上げげた。瞳は情欲に濡れ、何を求めているのかをはっきりと訴えている。

「いいぞ。言っただろう？　お前の好きにしていいと」

ひときわ強く握って上下に動かしながら頷くと、体はあっという間に仰向けにされていた。覆い被さるクラヴィスは飢えた獣の目をしていた。

労《ねぎら》われているなと、体の奥をまさぐられながらノーラヒルデは思った。

仰向けにされたのは交わる部分を確認し、馴らすため。唾液に濡れたクラヴィスの指がノーラヒルデの尻の穴に入り込み、異物感が和らぐまで馴染ませようと動いている。

（腕があればもっとヴィスも楽だったのだろうか？）

最初はノーラヒルデの体を腕で持ち上げていたクラヴィスだが体勢的に行為がしづらいと、丸めた外套や法衣を腰の下に入れ、浮かせた状態で目の前に晒している。場所が場所だけに触れにくいのだ。

うつ伏せなら腰を高く上げればいいのだが、右腕の問題がある。支えるだけなら左腕でも可能だが、治ったとはいえ切断部分を固く冷たい地面の上に押し付けることを、クラヴィスが嫌がったのだ。

　穴を解しているのと別の手は体をまさぐりながら、気を散らせようと時々陰茎に触れ、肌に口づけが降りて来る。

「ヴィス、まだか？」

「……わからん。俺のが入るには小さすぎる」

　熱心に動かす指はそのままに、クラヴィスの返事は何とも頼りないものだった。

「お前、まさか自分のと同じ大きさに……その……入り口が広がるまでそれを続けるつもりだったのか？」

「でなければお前が辛いだろう？」

　この竜は……と呆れるが、呆れの中にはそれほどまでに神経を使っているという喜びもある。今すぐにでもその凶暴なものを収めたくて仕方がないだろうに、ノーラヒルデの都合を優先する。

「……いい。もうそのままでいい。お前も辛いだろう？」

「辛くはある。早くお前の中に入れて思う存分突きたい」

「それなら」

　起き上がりかけたノーラヒルデをクラヴィスの手が押し返す。

「竜は精が強い。一度埋めてしまえばその後は竜の本能が俺を支配するだろう。傷つけたくはない。だが傷つけないと断言は出来ない」

　それこそが逃げ出した理由だ。激しく抱くだろう。もう抜いてくれと言われても行為はそのまま続けられるだろう。気を失っても離さない可能性の方が高い。

「私を食うか？」

　文字通りの意味で、と問えば、微妙な間が生じた。どうも自分としてはそんなつもりも流血させるつもりもないが、発情期の竜の衝動がどう作用するか、クラヴィス本人にもわからないらしい。発情期そのものは経験していても、惹かれる個体がいなかったという経験不足によるものだ。

「竜の交尾は命がけなのだな」

「そうだ。交わりは激しく長く、凶暴だ」

「……仕方ない。それがお前たちの本性なのだからな。それに私はもう覚悟は出来ていると言っただろう？　逃がさないとも言った」

ノーラヒルデが身をずらすと指が抜けた。曲げた指先が内部を擦《こす》っていたので穴の奥がむずむずする。

「誘ったのは私だ。私がお前を欲した。お前を逃がさないためにこの体が必要ならいくらでも使うぞ」

微笑んだノーラヒルデはそれまでとは逆に立ち上がると男を押し倒した。軽い動作ではあるが、名のある武人の動きに反応が遅れたクラヴィスはそのまま背中から倒れてしまう。

「ヒルダ、何を……」

起き上がりかけた男の動きを腹の上に乗ることで抑える。太腿《ふともも》に力を入れて起き上がれないよう締め付ければ、こちらの勝ちだ。

裸でも情欲の中にあっても騎士は騎士。ノーラヒルデは置いた着物の中から腰紐を引き寄せると、馬乗りになった体を上にずらし、口と手を使って手早く男の腕を縛り上げた。これは様子見だったクラヴィスに隙があったとしか言えない。たとえ乗り上がったノーラヒルデの体に見惚れていて反応が遅れていたとしても、とノーラヒルデはくすっと微笑を浮かべた。

「千切るなよ。もう一度結ぶのは難しいからな」

解こうと動かす男の体からもう一度下り、下腹部の上に腰を据える。

「お前は黙って私だけを見て、欲していろ」

言いながら左腕を後ろに回すと、探すことなく目的のものがすぐに触れた。先端は柔らかく、茎は硬く熱い。

「壊れようが食われようが、どちらでもいい。お前が気にすることじゃない。覚悟など疾うに出来ていると言っただろう？」

触っているうちにノーラヒルデの分身もまた上を向く。そこにも刺激は欲しいがそれは後回しだ。もっと熱を欲しがっている場所がある。そこを埋めてしまわなくてはいけない。

ノーラヒルデの腰が上がる。

「ヒルダ」

「私はお前のものだよ、クラヴィス」

片腕で胸板を押さえ、上体を傾けて唇に触れる。触れただけですぐに唇を離すと、ノーラヒルデは片手でしっかりと熱い塊を握り、その上に腰を下ろした。

「……ッ」

最初に触れたのは柔らかな先端。柔らかい分、すぐには入り込まず落とす腰を深くする。少しずつ力を入れて落としていくと、クラヴィスに解されていた穴が広がり飲み込んでいくのがわかった。

「……さすがに……」

きついと言えばいいのか、侵入されるものの大きさは見た目を上回っている気がする。鈍痛というよりも重い何かが体の中にある……そしてそれは決して間違ってはいない表現だ。

ノーラヒルデはふぅと息を吐くと、自分を見つめる男の顔を見返した。困惑が少し、それ以外には愉悦、少し苦しそうなのは先端を入れただけで止まっているせいで、締め付けられているからだろう。それでも自分から動こうとしないのは、ノーラヒルデのすることに興味が勝っているからだろう。

少しいい気分になった。主導権は自分にある。気をよくしたノーラヒルデだが、

（私らしくないな）

と、今の自分を判断する。

自分らしくない、つまりは受け入れることを躊躇っているように見えることだ。意識の上では既に受け入れているが、これはただ「入れた」だけだ。それは情交ではなく、交歓でもない。

もう一度息を吐いたノーラヒルデは先端が引っ掛かるくらいまで腰を少し上げ、それからクラヴィスの腹の上に手を置き、笑った。

「ヴィス、思う存分味わえ」

そのまま一気に腰を落とす。

「くっ……！」

「ンッ……！」

衝撃に息が止まりそうになり唇を引き締め、苦悶《くもん》の表情で天を向く。一気に奥まで貫いたものが、体の中に埋まっているのをしっかりと感じる。先端だけの時には得られなかった何かが、体の中を走り抜けていくのも同時に感じていた。

目尻に自然に涙が滲む。そんなノーラヒルデの腰にいつの間にか紐を外していた手が触れた。

「お前は……思い切りがよすぎる」

微笑みながら腰を撫で、背中に触れ、尻に触れる。

「お前が早くしないからだ。我慢は体に悪いぞ」

「お前の気の短さを忘れていた」

シルヴェストロ国騎士団第二副長ノーラヒルデは決して短慮でも短気でもない。城の重鎮にも重用され、騎士たちからの信頼も厚い。慕っている新兵は多く、城下町の人々との付き合いも良好だ。性格が多少きついのは生真面目さから来るものであり、人に当たり散らすことはない。ただ、ノーラヒルデが怒りたくなることを頻繁に仕出かす面々がいて、人前でも遠慮なく叱りつけ罰を与えることから、そんな印象を持たれているのだ。下僕に対する遠慮のない接し方も、当然そこに含まれる。

「逆に私の方が信じられない。あれだけ私を欲して

いながら、これを入れるまでにやけに長く掛けるな、と。愛撫も何もなく、さっさと入れられるかと思っていた」

「いくら俺が竜でも、お前にそれをすればどうなるかくらいはわかる。むしろ自制を褒めて欲しい」

ノーラヒルデは笑いながら体を倒し、口元に口づけた。角度が変わった中のものが微妙に擦れ、眉が寄ったのを見て黒竜が笑う。

「動いていいか？」

「動くぞ」

同時に口にした言葉に顔を見合わせ笑い、今度は少し深く口づけた。

「魔獣の王を下にして征服出来るのは私だけだろうな」

「ああ、お前だけの特権だ」

ノーラヒルデは背を起こし、ゆっくりと腰を上下に動かし始めた。今はただ入れているだけの異物感と充足感があるだけで、快感には程遠い。最初はゆっくりと静かに抜き差しをする。動かすたびに中で先端が引っ掛かり、擦れ、少しずつ動きは速くなった。

「なんだか、妙な……気分だ」

体の中が熱くなる。自然に左手は自分のものに添えられていた。腰を動かすのに合わせて一緒に手の動きも速くなる。

「ヒルダ、俺も手を出していいか？」

好きにしろ、と目で言えば、腰に回る手。何をするのかと思っていれば、いきなり下から突き上げられた。

それこそドンッとでもズンッとでもいうほどの衝撃が脳天まで突き抜ける。最初に貫通させた時よりも激しく重かった。

「ヴィ……スッ！」

「これからだぞ」

文句を言って睨みつけるも、情欲に染まった男は気にした素振りも見せずに再度腰を動かした。自分で動くよりも与えられる刺激の大きさに、思わず前に手をつきたくなるが、そこは自尊心が邪魔をした。

「受けて立とう」

どちらが快楽をより相手に与えるか、どちらが先に理性を飛ばすか。

ノーラヒルデは下からの律動に合わせて、自ら腰を激しく動かした。本来なら、餓えた竜はもっと大きく動きたいだろうに、ノーラヒルデに合わせてくれている。男を受け入れたのはこれが初めてで、他人の経験など聞き流す程度で一般的な知識しか持っていない。それでも熱は伝わった。欲望は欲の棒としてノーラヒルデを貫き、中を穿《うが》つように突く。

「やり……」

零れた言葉の意味がわかったのか、クラヴィスが添えた手に力を入れてノーラヒルデの体を浮かし、先端が掠める程度のところまで抜く。

「槍か。槍の扱い方はどうなのだ、副長」

「手は……外れないようにしっかりと握り、腰を入れて足を踏み出すと同時に一気に突き出す」

ノーラヒルデが「槍」に触れた。

「躊躇いは不要だ」

「承知した」

身構えたノーラヒルデの内部を、下からの衝撃が襲った。深く、どこまでも深く貪欲に、それこそ頭の先まで貫くほどに、激しい突き上げにノーラヒルデが自身を握る手にも力が籠る。

敷物はあるが下は固く冷たい地面だ。動かしているクラヴィスの腰も幾度もそこで跳ねている。それでも止まることのない律動は繰り返され、

「ヒルダ……ッ」

奥深くまで差し込まれた陰茎が大きく膨らむ。

「来い、ヴィス」

咥えた場所に力を入れ締め上げれば、呻《うめ》く声がした後、激しい抽挿が始まった。入れて出して、突く。ただそれだけの繰り返しだが、締め付けられるものも、擦られる内部も、どちらもが高みを目指し感覚を高める。

腰を摑む手に力が入った。爪が脇腹に食い込むが、それも気にならないほどノーラヒルデ自身が昂っていた。

そして最奥まで叩きつけられたものが爆発する。

「ッ……ッ！」

熱い飛沫《しぶき》が注がれるのを頭の中で感じながら、ノーラヒルデは自らも精を放っていた。白濁が下にいる男の首まで飛ぶのをぼんやりと眺めながら、ノーラヒルデは体の中に黒竜王の精を受けた初めての生き物だという自負が生まれるのを感じた。

疲れ果て、気を失うように倒れ込んで来たノーラヒルデをクラヴィスは思い切り抱き締めた。

白い蒸気が地底湖の岸に近いところにもくもくと沸き立つ。冷気ではなく、温かみのある本物の蒸気だ。その発生元は黒竜が操る火により冷水から一部だけ湯に変化した箇所である。

氷漬けにされていた時より二回り以上も大きさを変えた黒竜が、その身から発する熱により水を温めているのである。浅い場所なので竜は自らの体を使って湖の一角を隔離して冷たい水が浸入してこないように調整し、四肢を折った伏せの姿勢で湯の中に浮かぶ白い人を愛《いと》しげに見下ろす。

「まさかこんな地底で湯に浸かることが出来るとは思わなかったな」

裸身を透き通った水――湯に委ね、ノーラヒルデは感心した声を出した。地の底に湯が沸く場所があることは知っているが、ここは水晶窟であると同時に氷窟でもある。それは湖の周囲に立つ氷柱《つらら》からもわかる通りだ。クラヴィスがここに己の身を閉じ込めたのは、元が火に適性があり自分に不利に働くのを知っていたからだ。結局は、愛しい男の呼びかけにあって苦手な氷で身を閉じ込め、頭と熱を冷やすことは出来なかったが。

ノーラヒルデはゆっくりと自分の体を手でなぞった。見える範囲だけでも赤い痕跡が花のように散っている。自分では見えないが、背中にも首にも同じように咲いているのだろう。

互いを貪るように抱き合い、交わり、まさに交歓の限りを尽くした体は、それはもう悲惨なことになっていた。互いに吐き出した精で体の至るところが侵されていたからだ。行為の最中は何とも感じなかったが、意識が冷静に傾くとさすがに恥ずかしい。

こういうものは後悔とは違い、自身が乱れに乱れた証拠を突きつけられたようなもので、一種の照れ隠しでもある。後から思えば恥ずかしいくらいに必死だった自分を思い出すものの、そうしなければ引き戻すことが出来なかったと思えば、やったことに後悔はない。

ピチャンと水音を立てて、自分を寄り掛からせている黒い鱗に触れる。硬い鱗だが普通にしていれば怪我をすることもない。水温よりもほんのりと温かい体温が伝わってくる。

「遠征の時にお前がいると野営でも湯の心配をしなくてよさそうだな」

「連れて行けというのにいつも置いていくのはお前だぞ」

「陛下との連絡を迅速に確実に務められるのがお前だけだから仕方がない」

「……それだから名ばかりの魔術師団長と言われるのではないか？」

不服そうな色を台詞の端に聞き取り、ノーラヒルデは仰ぎ見た先にある黒竜の顔を見た。

「驚いたな。お前でも噂を気にするのか」

「そこまで気にしてはいないが……いや、やはり気になるのだろうか。お前の愛人と言われるのは構わないが、お前の評価が落ちるのは好ましくない」

「評価も何も、魔術師団について詳細を知っているのは限られた一部だけだから、噂が独り歩きするのは仕方がない。大っぴらに出来るものでもないしな」

まさか魔術師団の構成員は少数で、そのうち研究員以外の実質的な団員が団長を兼ねるクラヴィスだけとは誰も思うまい。シルヴェストロ国騎士団の切り札でもある魔術師団だが、表立って活躍した場面はない。魔獣が絡んだ今回の争乱こそ魔術師団の見せ場だったが、肝心の団長が出奔してしまっているためその機会はまた後日ということになった。

「お前——元魔王がシルヴェストロ騎士団にいることは隠しているわけではない。わかる者にはその力の片鱗くらいは感じることが出来るはずだ」

それを封じるために使われたのが竜恋華。

だがそれだけ手を回しても元国王ガラハが勝つことが出来なかったのは最初から実力差があったとしか言いようがない。たとえはぐれた魔獣を「新魔王」が率いていたとしても、ノーラヒルデが片腕一本と引き換えに魔獣の群れを殲滅《せんめつ》させたように、腕の立つ騎士が多いシルヴェストロ騎士団が負けるわけがない。深紅の団旗が翻る戦場で、シルヴェストロ国の負けはないのだ。

「今回の件について、本来なら公的にお前に罰を与えるのが筋なのはわかるな？」

「わかる」

戻ると決めたからには素直な黒竜の態度にノーラ

ヒルデは満足げに笑みを浮かべた。

「問題は、魔術師団長が出奔したのを知っているのは私やフェイの他には陛下と数名だけということだ。ほとんどはいつもの遣いで不在だと思っている」

「つまり俺はどうすればいいのだ？」

「公的な処置は保留だ」

「それでいいのか？」

まさか大いなる逃亡がお咎めなしなのかと驚いたように顔を寄せて来た竜の鼻の上をぺしりと叩く。

「公的なものは、と言っただろう？　私的な仕置きは当然させて貰う」

「……お前の仕置きか……」

嫌そうなというよりも、人型だったなら腰が引けた姿になりそうな声で黒竜がぼそりと呟く。

「当たり前だ。お前を連れ戻しに来たことについては私自身の意志だから、ここに来るまでの労力その他についてお前に責を負わせるつもりはない。だが、家具や窓を壊した件についてはきっちり償って貰うぞ」

黒竜は首を上げて空を見上げた。頭上はいつの間にか暗く、天井遥か上に空いた丸い穴からは星が煌いているのが見えた。

「ヴィス」

呼ばれた黒竜が下を向く。

「……わかった。償う」

「私がお前に求めているのは二つだけだ。私の元へ戻ること、それから己の暴走で破壊したものについての弁償と罰」

「お前を襲ったことは？」

「言っただろう？　そのことに対して私は一度も怒りを覚えたことはない」

「ならば」

と、黒竜が再び顔を寄せ、ノーラヒルデの頬に甘えるようにこすり付ける。

「またお前を抱いてもいいのか？　また俺と交尾してくれるのか？」

「何を間抜けなことを」

ノーラヒルデは竜の顔を撫で、黒水晶の鱗に唇を寄せた。

「それが番《つがい》というものだ」


番――。人でも獣でもそれは自分を捧げ委ねる相手だ。種族によって形式は異なっても、互いに離れられない無二の存在なのは確かである。それを――ノーラヒルデは実感していた。

地底湖に来て黒竜と初めて体を繋げた日から五日、途中で休憩と食事を挟んだ以外、起きている間のほとんどをノーラヒルデは人の形を取った黒竜に抱かれていた。

元々大した影響はなかった竜恋華の毒は氷漬けにされている間に完全に消え去り、残っているのは交尾したいという獣の本性に根付く欲求だ。抱き潰すという表現はあながち間違いではないのかもしれないと、貫かれ揺すられながらノーラヒルデは思った。

いくら鍛えられた騎士とは言え、竜の本性を持つ男の無尽蔵に近い精力に対応出来るだけの体力は備えていない。初めて男を受け入れたことを考えれば、初日を終えた時点で昏倒《こんとう》して二日ほど寝込んでも仕方がないほど長い時間繋がっていた。それでもノーラヒルデが意識を失うことがなく、多少疲れた程度で収まったのは、クラヴィスが放つ精の中に、彼の持つ魔力が含まれていたからだ。微量な魔力は人であるノーラヒルデの肉体を回復させ、それがあったからこそ数日にわたる交尾でも無事に済んだともいえる。

挑まれたノーラヒルデの側が、自分から挑発しておきながら先に音を上げるのは冗談ではないと意地になっていたとしても、注がれる魔力がなければさすがに今頃は精根尽き果ててしまっていたはずだ。

ノーラヒルデは最初それが魔力だとは気が付かなかった。絶頂時に得られる快感と余韻で体の中がじわりと温かくなるのだと思っていたが、聡いだけあり異変にはすぐに気づき、問い質《ただ》したところ、

「精に含まれる魔力を取り込み馴染ませているからだろう」

との回答を得ることが出来た。

精に魔力が含まれるのは魔獣では当たり前で、発情期にはそれが最も濃くなる。人の形ではあっても放つ精に魔力が含まれるのは、クラヴィスが黒竜だからだ。ただし、さすがに人の体で注ぐことが出来る——言い換えれば吐き出す精の量は竜型に比べれば微量なので、含まれる魔力も比例して少なくなるようだ。

ノーラヒルデがほっとしたのは、情交で疲れた体から疲労を取り除く程度の効果しかないことだった。魔力を取り込んだ結果、過剰な付加効果がつくのは、己の腕だけでやって来た騎士としては好ましくないからだ。その点で言えば、竜との交わりで無事でいられるのは利点ではあるのだが、同時に、

（ヴィスには都合がいい仕組みだろうな）

ということになる。長い間側にいながら手を出すことも出来ず、やっと得た番を思う存分抱くことが出来るのだ。もしも回復が間に合わなければ、本能のままに抱き続けていれば衰弱死も普通にあり得る。それをあまり考慮しないでいいというのは、喜ぶべき効果なのは間違いない。

と言っても、受けるノーラヒルデが毎回要求に応えるかどうかは別である。今は二人だけしかおらず、それが目的で地底湖に留まっているから問題はないが、騎士団に戻って毎日求められてはたまったものではない。

ノーラヒルデは揺すられながら、激しく腰を打つ男の黒い頭を見つめながら思った。

（帰る前に言い聞かせておかなくてはいけないな）

要は、「待て」を覚えさせるのだ。発情期であることを考えれば、暴走しないよう適度に交わりつつ、自分の睡眠時間は確保する。これまでも躾という点ではしっかりして来たが、さらに気を付けて手綱を取る必要がありそうだ。

「ヒルダ？」

自分以外のことを考えていることに気づいたのか、クラヴィスが自分の方に集中しろと言うようにノーラヒルデの腰を持ち上げ、奥まで突いた。

一瞬で意識は自分の中を貫くものへと持っていかれ、ノーラヒルデは苦笑した。

本当に我儘《わがまま》で甘えん坊な男だな、と。

左腕を伸ばし、腹の上に落ちている黒髪の一房を引っ張る。何だと見つめる瞳に、ノーラヒルデは言った。

「愛しているよ、私の黒竜」

一瞬見開かれた黒い瞳。すぐに歓喜の咆哮が洞窟の中に響き渡り、竜本体になる手前まで高まった男の魔力と勢力は、今度こそ完全にノーラヒルデが気絶するまで愛する男の体を貪り、愛し尽くした。

永久の黒竜妃——。

魔獣たちの間に静かに、そして速やかにその事実は浸透し広がって行った。


濃密な時を過ごした五日が過ぎ、ノーラヒルデは気持ちよさそうに自分の横に侍《はべ》る黒竜に告げた。

「帰るぞ、我らの在るべき場所へ」

襟元まで釦を閉め、腰を帯で締める。剣帯を嵌《は》め、カチャという音をさせて剣を差す。既に持ち込んだ荷はまとめられ、すぐに出立出来る態勢だ。

「ヒルダ、これを」

背後からクラヴィスが外套を掛けながら、首のところまでの長さになった髪を撫でた。

「……」

何やら未練があるのが丸わかりの態度に、ノーラヒルデはふっと鼻を鳴らす。

「お前がさっさと出て来ないからだ。自業自得だな」

「お前は未練はないのか？」

「未練？　別に願掛けをしていたわけでもないのに？」

どちらかというと短い方が清々するというノーラヒルデの態度に、背後に立ったままクラヴィスはがっくりと肩を落とし、ゆるりと頭を振った。

「お前の思い切りのよさを見誤っていた俺の失態だ」

「気にするな。髪などすぐに伸びる」

「伸ばすのか？」

「さてどうするか」

後ろからは「伸ばせ伸ばせ」と念じている気配がして、見えないのをいいことにノーラヒルデは小さな笑みを浮かべた。どちらにしろ、今すぐに元の長さまで伸びるわけではない。ノーラヒルデ自身は短い方が何かと便利……というよりも、手間が掛からなくてよいのだが、ある程度の長さまで伸びたあたりで小さな言い争いをする自分たちの姿が想像出来て面白い。

（それはともかく）

戦の後始末は騎士団長フェイツランドやシルヴェストロ国王ジュレッドに任せればいい。問題は、その後の騎士たちだ。これまでの経験上、戦で高揚した気分のまま凱旋《がいせん》した彼らの羽目の外し方は尋常ではない。その被害を受けるのは、馴染みの店であり、事務方の騎士団職員だ。そして、最も後始末に奔走するのが副長であるノーラヒルデなのである。

自分が去ってから五日。ここから首都シベリウスに帰るまで十日近くは掛かる。騎士団がどの程度の速度で進んでいるかわからないが、自分の方が早く戻るということはあり得ないはずだ。どのくらい彼らを自由にさせておくか。期間が長くなればなるほど自分に掛かる負担が大きくなることを考えれば、五日というのが最大譲歩出来る日数だった。

（三日で収まると思ったが甘かったな）

全裸で二人で過ごした時間を後悔してはいないが、帰ると決めたからには早くと思うのは、どれだけ自分がシルヴェストロ騎士団に浸かっているかを如実に示すものでもあるだろう。

ノーラヒルデが現在身に着けている衣類は、戦場を離れてからこの山に来た時の服と同じものだが、埃《ほこり》や汚れなどは一切ない。というのも、一度落ち着いた時に湯と化した湖の中に浸かりながら簡単に洗ったからだ。その洗った衣類は黒竜が吐き出す炎では強すぎるため、体から発する熱によって乾かすことが可能だった。黒竜の背に広げて干すことで、鏝《こて》を当てた時のように皺なく仕上がった時にはノーラヒルデも感心した。

背中に洗濯した衣類を張り付ける元魔王という構図は何とも形容し難いのだが、当の黒竜自身が番のためならば何でもするという意識の塊なのと、異を唱える第三者がいなかったことで二人の間では問題にすらならなかった。

そのクラヴィスはノーラヒルデの着替えを手伝った後は、再び強大な黒竜の姿になり、大人しく座ってノーラヒルデが動くのを待っている。

「この上に馬がいるはずだ。本隊に合流してもいいと言ってあるから、もしかしたらいないかもしれないが」

「その時にはこのまま背に乗せてシベリウスまで連れて行こう」

「そうだな。その時には頼む」

馬がいればノーラヒルデは馬に乗り、クラヴィスは騎士団本部にいる時と同じ小さな竜の姿で共に移動することは、二人で決めていた。

屈んだ黒竜の背にノーラヒルデが乗り、首に縛り付けた荷物が落ちないかを確認する。

「行くぞ」

ぽんと合図を送ると、黒竜の翼が大きく広げられ、何度か軽くバサバサと音を立てた。ふわりという浮遊感がノーラヒルデの体に伝わる。

ゆっくりと視点が高くなり、地底湖が遠くなる。あまり激しく羽ばたくと落ちるとでも心配しているのか、非常にゆっくりとした速度で黒竜は上昇を続け、地底へ降りる螺旋が始まる岩場が見えてくる。縁には思っていたように愛馬がいて、ノーラヒルデが近づいたことで足を踏み鳴らしている。久しぶりに会った主人に大喜びしているという感じだ。

「ヴィス、ゆっくりだぞ。馬が怖がって逃げてしまうといけない」

「わかった」

出来るだけ驚かさないようにと調整しながら黒竜が岩場の上まで来て、それから降りようとした時、

「あ、いたいた」

山の中に続く奥の洞窟から出て来た若者の暢気《のんき》な声に、黒竜は動きを止めた。無意識で羽を動かしていなければ、そのまま落下していたところである。

「お前……マリスヴォス……？」

黒竜が動きを止めたことで背中に乗っていたノーラヒルデが顔を出すと、そこにはマリスヴォスが朗らかな笑顔を浮かべて立っていた。

「そうです。オレです、マリスヴォス＝エシルシアですよー、副長」

にこにこと笑顔のままのマリスヴォス。だが、そこにいたのはマリスヴォスだけではなかった。

「あ、副長だ。お帰りなさい」

「やっぱ俺の言った通りだろう？　副長の馬の勘が当たったって」

「馬ッ鹿だなあ、お前。それは愛の為せる技だって」

「じゃあ俺が今ドキドキしてるのも愛？　うわあ、俺、もしかして副長に恋してる？」

見たことのある顔が幾つもぞろぞろと洞窟の方から出てくる。さすがのノーラヒルデも数万もいる騎士すべての顔を覚えているわけではないが、ここにいる連中はマリスヴォス率いる第二師団でも腕の立つ騎士たちのため、任務の関係上、直接声を交わす機会も多かったのだ。

「……説明しろ、マリスヴォス」

「えぇー？　説明も何もないんだけど」

「では言い方を変えよう。お前がなぜここにいる？」

空中で停止した状態で浮いているのはさすがに面倒だったのか、岩場に四肢をつけた黒竜の背に乗ったままノーラヒルデが問えば、赤毛の若者は軽く首謀者の名を告げた。

「団長が様子を見て来いって言ったんだよ。あ、塔の方は副長が出て行ってすぐに陥落させて、もう決着済み。おっきな塔だったけど、団長たち重騎士が槌とか斧で壊しちゃったから使い物にはならないと思います」

後半の台詞は副長としては知っておくべき内容なのでそれはよいのだが、

「フェイが？」

「フェイツランド団長が」

でも、とマリスヴォスは眉を寄せて首を何回も傾げた。

「団長っていうよりも坊やかな。ほら、副長が出て行った時、坊やが食い下がってたでしょう？　あの後も、副長副長ってもう連呼しちゃってさあ、団長がご立腹だったんだよねえ。で、あんまり坊やが副長を心配するもんだから、後を追わせたってわけ」

心配していたのはエイプリルだけで、ノーラヒルデと付き合いの長い他の騎士たちは万一の心配もしていないのだが、自分以外の男がエイプリルの頭の中にあることが気に食わないフェイツランドにより、後発組が急遽《きゅうきょ》派遣されたらしい。

「エイプリルか……」

面白半分のフェイツランドの独断であれば帰ってから締めるところだが、ルイン国王子の自分に対する心配が理由とあれば叱ることも出来ない。

「なるほど、事情はわかった」

「よかったー。これで副長のご機嫌損ねたらどうしようってオレたちすっごく不安だったんだよ。ねえ」

同意を求められた騎士たちが「うんうん」と頷く。

彼らの手に外で仕留めた鳥が握られている。岩場の上には木が組まれ、鍋からは良い匂いがしており、気楽な野営を楽しんでいた様子がありありと見えるだけに、口で言うほど不安だったとは思えないのだが。

確実なのは、このまま彼らをここに置いておけば確実に野生度が上がるということだ。早めに騎士団に帰した方がいいのは間違いない。

そんなことを考えていたノーラヒルデに、黒竜の口元に肉の塊を差し出したマリスヴォスが明るく言った。

「ここまで上って来たってことはもういいんですか？　もう国に帰る？」

「ああ、そのつもりだが……。もういいのか、とは？」

「だってせっかく二人きりなんだし、やれる時にやってた方がいいかなって思って。ねえ、魔術師団長もそう思うでしょう？　足りないよねえ」

「……待てマリスヴォス」

「ん？」

「足りないとは……いやいい。言わなくてもいい。そしてヴィス、暢気に餌を食べるな」

マリスヴォスから貰った肉の塊を咀嚼《そしゃく》していた黒竜が不思議そうにノーラヒルデを見る。話題の当事者が自分だというのがわかっていないらしい。

「マリスヴォス」

ノーラヒルデはこれだけは確認しておかなければと、深く息を吸い込んでマリスヴォスの孔雀色の瞳を真っすぐ見つめ、口を開いた。

「お前たちは――いつからここにいる？」

「三日前です副長」

「……そうか」

後ろの騎士たちの顔を順繰りに見回すと、ノーラヒルデと目が合った騎士から順に直立不動の姿勢になる。それでも鳥を放さないのは肝が据わっているというべきか。

とにかく、彼らが三日前からここに居座っているのは理解出来た。つまりはそういうことなのだ。地底湖まではかなり距離があるとは言え、吹き抜けの空洞という上と下には遮るものが何もない空間だ。音や声が聞こえてもおかしくない。

そう、音や声や――嬌声や睦言《むつごと》が聞こえても、だ。

（私としたことが……）

初日の挑発と口論と誘惑と自慰の場面を聞かれなかったのは幸いだが、それ以外の三日間の自分たちの生活を振り返ると、今すぐにでも彼らの頭を殴って記憶を飛ばしたくなってしまう。

「あの、副長？　なんだか嫌な気配がするんですけど？」

さすが第二師団長というべきか。黒竜を餌付けしていたマリスヴォスが後ろに下がって距離を取る。剣の間合いからは逃れられないが、初撃は回避したいという防衛本能の表れであろう。

「安心しろ、いくら問題ばかり起こす部下とは言え、有能な騎士を失うつもりはない」

ほっとしたマリスヴォスだが、

「だが、ここで見聞きしたことの欠片でも口外すれば——」

琥珀色の瞳がキラリと光る。

それだけで騎士たちは声を揃えて叫んだ。

「俺たちは何も見ていません！」

「何も聞いていません！」

「副長の色気のある声なんか聴いてません！」

「……マリスヴォス」

「あ！　嘘！　嘘です！　剣を抜かないで副長ッ！」

最後の台詞を言ったマリスヴォスの赤毛の数本が若者の目の前ではらりと舞う。首の真横にはいつの間にか剣が突き付けられていた。黒竜の背から降りたノーラヒルデの顔が、自分よりも高い位置にあるマリスヴォスの顔に接近し、鼻が触れるほどの距離まで寄せられる。

「マリスヴォス＝エシルシア。切るのは耳か？　それともその唇か？」

「ごめんなさい副長っ！　どっちも嫌です、勘弁してください！」

「忘れるか？」

コクコクと頷くマリスヴォスの顔はさすがにいつものようにふざけたところは見られない。回答を誤れば、いくら親しい仲と言ってもどうなるかまったく不明の冷気をノーラヒルデが纏っていたからだ。

その孔雀色の瞳が見開かれ、「あ」という形に唇が開く。

なんだ、と思うより先に、

「おいっ」

ノーラヒルデの身体はマリスヴォスの前から引き離され、黒竜の前脚の中に囲い込まれてしまっていた。ノーラヒルデの帯を咥えた黒竜が自分の手元に引き寄せたからである。

せっかく脅していたのにと文句を言おうとしたノーラヒルデは、自分を見つめる黒曜石の瞳を見て、苦笑した。同時に騎士たちを動けなくしていた凍気も抜ける。

「少し指導していただけだぞ？」

黒竜が不満げにノーラヒルデに顔を寄せ、ぐりぐりと自分の頭を擦り付ける。

「お前は……」

はあっと溜息をついたノーラヒルデは、マリスヴォスたちの方を振り返った。

「さっきの件は忘れるな」

「了解です副長ッ！」

今度はマリスヴォスの余計な台詞も入らずに全員の声が揃っていた。

一抹の不安は抱きながらも、破った時に懲罰を与える言質《げんち》は取ったノーラヒルデは、しゃがんだ黒竜の背に跨った。

「あれ？　またどこかに行くんですか？」

このまま自分たちと一緒に帰るのでは、と首を傾げたマリスヴォスに、ノーラヒルデは不機嫌に顔を顰めた。

（誰が自分の情事を知られた相手と一緒に行動するか）

お前ではあるまいしと、団内で最も色事の問題を起こす若者を思う。これが期間を空けての行動なら構わないし、互いに割り切っていられるが、さすがに直近で聞かれたばかりで顔を合わせるのは自分も嫌だが、相手も嫌だろうと思ってのことである。

「私はヴィスに乗ってシベリウスに帰る。馬はお前たちが責任を持って連れ帰ってくれ」

「えぇーっ、ずるいー。副長だけ竜に乗るなんて絶対ずるいー。俺も一緒に乗りたいです、副長」

マリスヴォスが文句を言うが、これればかりは無理な願いだ。

「諦めろ。これは私の竜だ」

そして自分だけの特権だとノーラヒルデは黒竜の上で艶やかに微笑んだ。

黒竜が誇らしげに胸を張り、翼を広げる。

「心配しているエイプリルにも早く顔を見せてやりたいし、先に戻らせてもらうぞ」

バサッと音がして翼が二度三度と羽ばたくと、それだけで岩場にいるマリスヴォスたちとは距離が出来た。浮く途中で愛馬の頭を撫でれば、わかったというように大きく嘶いた。

ノーラヒルデは空を見上げた。ルイン国王子の瞳のような澄んだ空の色が頂から覗いている。

「ヴィス」

黒竜はわかったというように大きく羽ばたいた。ぐんっという音が聞こえるほどの強さで、一直線に舞い上がる。

そして山頂を抜けたノーラヒルデの目に、久しぶりにはっきりと陽光が入り、眩しさに頭の上に手をかざす。連なる幾つもの山、麓に広がる森、平原に、川が遠くまで広がっている。この高さから目を凝らせば、遠くにある町までも微《かす》かに視界に入って来る。

「戻ろうか、クラヴィス。シルヴェストロ国へ」

頷いた黒竜は顔を上げ、口を大きく開いた。

そして上がる咆哮が風に乗って四方へと運ばれる。元魔王に応えるように幾つもの咆哮が返って来た。人の世界から離れて暮らす魔獣たちの姿を見ることはないが、歓迎しているのは声の響きからなんとなく伝わった。その咆哮は途切れることがない。知らないだけで多くの魔獣が隠れ棲んでいるのだなと思いながら、その声を聞いていたノーラヒルデに、黒竜が言った。

「ヒルダ」

「ん？」

「これは祝いの声だ」

「祝い……それはもしかして」

「そうだ。俺が番を得たことに対する祝い。ノーラヒルデ、魔獣たちはお前を歓迎している。俺の――元魔王たる俺の妃《きさき》に相応しいとな」

咆哮を乗せた風が、短くなったノーラヒルデの髪をそよがせる。

「そうか、歓迎されているのか私は」

浮かんでいるのは穏やかな微笑みだ。触れることのない魔獣たちを少しでも感じるように瞼を閉じて、しばし音の中に身を委ねる。

やがて目を開けたノーラヒルデは、軽く黒い背中を叩いて合図した。

「帰ろう、私たちの国へ」

頷いて黒竜がもう一度咆哮を上げ、真っすぐに南へと顔を向けた。


「落ちるなよ」

「勿論だ」


その日、青く澄み渡った空を真っすぐ南へ駆ける黒い姿があちらこちらで見られたが、美貌の騎士を乗せた竜だと気づいた者は誰もいなかった。

シルヴェストロ国首都シベリウス。城内にある騎士団本部前に巨大な竜が降り立つと、周囲にいた人人の間から大きなどよめきが沸き起こった。黒竜の存在は知ってはいても、普段は狼くらいまでの大きさだ。その見慣れたはずの竜が、頭上から徐々に高度を下げてはっきりと見える位置まで来た時、その大きさに驚かなかった者はいない。

先の戦で魔獣を相手にしたせいもあり、敵襲かと一瞬殺気だったのは言うまでもない。

たかが一体、されど一体。そのため、すぐさま騎士団長へと伝令が走り、本部で珍しくも仕事をしていたフェイツランドが呼び出されたのは、ちょうど本部前に黒竜が足を下ろす時だった。

巨大な体の割に静かに降りて来た黒竜だが、さすがに羽ばたきで生じる風だけは押さえることが出来ず、強風に煽られながら目を凝らす騎士の前で、黒竜はゆっくりと足を地面につけ、翼を折り畳んだ。

そこで初めて全員の視線が騎乗する人物へと向けられた。

「よお、ノーラヒルデ。無事に連れ戻せたようだな」

腕組みしてにやけた顔のフェイツランドに、ノーラヒルデはちらりと黒竜を見て頷いた。

「ああ。そっちは？」

「問題ない。全部片付いた」

「それならいい」

四肢を曲げて地面に伏せた黒竜の背から軽やかに飛び降りたノーラヒルデは、遠巻きにする騎士や職員、役人たちを見回して苦笑した。

怖い者知らずのシルヴェストロ国騎士たちなので怖がっている様子はないが、頭の中でまだ自分たちの知る小さな黒竜とこの黒竜が同じなのかどうか、悩んでいるのだろう。いや、個体の特徴から一致させてはいても、大きさがあまりにも違うために信じられないと言った方がよいのかもしれない。ノーラヒルデに纏わりついて歩く黒竜に幾度も餌を与えたことのある騎士たちにしても、なかなか難しい認識のようだ。

それを考えれば、あの山の中でのマリスヴォス以下第二師団の騎士たちは、大きさにこそ驚いたもののすぐに平常に戻った分、やはり肝が据わっているとみていい。師団長の悪影響を受けすぎていなければよいがと、少しだけ心配するノーラヒルデである。

そんなノーラヒルデが黒竜に元に戻るよう声を掛けようと口を開きかけた時、

「ノーラヒルデさんっ！」

いきなり腰に抱き着いて来た少年に足がよろめいた。すぐに首を伸ばした黒竜が背中から支えてくれたので倒れることこそなかったものの、勢いはかなりのものだった。

「ノーラヒルデさんっ、いえ副長。無事だったんですね！」

薄い金髪の少年は抱き着いたままノーラヒルデを見上げた。その空の色の瞳は「心配しました！」と主張している。

「エイプリル」

抱き着く少年の背を宥めるように撫でながらフェイツランドを見ると、苦笑しながら肩を竦める男の姿があった。自分の恋人である年下の少年を溺愛しているフェイツランドが、ノーラヒルデに抱き着くエイプリルを黙認しているところを見ると、自分の不在で相当の心配を掛けたらしい。

「な、エイプリル。大丈夫だと言っただろう？ こいつは俺並みに腕が立つ。そんじょそこらの敵なんざ蹴散らしちまうってな」

「団長はそう言いますけど、残党が残ってないとも限らなかったじゃないですか。それに魔獣も……」

「魔獣ごとき、こいつに掛かれば赤ん坊と一緒だ」

しがみついていたエイプリルがむっと口を尖らせる。おそらく、こうやって言い合いをしながらフェイツランドが少年を宥めていたのだろうと思うと、なかなか楽しい。いつも自分を困らせている男が、この王子にはお手上げなのだから。

「ほら、坊主。さっさとノーラヒルデから離れろ。あんまり心配しすぎると、こいつの腕前を信じていないって思われるぞ」

「あ」

そうかと抱き着く腕から力が抜けたのを幸いと、フェイツランドが後ろからひょいとエイプリルを抱き寄せる。そのまま背後から覆い被さられてしまえば、小柄で華奢《きゃしゃ》なエイプリルはフェイツランドの腕の中に囲われて、身動き出来なくなる。

それでも心配そうに見つめる少年の金色の髪の上に、ノーラヒルデは手を乗せて優しく撫でた。

「私は大丈夫だと言っただろう？　この通り、無事に戻って来た。だが、不安にさせたのは確かだな」

「不安は……ありましたけど、でも本当によかった」

「ありがとう」

ようやく安心したのか、エイプリルの顔に笑顔が戻る。その笑みはそのまま黒竜へと向けられていた。

「これはヴィスですか？　大きさがいつもと全然違いますけど」

この質問は誰もがしたかったもので、素直に口にしたエイプリルに「よくやった！」と周囲から声が掛けられた。

「間違いなくヴィスだ」

応えるように黒竜は首を動かして肯定した。

「こんなに大きかったんですね……」

「これが本来の大きさだ。人のいるところで暮らすには不便だから、普段は小さいままでいるんだ」

「そうですよね。こんな大きな竜だったら、僕なんか一口で飲まれてしまいます……わぁっ」

言った瞬間に黒竜が大きく口を開け、鋭い牙が並んだ口内が目の前に迫り、慌ててエイプリルはフェイツランドにしがみついた。

「役得だが……おいこらヴィス、脅すのはいいがやり過ぎだ。坊主が漏らしちまったらどうする」

ククッと笑った黒竜はすぐに口を閉じ、ノーラヒルデに擦り寄った。

「団長っ、なんてこと言うんですか！　抗議してくれたのは嬉しいですけど！　漏らしませんからね⁉　そこまで弱くないですよ、僕」

真っ赤になったエイプリルが文句を言い、それを宥めるフェイツランドといういつもの騎士団の光景に、帰って来たのだなとノーラヒルデは実感した。

とりあえず、人が集まって来たのでこのままというわけにはいかない。黒竜に結び付けていた荷物を下ろしていると、ざわめきがまた少し大きくなる。誰何《すいか》するまでもなく、護衛を張り付かせた国王ジュレッドがやって来るところだった。後ろから小走りについて来るのは城から同行した役人だろう。ご苦労なことである。

金に近い赤毛の国王はノーラヒルデと黒竜の両方を見て、ほっと安心したように腰に手を当てて息を吐き出した。

「戻ったんだな、ちゃんと」

「ええ。ご心配をお掛けしました。この通り、ちゃんと連れ戻して来ましたよ」

周囲に煩い役人がいるため、普段よりも丁寧を心掛けるノーラヒルデの気遣いに苦笑しながら、国王は黒竜の脚をパンと叩いた。そのすぐ後で叩いた自分の手を振ったところを見ると、相当痛かったらしい。フェイツランドが笑っているのを睨みつける顔は、少し赤い。

「まあ、元の鞘に収まってよかったというべきだな。俺としてもこいつがいるのといないのとでは、便利さが違う。緊急案件を確実に早く届けられる足……この場合は翼は必須だな」

黒竜が純粋な戦力としてシルヴェストロ騎士団に組み込まれ前線に出たことはない。それは暗黙の了解事項でもあり、黒竜が出なくてはならない規模の戦がなかったという事実に基づくものである。そのため、黒竜と言えば伝令や使者という認識を王城上層部や騎士たちが持っているのは不思議ではない。実際に、エイプリルが一角兎のプリシラを連れて来るまでは、愛玩動物扱いだったのだ。

(それを素直に受け入れていたヴィスもヴィスだがな)

元魔王が餌付けされてどうする、と散々言い聞かせてはいたのだが、本人は自由気ままを満喫しながらノーラヒルデの側で過ごせればそれでいいという感覚らしく、不満らしい不満は聞いたことがない。

元の鞘。逃げ出した黒竜を連れ戻したという点で、確かに元の鞘に収まったというべきだろう。若干の語弊はあるが、ノーラヒルデとクラヴィスが体を重ねたという点でもしっかりと収まるべきところに収まったのは間違いない。

(フェイツランドならもっと下世話な表現をしそうだな)

そのフェイツランドはエイプリルの背中から離れることなく、黒竜を見上げている。騎士を含め城内のほとんどの者は黒竜本来の大きさを見たことはないのだが、さすがに城内で自由にさせるために知っておいた方がよいというので、最初から国王やフェイツランドの他数名は、見たことがある。それでも数は片手で余るほどなので、じっくりと見たい気持ちはわからなくはない。

(武具の素材として見ていなければ別に構わないか)

黄金竜と黒竜、戦えばどちらが勝つかという点はノーラヒルデも気になるが、冗談でも彼らが手を合わせれば被害が甚大になるのがわかるだけに、衝突だけは勘弁して貰わなくてはいけない。

「ところでノーラヒルデよ。もうそろそろ姿を現して貰えるとありがたいんだがな。城の連中が大騒ぎしてもう煩いのなんの……。それにこの大きさだ。城の中に竜が降りたのは民も目撃しているだろうし、城門に問い合わせが殺到するのも面倒だ」

「それがあったか」

頭の固い城の役人が騒ぐだけなら黙らせれば済むが、王都の民の不安は取り除かなくてはいけない。黄金竜の旗を戴くシルヴェストロ国で、竜に対する忌避はないがいきなり現れたのであれば何事かと思うのは自然な成り行きだ。騎士団がつい先日まで遠征していたのを思えば、敏感にもなる。

「わかった。その件は私が直接城門前で話をする。ヴィス」

今のままでは都合が悪いと伏せたままの黒竜に声を掛けると、ノーラヒルデの顔をじっと見返し首を傾げる。

「ああ、大きさはいつものでいい。その方がみんな見慣れているからな」

ノーラヒルデの言葉に頷いた黒竜はすっと目を閉じた。変化は瞬時に表れ、瞬き一つの間に巨大な竜の姿は消え、狼ほどの大きさのいつもの黒竜の姿があった。

ほっとした声が周囲のあちこちから聞こえる。頭で理解していても、実際に目で見るまでは信じられないという人の心理はよくわかる。

その黒竜だが、

「――あ、すまない」

ノーラヒルデが荷物を下ろす前だったこともあり、ちょうど野営道具が詰まった袋の下敷きになってしまっている。バタバタと地面を打つ尾の音で気づいたノーラヒルデが救い上げると、仕返しとばかりに耳に噛みつかれた。甘噛みなので痛さはないのだが、

「なんていうか……あれだな、親父」

「ああ、あれだな。むず痒くなるような甘さだな」

実際に血縁関係にある義理の父子が並んで感想を漏らす。

「ということは、とうとうヴィスの奴が本懐を遂げたってことか」

ニヤリと腕組みして笑うフェイツランドの問い掛けるような視線は軽く流し、ノーラヒルデは足元に座っている黒竜へ言った。

「お前はまず始末書からだ。それが終わったら留守の間に溜まっている書類を片付けて貰うぞ」

え！　というように尾がピンと跳ね上がる。

「当たり前だろう。何もかも放り出して出奔した者に拒否権はない。それが終わって初めて自由が得られると思え」

不満げに顔を上げて抗議する黒竜の姿は、傍から見れば非常に愛らしく、また哀愁を誘うものだったが、ノーラヒルデにそれが通じるわけがない。

上から見下ろすノーラヒルデと、下から懇願する黒竜。勝負はあっけなくついた。

がっくりと項垂れた黒竜はトボトボと歩いて本部へ向かった。その際に、ちらちらと何度も後ろを振り返るのは、もしかして許してくれるのではという一縷《いちる》の望みを抱いているからなのだろうが、あいにく、ノーラヒルデに温情はない。

（たとえ番であってもすべてを許すのは論外だからな。番は番、騎士は騎士として線引きは必要だぞ）

琥珀の瞳が早く行けと瞬き、顎を上げる。

力なく歩く黒竜の背中には悲しみの灰色の雲が掛かっているかのようだ。それを見かねたのか、

「あ、待ってください、クラヴィスさん。本部に行くなら僕も一緒に行きます。団長が途中で仕事を放り出して出て来たから、まだ残ってるんです」

前半は黒竜へ、後半はノーラヒルデへと言いながら、エイプリルは小走りで黒竜の横に並んだ。

「おい坊主、俺を置いて行くのか？」

「置いて行くんじゃなくて、団長も一緒に行くんですよ。ノーラヒルデさんが戻って来ても、団長の仕事がなくなるわけじゃないんですよ」

早く来てくださいと手招きするエイプリルの様子

を見たノーラヒルデは思った。

（フェイツランドの手綱はしっかりとエイプリルが握っているようだな）

これでエイプリルを振り切らずに、怠けることなく毎日本部に来て事務仕事をする習慣がつけばいいのだが、と。

頭を掻きながら、さっさと先を行くエイプリルの後ろ姿を見送ったフェイツランドは地面に置きっぱなしになっていた荷物をひょいと抱え上げた。

「ほう？　珍しいこともあるものだ。お前が自ら率先して荷物運びを志願するとはな」

「珍しくない……と言い切れないところが我ながらなんとも言えないな。ま、帰城した当日くらいは労るのもいいさ。見た感じ、怠《だる》そうなところはないみたいだが」

じろじろと腰の辺りに視線が飛び、ノーラヒルデはじろりと睨んだ。

「余計な世話と勘繰りは結構だ。それくらいでどうこうなるほど柔な体はしていない。竜に乗っていたのだからそれくらいは判断しろ」

その件について話すことはないとにべもないノーラヒルデに肩を竦めたフェイツランドの目が、腰から自分の顔に向けられていると気づいたノーラヒルデは首を傾げた。

「どうかしたのか？」

「いや、髪、切っちまったんだなぁと思ってな」

「ああ」

首の辺りでさわさわと揺れる髪に手を当てる。

「誰も指摘しないから気づかれていないと思っていた」

「馬鹿言うな。あんだけ長かった髪が短くなってんだ。気づかないわけねぇだろ」

「あれじゃないか？　いつもはまとめて後ろで括ってただろう？　だから正面から見たらそこまではっ

きりと違和感がないっていうやつ」

「言われてみればそうだな」

結ばずに背中に流しているだけなら気づくことでも、一本に編んでいれば視界の中に「髪」が占める部分は狭い。

「頭の中で勝手に補正が入っているんだろうな、きっと。で、どういう心境の変化があって切ったんだ？」

「願掛けする必要がなくなったからじゃないのか？」

「わかってねえな、ジュレッド。願掛けするくらいなら、こいつは自力でどうにかする男だぞ？」

否定出来ずにノーラヒルデは苦笑した。確かに、大抵のことなら願うより先に行動を起こすのが自分という人間だ。それに、

「願いが叶ったから切ったというより、願いを叶えるために切ったというのが正しい――かな」

ほう？　と金色の瞳が四つ、面白そうに見つめる。


逃げた黒竜を取り戻すために切ったあの髪は、クラヴィスが保管している。戒めにするのだと言っていたが、単にノーラヒルデのものなら何でも欲しいという妙な収集癖のせいだろうと思っている。

「私の髪のことはいいから、お前は早く本部へ戻れ。エイプリルに叱られるぞ」

へいへいとフェイツランドは軽く流して荷物を持って歩き出すが、後ろからノーラヒルデがついて来ないのを不思議そうに振り返った。

「私は城門前で説明をしてから行く」

「そういやあ、そうだったな。まさか竜が襲って来たとは思ってないだろうが、説明はした方がいいだろうな。本人……本竜のヴィスが一緒じゃなくていいのか？」

「構わないだろう。それにもうエイプリルと一緒に行ってしまっているのを呼び戻すのもな」

軽く片手を挙げてノーラヒルデは城門に向かって

歩き出した。騎士団本部は城内にあるため、これから城内を門まで歩かなくてはならないが、不在にしていた間の様子を観察するにはよい機会だ。

（フェイの言い分じゃないが、さすがにずっと竜に跨り続けたから体の節を動かさなくてはな）

声に出せば余計なことを言い出しそうだったのでフェイツランドの前では告げなかったが、いくら振動がほとんどないと言っても、空中で自由に動かせる部分などほとんどないに等しい。地面に足をつけて体の動きを馴染ませるのは、武人としては当然の行動でもある。

周囲にいた騎士たちから「お帰りなさい」の挨拶を受けながら、彼らには自分の仕事に戻るようにと促し、ノーラヒルデは一人城門へ向かった。本部を出るまで一緒だった国王は、自分も行きたかったようだが、これは単に息抜きがしたかっただけなので、護衛とお付きの役人に引き渡し、城へ戻って貰った。


竜を口実にせっかく抜け出して来たのに……という恨みの籠った視線は、きれいさっぱりと無視する。

国王が言っていた通り、城門前には大勢の民が集まっていたが、ノーラヒルデが姿を現すと門番に浴びせかけていた質問の声はすぐに歓声に変わった。始終城下に繰り出す他の騎士たちと違い、そこまで頻繁に一般国民の前に姿を見せることがない副長が登場したからだ。

隻腕の魔王という通り名はあるものの、悪さをする者たち以外には害がないどころか頼もしい人物なのだ。酒場や食堂で飲み食いする騎士たちに感じる親密さはないものの、何かと苦労をしているのを知っている民にとっては好ましい人物上位に来るのがノーラヒルデなのである。

歓声が落ち着いて静かになったところで、集まった人々に騒がせたことを詫《わ》び、城内に降りて来た竜は紛れもなく味方で敵ではないことを伝えた。小さな黒竜が姿を変えただけだとも伝えたが、それに関してては、あの巨体を見た後では小さな姿の方が目立たず、城内で過ごしやすいという説明にも簡単に納得して貰えた。事実その通りなのだから、ノーラヒルデとしても嘘を伝えたわけではない。

「あの巨体を維持しようと思えば、さすがにシルヴェストロ国でも深刻な食糧不足になってしまうからな。皆の生活を守るためだ」

確かにこれ以上ないほどの説得力ある言葉に、皆も頷く。門番には民が問い合わせに来た時には同じ説明をするように言いつけたノーラヒルデは、やっと自分の職場である騎士団本部に足を踏み入れることが出来たのだった。

本部の中に入ったノーラヒルデは、そのまま額に手を当てた。体からごっそりと気力が抜けた気がする。遠征する前後を含め、今ほど疲れを覚えたことはない。

「……お前たち、一体何をしているんだ？」

本部の執務室はある意味ノーラヒルデにとって聖域だ。持ち込まれる書類を整理し、職員と話し合いをし、シルヴェストロ国騎士団のすべてを回しているのはここだ。日常的にそこで仕事をしているのが第二副長のノーラヒルデ一人という状況が多いことから、執務室でありながら「ノーラヒルデさんの部屋」という認識を騎士たちも持っている。

不在の間は第一副長のリトーに任せていたから、ある程度までは処理が進み、円滑に仕事をすることが出来るはずだ。リトーだけでなく、エイプリル監視の下、団長であるフェイツランドも働いていただろうから、その結果はこれから確かめればよいはずだ。

机の上に書類の山はない。執務室に来る前に立ち寄った事務所でも、いつもの苦情以外に大きな案件はなかった。だから安心していたのだが……。

いや、不在中の仕事は片付いている——はずだ。

いくら怠け癖のあるフェイツランドでも、元国王として政務に明け暮れた実績がある。それが煩わしくてジュレッドに玉座と王冠を押し付けたようなものだが、性格に難があるだけで能力的には問題はないのだ。

だから戻ってすぐに執務室に籠りきりにならなければいけない事態はないはずで、確かに不在中の件については問題はないのだろう。

ただ、

「ここはいつから食堂になった……？」

ノーラヒルデの低い声に、室内にいた事務職の男がそそくさと出て行く。椅子に座るフェイツランドの前には空《から》になった皿が重ねられ、飲み食いの跡だというのは明らかだ。今日だけという言い訳はこの際聞く気がないノーラヒルデは、単刀直入に張本人を睨みつけた。

「勘違いするな、ノーラヒルデ。これは食事じゃない、ただの間食だ」

「……ぬけぬけとよく言う。大皿が何枚あると思っているんだ？　一、二……七枚だぞ？　七枚分もの食事をお前は間食と呼ぶのか？」

椅子の後ろに立っているエイプリルが手に持っているのを合わせれば、十枚は超える。

「わかってねぇな。頭を使う仕事は体力が減るのが早いんだよ。書類仕事は俺の得手じゃないからな、腹が空くと効率が下がる。維持するためには何かを食わなくちゃならない」

「その結果がこの皿か……。おい、まさか汚れた手で書類を扱ったりはしていないだろうな？」

「あー、たぶん大丈夫だと思う」

「……フェイ……」

拳を握り締めたのがわかったのか、フェイツランドは慌てて顔の前で手を振った。

「大丈夫だ！　さすがにそこらは気を付けた。な、坊主」

「たぶん……」

「おい」

「おいこら、そこは絶対安心ですって断言するところだぞ」

ノーラヒルデの視線がフェイツランドに刺さり、フェイツランドが慌てて細々したものを片付け中のエイプリルを振り返る。

「だって団長だし」

「くっそ……。裏切り者め……」

「裏切り者はお前だ。錆《さ》び付いた頭と手足を動かすのにこれだけの食事が必要？　常日頃から動かして馴らしておけば問題はないことだよな？」

ずいと迫るノーラヒルデに、椅子に座ったままフェイツランドが仰け反る。

「まさか執務中に酒は飲んでないだろうな？」

「それはないです。僕が見張って取り上げましたから」

今度は胸を張ったエイプリルだが、

「坊主……」

フェイツランドの方は間近にあるノーラヒルデの顔が引き攣ったのを見て小さく舌打ちした。

「ほぉ？　つまり持ち込みはしたということだな？」

「……多すぎるんだよ！　お前が留守の時に限って城の役人どもがこぞって書類を持ち込むんだぞ？　あれは俺に対する嫌がらせだろ」

ふむ、とノーラヒルデは頷いた。

「確かに。普段はつき返しているからな」

城の中で処理しきれない案件がこちらに回ってくるのはいつものことだ。軍事や外交に関することは取り纏《まと》めて処理しているが、中には紛れて他の書類まで入っていることがある。それらは処理せずに返せばいいのだが、フェイツランドとリトー第一副長は律儀に対応していたらしい。

「理由はわかった。だがそれも普段から私がどんな風に仕事をしているかを見ていればわかることだな？　お前のところに回す決裁書類にしっかり目を通していれば、理解出来ることだよな？」

「……ノーラヒルデ、顔が近い」

「別に取って食いはしないから安心しろ。嚙みつくかもしれんがな」

フェイツランドがニヤリと男臭い笑みを浮かべた。

「唇にか？」

ノーラヒルデも微笑で応える。

「お望みのままに？」

このやり取りは前にもマリスヴォスとしたなと思い、その後の出来事を思い出し笑みが深くなる。洞窟に置き去りにしてきたマリスヴォスがいたなら、

「離れて団長！　今すぐに！」

と大声で叫びそうだ。

その代わりに聞こえた息を吞む音はエイプリルか。他にも誰かが扉を開けた気配がしたが、バタバタと駆け去っていく足音も聞こえた。騎士団では大して珍しい光景ではないので、あれは新入りなのだろうと予想したノーラヒルデだが、

「——これは俺のだ」

背後から腰を引き寄せられてあっという間に距離が出来る。

「ヴィス？」

振り向かずとも触れた体温や腰に回った腕と足元に流れる黒い法衣の裾から、正体がクラヴィスなのは明らかだ。フェイツランドに向けられると思われ

た行動は、予想に反してノーラヒルデの側に来たらしい。

「黄金竜、俺の番に手を出すとはよい度胸をしているな」

そのクラヴィスはノーラヒルデを抱き寄せた――というよりも抱き着いたまま、仰け反って目を見開くフェイツランドを見下ろしている。

「ちょっと待て！　手を出したのは俺じゃねェぞ。ノーラヒルデの方からだ。濡れ衣はよして貰おうか」

「ならばなぜすぐに離れなかった。お前なら逃げることなど容易いだろう」

不機嫌な声に、ノーラヒルデとフェイツランドの二人とも微妙に目を逸らす。どこまで近づくことが出来るか、どこで相手が引くかという距離感の駆け引きを楽しんでいた自覚があるだけに、クラヴィスの指摘はもっともなのだ。

ノーラヒルデに抱き着いてフェイツランドを睨むクラヴィス、睨み返しつつ逃げる機会を窺うフェイツランド、どうやってこの場を収めようかと考えるノーラヒルデ。奇妙な三角関係に石を投じたのはルイン国の第二王子だった。

空色の瞳を大きく見開いてノーラヒルデの背後を見つめるエイプリルは、

「……あの、その方はどなたですか？」

三人以外が出すとしては最も適切な問いを口にした。

「さっきノーラヒルデさんがヴィスって言ってましたけど、ヴィスってクラヴィスさんのヴィスですよね？　関係者の方ですか？」

実に素朴な疑問である。

だから三人はそれぞれに違う表情を浮かべて言った。

「ヴィスはヴィスだな」

「関係者ではあるが」

「俺がクラヴィスだ」

フェイツランド、ノーラヒルデ、クラヴィスの順番に出された回答のうち、エイプリルは最後の言葉に反応した。

「それはつまり、竜のクラヴィスさんがこの方から名前を貰ったという意味でしょうか？」

「そのものだ、黄金竜の愛人よ」

「あ、愛人って……っ」

「おいおい、ヴィスよ。俺のエイプリルを虐めるな。俺がノーラヒルデを虐めたら……」

考えて、フェイツランドはすぐさま否定する。

「無理だ。俺にこいつをどうこう出来るだけの図太さはない」

「図太さでは定評のあるお前に言われたくはない台詞だな。そもそもお前は日頃から私に迷惑を掛けているという自覚が足りない。まずそこをどうにかしろ。今回の件についてもだ。それからヴィス」

一気に二人を牽制したノーラヒルデは、腕を解くとクラヴィスの腕を引いてエイプリルの前に押し出した。

「君にも紹介をしておこう。これがシルヴェストロ国騎士団の魔術師団長だ」

「え？　あの、あのどこにいるかわからない人で、本当に存在しているかわからないって言われているあの魔術師団の？　見かけただけで幸福になれるって噂の？」

「お前には前に組織図を見せただろう？　ちゃんと魔術師団も組み込まれていたはずだぞ」

「それはわかっているんですけど、ヤーゴ君に聞いても噂しか知らないし、前にマリスヴォスさんに尋ねても楽しみは後に取っておくって言われて教えて貰えませんでした」

「お前の反応を見れば、あいつらが楽しみに取っておきたかった気持ちはわかるな」

うんうんと頷くフェイツランドの頭には拳を落として黙らせる。

「本当に魔術師団長……様なんですか？」

「本当だ。それに」

言いかけたノーラヒルデの前にすっと腕が上がり、言葉を遮る。

「魔術師団長クラヴィスだ。そして、黒竜クラヴィスでもある」

「え？」

今度こそエイプリルは固まった。あんぐりと開けた口、目は自分よりも高い場所にあるクラヴィスの顔を凝視している。

「黒竜……なんですか？　さっきノーラヒルデさんを乗せて来た？　それから、あの小さな竜？」

「その通りだ。見せた方が早いなら見せるが？」

執務室に入って来た時には竜の姿で、フェイツランドと接近しているノーラヒルデを引き離すためにその場で人型になったのを、自分の恋人とノーラヒルデの接近に気を取られていたエイプリルは見ていなかったらしい。

「そうだな。見せた方が早い。ヴィス」

命じるなり、人型だったクラヴィスは普段騎士団内で生活する時の大きさの黒竜へと姿を変えていた。

瞬き一つというあまりの速さに、

「え？　あれ？」

エイプリルがついていけずにオロオロしている。こればかりは受け入れて貰うしかないだろう。

脱ぎ捨てられた法衣が足元で丸くなる。その上を一歩踏み出した黒竜がエイプリルのズボンの裾を咥えて引っ張る。その仕草は、確かに黒竜だった。

「……本当にクラヴィスさんなんですね……」

「この姿の方が本人が楽らしい。移動するにも他のことをするにもな。ヴィス」

再び名を呼ぶと、今度は人の姿に戻ってノーラヒルデの横に並ぶ。

「なんだか驚きましたけど、でも納得です」

「人の姿を見た後では萎縮する者も多いらしいが、あまり気にしないでこれまで通りにしてやってくれ」

「菓子はいつでも受け付ける」

は？　と顔を上げたエイプリルは、目の前の黒衣の美青年――本体は巨大な黒竜――に真面目に言われた台詞を聞き、堪え切れずに「ぷっ！」と吹き出した。

「ごめんなさいっ、でもなんだか……」

「可愛いだろう？」

「はい」

穏やかに微笑みながらエイプリルを見つめていると、再び背後から抱き締められる。それを見たエイプリルがまた目を見開くが、今度はとても楽しく、見ている者が釣られて微笑みたくなるような表情を浮かべていた。


「竜の時も懐いていたし、クラヴィスさんはノーラヒルデさんが大好きなんですね」

それに答えるクラヴィスの顔は直接見ることは出来なかったが、

「ヒルダは俺の妃、最愛の番だ」

空色の瞳に映ったクラヴィスの顔があまりにも幸せそうで、ノーラヒルデは左腕を背後に回して首を引き寄せ、口元で囁いた。

「お前も私の最愛だ」

あとがき

こんにちは。朝霞月子《あさかつきこ》です。お久しぶりのシルヴェストロ国騎士団シリーズは「空《そら》を抱《いだ》く黄金竜《おうごんりゅう》」のスピンオフでした。「緋《ひ》を纏《まと》う黄金竜」の時にネタは一応仕込んでおいたのですが、出すまでに少々お時間をいただくことになり、その分、しっかりと書き込むことが出来たのではないかと思っています。

ＢＬなので甘い話は勿論ですが、シルヴェストロ騎士団の話は戦闘シーンも売りなので、毎回頭の中に描いた絵をいかに文章で表現するかに悩まされます。一作目が集団戦、二作目はちょっと大人《おとな》しめの屋内戦、そして今作は魔獣《まじゅう》戦といろいろ書くことが出来て楽しかったです。

昔から（つまり今でも）ＭＭＯ《大規模多人数参加》系のネットゲームはやり込んでいまして、巨大モンスターと戦う大剣戦士《たいけんせんし》とか槍使《やりつか》いとかすごく好きなんです。「空を抱く黄金竜」での団長無双でお分かりかと思います。そういうのがあるせいか、内容的にもそちらに比率が傾きがちで、ＢＬ的な要素が若干少なくなりがちなのですが、今作は珍しくも！　エロが多い大人な話になりました。朝霞の全作品の中でもラブシーン——二人の掛け合いや裸のお付き合いに最もページを割いているお話です。

通常、執筆する時には冒頭から書き始めて行く王道スタイルなのですが、本作に限っては裸シーンの方が先に立ったので、そこからラストまで書いて冒頭に戻ったという変則的な書き方をしました。そうなのです、この作品は本当に珍しくも最初に裸ありきだったのです。

通算で十作品以上書いていてやっとか……という声も聞こえて来そうですが、ほら、シルヴェストロ騎士団は騎士団物語なので！

ひたき先生にはいつも表紙や挿絵で楽しませていただいていて、騎士とか戦闘シーンとか、鎧《よろい》とか武器とか、そんな他のＢＬ作品では描く機会も少ないだろう場面にも萌えさせていただいています。シルヴェストロ騎士団の話には、ひたき先生の臨場感溢れる漢《おとこ》絵と萌絵が欠かせません。癒《いや》し要素のプリシラの愛らしさもいいですよね！

プリシラと言えば「緋を纏う〜」でも能力の片鱗を見せましたが、本作でも同じく迷えるノーラヒルデの案内役として一役買っています。眠ってばかりで台詞《せりふ》のない兎《うさぎ》ですが、やる時はやる仔《こ》なのです。空気を読む仔なのです。そして、本編後にきっと黒竜からいろいろ言われるのです。

「どうしてヒルダに教えた。いやそれはそれでよかったのだから礼は言っておこう」

などと、自分をフォローしてくれた仔兎には魔獣の王も頭を下げて、しばらくは黒竜が仔兎を構って遊ぶ姿が騎士団内で見られそうです。プリシラにはいい迷惑かもしれません。

さらに珍しくもあとがきページが複数ということで、こちらも朝霞比倍増で語っております。「月神《つきがみ》」シリーズの時に一度ショートストーリー付のあとがきを書いたことがありまして、それと同じくらいに書くスペースがあるというのは、本当に珍しい。いっそSSでも書いたらいいのかなとも思いましたが、それらはまた別の機会にでもネタとして取っておくことにします。

ノーラヒルデは攻め立てる受です。さばけた性格なので、竜にだって乗っかっちゃいます。この一族は皆さん非常にはっきりしている方たちなので、受ですが精神的に受け身に回ることはないのです。武器の扱いにも長《た》けており、重い武器に関しては団長のフェイツランドに劣りますが、全身に武器を仕込んですぐに取り出せるようにしているのも別騎士団の団長様と同じ。本作中にもその関係を匂《にお》わせる台詞もあります。それから幻獣使いと幻獣も出てきますので、月神シリーズの「澄碧《ちょうへき》の護《まも》り手《て》」をお持ちの方は「お？」と思われたのではないかと思います。幻獣使いはシルヴェストロ国のある大陸に住んでいるので、強国同士でそれなりに交流があるのです。

構想二年、初稿が上がるまでいつものごとくやきもきさせ、出版社の皆さまには毎回毎回お世話かけていますが、こうして作品として出版されることが出来てありがたいです。「空を抱く黄金竜」から通算で三作品目。シリーズとして出せるのも皆様のおかげです。また彼らの活躍でお目に掛かることが出来たらと願っております。

空を抱く黄金竜《そらをいだくおうごんりゅう》

朝霞月子
イラスト：ひたき

本体価格855円+税

のどかな小国・ルイン国━そこで平穏に暮らしていた純朴な第二王子・エイプリルは、少しでも祖国の支えになりたいと思い、出稼ぎのため世界に名立たるシルヴェストロ国騎士団へ入団することになった。ところが、腕に覚えがあったはずのエイプリルも、『破壊王』と呼ばれる屈強な騎士団長・フェイツランドをはじめ、くせ者揃いな騎士団においてはただの子供同然。祖国への仕送りどころか、自分の食い扶持を稼ぐので精一杯の日々。その上、豪快で奔放なフェイツランドに気に入られてしまったエイプリルは、朝から晩まで、執拗に構われるようになり……!?

リンクスロマンス大好評発売中

緋を纏う黄金竜《ひをまとうおうごんりゅう》

朝霞月子
イラスト：ひたき

本体価格870円+税

祖国の危機を救い、平穏な日々を送るシルヴェストロ国騎士団所属の出稼ぎ王子·エイプリル。前国王で騎士団長のフェイツランドとも、恋人としての絆を順調に深めていた。そんなある日、エイプリルは騎士団の仲間・ヤーゴが退団するという話を耳にする。時を同じくして、フェイツランドの実子だと名乗るオービスという男が現われ、自分が正当な王位継承者だと主張を始めた。事態を収束させたいと奔走するエイプリルに対し、フェイツランドは静観の構えを崩さず、エイプリルはその温度差に戸惑いを感じる。そんな中、エイプリルは何者かに襲撃され意識を失ってしまい……!?

月神の愛でる花
〜瑠璃を謳う鳥〜

つきがみのめでるはな〜るりをうたうとり〜

朝霞月子
イラスト：千川夏味

本体価格870円+税

純朴な高校生・佐保は、ある日突然異世界・サークィン皇国に飛ばされてしまう。若き孤高の皇帝・レグレシティスと出会い、紆余曲折を経て結ばれた佐保は、皇妃として民からも慕われ、平穏な日々を過ごしていた。そんなある日、親交のあるバツーク国より、国王からの親書を持った第一王子・カザリンが賓客としてサークィンを訪れる。まだ幼いながら王族としての誇りを持つ王子は、不遜な態度で王城の中でも権威を振りかざしていたが……!?

リンクスロマンス大好評発売中

月神の愛でる花
〜彩花の章〜

つきがみのめでるはな〜さいかのしょう〜

朝霞月子
イラスト：千川夏味

本体価格870円+税

異世界からやってきた稀人・佐保と結ばれ、幸せな日々を手に入れたサークィン皇帝・レグレシティス。平穏に暮らしていたある日、レグレシティスはこの世界における佐保の故郷ともいうべきナバル村へ、共に旅することになった。だがその道中、火急の呼び出しで王城へ戻ることを余儀なくされる。城で待っていたのは、サラエ国からの、新たなる妃候補で……!? レグレシティス視点で描かれる秘話を収録した、珠玉の作品集！

この本を読んでの
ご意見・ご感想を
お寄せ下さい。

〒151-0051
東京都渋谷区千駄ヶ谷4-9-7
(株)幻冬舎コミックス　リンクス編集部
「朝霞月子《あさかつきこ》先生」係／「ひたき先生」係

リンクス ロマンス

蒼銀の黒竜妃

2017年4月30日　第1刷発行

著者……………朝霞月子《あさかつきこ》
発行人…………石原正康
発行元…………株式会社　幻冬舎コミックス
〒151-0051　東京都渋谷区千駄ヶ谷4-9-7
TEL 03-5411-6431（編集）
発売元…………株式会社　幻冬舎
〒151-0051　東京都渋谷区千駄ヶ谷4-9-7
TEL 03-5411-6222（営業）
振替00120-8-767643
印刷・製本所…共同印刷株式会社
検印廃止

ISBN978-4-344-83984-7 C0293
Printed in Japan

幻冬舎コミックスホームページ　http://www.gentosha-comics.net